La memoria

1110

DELLO STESSO AUTORE
in questa collana

Pista nera
La costola di Adamo
Non è stagione
Era di maggio
Cinque indagini romane per Rocco Schiavone
7-7-2007
La giostra dei criceti
Pulvis et umbra
L'anello mancante. Cinque indagini di Rocco Schiavone

nella collana «Il divano»

Sull'orlo del precipizio

Antonio Manzini

Fate il vostro gioco

Sellerio editore
Palermo

2018 ottobre seconda edizione

Questo volume è stato stampato su carta Palatina prodotta dalle Cartiere di Fabriano con materie prime provenienti da gestione forestale sostenibile.

Manzini, Antonio <1964>

Fate il vostro gioco / Antonio Manzini. - Palermo: Sellerio, 2018.
(La memoria ; 1110)
EAN 978-88-389-3828-3
853.914 CDD-23

CIP - *Biblioteca centrale della Regione siciliana «Alberto Bombace»*

Fate il vostro gioco

A quelli che mantengono le promesse,
che non si nascondono,
che dubitano,
che preferiscono i fatti alle chiacchiere,
che sanno ascoltare e parlano quando c'è da parlare,
che se si perdono è leggendo un libro o dentro un film o per amore,
che non creano falsi nemici,
che sanno prendersi le responsabilità senza dare la colpa agli altri,
che non nascondono la verità con giochetti di prestigio,
seri nel lavoro e nello studio,
che sanno che una verità non è tale perché ripetuta cento volte,
e che possono abbracciare senza vergognarsi.
A loro, leoni coi forti e cerbiatti con i deboli, dedico questo libro.

Nessuna onda può pettinare il mare.

DYLAN THOMAS

Sul cielo sopra Trastevere nuvole grigie si rincorrevano come cani. Il vento però trafficava solo lassù, fra i vicoli e le strade si percepiva la solita umidità che penetrava nelle ossa. Rocco si attaccò al citofono per dieci secondi buoni. Attese. Non rispondeva. Due passi indietro per dare un'occhiata alla casa. Finestre buie, tende aperte, Sebastiano neanche si affacciava per vedere chi fosse. Fu sora Letizia a spuntare dalla finestra del primo piano chiudendosi lo scialletto di lana sul petto. «Rocco?».

«Non mi risponde!».

La vecchina dondolò la testa, poi si mise una mano a cucchiarella accanto alla bocca e sottovoce disse: «Ieri gli ho portato la spesa. Sta bene, un po' dimagrito ma sta bene».

«Sora Leti', je può di' che deve rispondermi e che lo sto a cerca'?».

«Certo fijo, certo» poi riprese a bassa voce: «Ma che è successo? Perché non te parla più?».

«È 'na storia lunga. Diciamo che non si fida più di me».

«De te?».

«Già».

Sora Letizia giunse le mani con uno schiocco. «Ma roba da matti. Siete amici da quando ve la facevate nei pantaloni e mo' nun te parla più?».

«È così!».

«Anvedi Rocco, come stai!» il panettiere zozzo di farina passò alle sue spalle con la sigaretta spenta in bocca.

«Ciao Amede'... Senta, sora Leti', lei ce riprovi e je dica che aspetto una sua telefonata e je dica pure che a porta' i fiori a Adele vado io, visto che lui non può uscire».

«Sì, va bene, Rocco. E fai una preghiera a Adele pure da parte mia».

«Sora Leti', io nun prego».

«Male, fijo mio, male. Poi il giorno che te presenti da Lui che je racconti?».

«Che ero assente all'ora di religione. Me stia bene e me saluti sor Sabatino».

Si voltò e si incamminò verso il lungotevere dove aveva trovato parcheggio. Ogni recesso di quelle strade nascondeva un ricordo, anche se cercava di non pensarci. All'angolo con via del Moro gli tornò in mente il visino di Mariadele, la sua prima ragazza, avevano dodici anni. Si erano scambiati un solo bacio, toccandosi appena le labbra, poi dopo una settimana si erano lasciati, Rocco giocava sempre a pallone e non stava mai insieme a lei. Un bacio solo, rapido, ma abbastanza da dargli l'impressione di aver toccato una lumaca. «Che schifo, Brizio, baciare le donne» aveva detto al suo amico. «Infatti. Palla!».

Il garage di Primo invece era diventato un bistrot. Una volta era una spelonca buia e sporca di olio dove insieme a Furio truccavano i carburatori dei motorini. «Mannaggia a la matina, 'ndo' sta la chiave da 11?» urlava Primo con le mani sporche di grasso. «Sor Primo, l'ha presa Furio!». «Quant'è vero Iddio ve spacco la testa a tutti e due!». Ancora gli sembrava di sentire il vocione del meccanico rimbalzare sui muri delle case. E lì, a via Benedetta, proprio sopra piazza Trilussa, al balconcino del primo piano abitava Stella, che a trent'anni sarebbe diventata la ragazza di Brizio. Stella aveva una madre che faceva girare la testa a tutti. Rocco se la sognava di giorno e di notte, ma era sicuro che lo stesso accadeva a mezza Trastevere. Anche il bar di Settimia non c'era più, adesso vendevano jeans e magliette, ed era sparito pure Silvio il fruttarolo per fare posto a una galleria d'arte che esponeva croste multicolori. Tutto passa, tutto cambia, niente muore e tutto si trasforma. E lui? Cos'era diventato? Si guardò di sfuggita nella vetrina di un ristorante ma non si soffermò a specchiarsi. C'era poco da vedere e quel poco non gli piaceva. Attraversò Ponte Sisto, il Tevere era giallo putrido. Incrociò un gruppo di asiatici che seguiva una ragazza con un ombrellino rosso puntato verso l'alto. Si guardavano intorno, circospetti e eccitati, neanche stessero per entrare in un territorio di Apache ostili.

Risalì in macchina tentato di rimettersi in viaggio per Aosta. Cosa restava a fare un'altra notte in albergo a Roma? Brizio e Furio si erano dileguati in un mare di scuse fasulle e impegni inventati. Non aveva fame, non aveva sete, sentiva un sapore acido in bocca e lo stomaco gli bruciava. Provò ad accendersi una sigaretta ma la gettò fuori dal finestrino dopo due boccate. Aveva seguito il suggerimento di Stella, la donna di Brizio, l'unica che gli avesse parlato al telefono: piazzati sotto casa di Sebastiano finché non ti apre. L'aveva fatto, ed era stato inutile. Pensava all'amico, chiuso in casa come un orso in gabbia che segnava con zampate ampie e rumorose il perimetro dell'appartamento masticando odio e rancore col braccialetto dei domiciliari alla caviglia. Una bomba che prima o poi sarebbe esplosa e, sperava Rocco, non nel petto del suo amico. Fermo al semaforo doveva decidere se andare in albergo a dormire o prendersi la sacca e tornarsene ad Aosta.

Girò verso la Salaria e l'albergo. E cosa unica più che rara, non trovò traffico. Come se la città stessa lo invitasse ad andarsene.

Leggi i segnali, Rocco, si disse. Al nemico che fugge, ponti d'oro!

Giusto il tempo di riprendere Lupa, la valigia, pagare il conto e lasciare Roma, dritto verso Firenze, in sei ore di macchina avrebbe raggiunto la Valle a tarda sera. Accese la radio, stava trasmettendo *Ticket to ride* dei Beatles. «Ti serve altro, Schiavo'?» disse ad alta voce.

Era passata l'estate con i suoi venti caldi, il sudore, i prati verdi e i gelati spiaccicati sul marciapiede. Sulle montagne in mezzo ai sentieri era sparita anche la eco degli «Oh» e degli «Ah» dei turisti in pantaloncini e racchette ogni volta che avvistavano un myosotis alpestris o un lilium martagon sparare al sole i loro petali colorati. O quando scorgevano rapido come un'ombra uno scoiattolo saltare da un ramo all'altro alla ricerca indaffarata di cibo da portarsi nella tana, o all'apparizione di stambecchi in equilibrio precario su uno spuntone di roccia incastrato su una parete a picco che osservavano quegli impiastri sovrappeso affannati a guadagnare la cima.

Era passata l'estate, e si era portata via i profumi, le canottiere e gli shorts, le birre ghiacciate e i gelati squagliati, i passi annoiati e strascinati sui marciapiedi di chi deve riposarsi e s'affatica già a comprare un quotidiano o la «Settimana Enigmistica».

Le piogge di settembre avevano aperto la strada all'autunno, accompagnato dai primi venti gelati, che incedeva lento e inesorabile come una vedova dietro un feretro.

L'inverno avanzava a passi da gigante.

Lunedì

«27 rouge... impair et passe...».

Il croupier alzò gli occhi solo un attimo, abbastanza da incrociare quelli di Cecilia, rossi, ferini. Poi l'uomo in smoking tornò a concentrarsi sul tavolo e sulle sue mani, occupate a rastrellare le fiches delle puntate. Cecilia tirò un respiro stanco che le scese nei polmoni a piccoli morsi. Il grassone di fronte a lei esultava. Aveva preso il pieno per la seconda volta consecutiva. Un colpo di fortuna da mettere negli annali. Sorridente arraffava i gettoni di plastica con le sue dita a würstel. Sorrise ai begli occhi verdi di Cecilia, male interpretando il senso di quello sguardo. Che non era di ammirazione, di dolcezza o di semplice seduzione. Era uno sguardo carico di odio, d'invidia, denunciava semmai un istinto omicida. L'avrebbe strozzato facendogli ingoiare tutte quelle fiches una dopo l'altra. Ma il giocatore era troppo felice per star lì a decifrare i messaggi di quella donna alta ed elegante che si passava fra le dita l'ultima piastrina col logo del casinò di Saint-Vincent dal valore di 50 euro.

«Faites vos jeux, s'il vous plaît». Il croupier fece girare la ruota. La donna cercò di nuovo i suoi occhi, che però quello teneva bassi.

Si vergogna, pensò.

Avrebbe voluto alzarsi e urlare: «Arturo, guardami! Guardami come sono ridotta! Perché non lo fai? Perché?», ma lui impassibile nel suo vestito nero con la farfallina al collo sembrava una macchina, un automa che lanciava palline, declamava numeri e rastrellava gettoni, senza anima, senza un ripensamento, come se non sapesse che quei cerchi di plastica fossero soldi, sudati e preziosi, e per qualche giocatore al tavolo come lei, anche gli ultimi. La ruota girava, il croupier lanciò la piccola sfera, lei giocherellava col suo accendino bianco, poi prese la decisione. Allungò la mano snella, aprì le dita con le unghie smaltate di rosso e lasciò cadere il gettone che rimbalzando andò a fermarsi su un numero, l'11. Finalmente il croupier la guardò dritto negli occhi che sembravano implorarlo: «Fammelo uscire, Arturo, ti prego. Fammelo uscire!». Gli altri giocatori si sporgevano sul tavolo per fare le puntate, affannati e frettolosi, dandosi di gomito, scavalcandosi, sudando. Ognuno seguiva ragionamenti precisi che facevano sorridere tutti gli impiegati del casinò. Non c'è una tecnica per vincere. Non ci sono carré, orfanelli, nasse e cavalli che tengano. Alla lunga il casinò si prende tutto, si sa. E non potevano fare a meno di stupirsi; era una regola universale, qualunque giocatore la conosceva, ma dentro, nel profondo, ognuno sperava di essere l'eccezione, la mosca bianca, il granello che fa saltare l'intero meccanismo. E allora insistevano e seguitavano a buttare quattrini sul tavolo verde sempre per quella speranza, innocente e malata. Ma le migliaia di sconfitti erano sempre di più, i vincitori sempre meno. In tanti anni di onorata carriera nessuno degli uomini in smoking aveva mai messo un euro sul panno verde.

Cecilia guardava la pallina correre in circolo, il croupier invece si fissava l'orologio al polso, poi disse: «Rien ne va plus!» e aspettò il rimbalzo della piccola sfera bianca. Che saltellò di casella in casella, batté su una losanga e scese nella corona dei numeri; per un attimo sembrò volersi fermare proprio sull'11, ma poi una piroetta, un rimbalzo e cambiò repentinamente idea.

«15, noir, impair et manque».

Cecilia recuperò sigarette e accendino, si alzò dal tavolo e lasciò la sedia a un ometto con gli occhiali che voleva quel posto da più di mezz'ora. Gettò un'ultima occhiata al croupier che, sguardo basso sul tappeto verde, ritirava le fiches, effettuava i pagamenti e intascava la mancia.

Bene, si disse Cecilia, mezzanotte e sono rovinata.

Arturo la guardò raggiungere il dehors dei fumatori. Mentre aspettava le puntate la osservava attraverso i vetri sedersi al divanetto, aprire la pochette, prendere una sigaretta dal pacchetto, poggiare l'accendino sul tavolino, guardare il soffitto e infine scoppiare a piangere. Ma non sentiva pietà per quella donna. Doveva pensare a sé, abbandonare Cecilia ai suoi pianti, al dolore che si era provocata da sola. Attirò l'attenzione del collega, Gino Villermoz, che annuì. Poi annunciò: «Après la boule passe», doveva fare un salto a casa, aveva dimenticato le pillole per la pressione. Dieci minuti e sarebbe tornato in quella sala che ormai odiava più della sua stessa vita.

Insisteva, un colpo dopo l'altro, col sudore che colava lungo le ascelle, sulla schiena, sulla fronte. I muscoli del petto, delle braccia e del collo urlavano per il dolore. La donna stava con gli occhi chiusi, ad ogni spinta di Rocco conficcava le unghie nelle lenzuola, il viso abbandonato sul cuscino, dalla bocca un rivolo di bava. Rocco continuava a scoparla senza sentire più niente. Teneva il ritmo, le anche che sbattevano sul bacino di lei che socchiudeva gli occhi, i capelli sparsi e disordinati e una piccola pozza di sudore nell'incavo sopra le natiche. Le guardava la schiena bianca, liscia e piena di nei. Non provava più niente, solo movimento ginnico, faticoso, e raggiungere l'orgasmo sembrava quasi inutile. La donna cambiò posizione. «Magari aiuta» gli disse stendendo la schiena sul letto. Ricominciarono. Piano all'inizio, poi Rocco aumentò il ritmo. Una goccia di sudore aveva superato le sopracciglia per andarsi a infilare proprio dentro l'occhio. «Vieni, Rocco, vieni» mugugnò la donna a bassa voce. Dovette richiamare alla memoria immagini erotiche, perché quella trombata s'era trasformata in una seduta di pilates. «Forza, vieni» gli disse con gli occhi aperti, e lui per un momento, solo un momento, sul cuscino vide il viso di Caterina. I capelli biondi, gli occhi profondi e malinconici. Scacciò quella visione affondando ancora di più. «Non... ce la faccio...» mormorò.

Non devo pensare, non devo pensare, non devo pensare, si diceva. Un altro colpo, altro rumore di carne che schiocca, il bruciore che aumenta, il collo che tira.

«Vieni, vieni, vieni...».

Qualcosa risaliva dai lombi verso il cervello, avanzava fra i muscoli formicolanti delle spalle.

Ecco, ci siamo, ci siamo quasi. Era il momento giusto, ora o mai più, pensò.

Inarcò la schiena, e finalmente raggiunse l'orgasmo accasciandosi sul corpo di lei. Si lasciò andare accanto alla donna. Respirò profondo per un paio di minuti guardando il soffitto. «Non ho più l'età» disse.

Quella si avvicinò. Sorrideva. «Dov'eri? Pensavi a un'altra?».

«No...».

«Che ci guadagni a mentirmi?» si alzò dal letto. «Il bello di andare con le puttane è che non ce n'è bisogno».

Rocco si accese una sigaretta, poi afferrò i pantaloni per prendere il portafogli. Contò le banconote e le mise sul comodino. La donna uscì dal bagno, s'era già rivestita. «Io vado. Il mio numero ce l'hai» con un gesto lento, quasi spavaldo prese i soldi e li contò. «Alla prossima, vicequestore».

«Alla prossima».

Quando Rocco sentì chiudersi la porta spense la luce e la stanza ripiombò nel buio. La casa era fredda, doveva essere successo qualcosa al riscaldamento, ma alle due di notte non aveva voglia di uscire a controllare la caldaia. Sentì Lupa tirare un paio di guaiti, stava sognando. Fuori dalla finestra le luci della strada si insinuavano attraverso la persiana, ma da qualche parte c'era la luna, lo sapeva. Aveva studiato il calendario lunare e alla fine del ciclo mancavano sette giorni, c'era ancora tempo prima di riuscire a farsi due chiacchiere con Marina. Chiuse gli occhi e dietro il buio delle palpebre cominciarono a scorrere immagini. Sebastiano che gli urlava contro, Marina che sorrideva davanti a un dipinto in qualche galleria, Adele stesa sul suo letto piena di sangue, la sua vecchia casa di Trastevere, l'enciclopedia degli animali. Ora c'è suo padre con le mani sporche di inchiostro che ormai non va più via, seduto a tavola col tovagliolo legato al collo. Sono in trattoria, lui ha sei anni, c'è sua madre e suo cugino Marco e zia Annarella. Cosa rara andare in trattoria, forse è il compleanno di qualcuno. Zia Annarella fuma e non tocca cibo, continua a girare le pagine di una rivista umettandosi i polpastrelli, lui non può guardarla, gli viene da vomitare. Suo cugino Marcolino invece mangia come un profugo. Suo padre e sua madre ridono con la bocca piena di sugo della amatriciana. E poi il cameriere, quello riccio con la giacca bianca e la macchia sul bavero, porta il conto. Suo padre controlla il totale, strabuzza gli occhi e dice al cameriere: «Scusi, ma che avemo rotto qualcosa?» e tutti a ridere.

C'era un posto da qualche parte dove si ammucchiavano i ricordi, le paure, le gioie, la vita? Un magazzino? Un nascondiglio che gli avrebbero svelato quando sarebbe suonata la sua ora? La vita che passa come un nastro trasportatore e non lascia neanche una traccia tangibile.

Allora a che serve? Marcolino, che fine hai fatto? Non t'ho più sentito. Mi pare che lavorava alle poste... Anzi no, faceva il ragioniere da qualche parte. O quello era un altro? Quanto magnava Marcolino. Aveva già la barba a 14 anni. Mi pare che s'era sposato. Sì, ma contro chi? Mica mi ricordo... Perché non m'hai più cercato, Marcolino? Perché non ti ho cercato io? Quarant'anni fa? E se vede che non ce ne fregava un cazzo... continuiamo così che va bene.

Poi ricordò tutto. Era avido, Marcolino, s'era giocato pure la casetta di Testaccio ed era sparito senza lasciare tracce inseguito dai debiti. Forse era il 1990 e qualcosa.

Se n'era andato anche lui. Restava da scoprire dove fossero tutti. Certo non ad Aosta, non in quella stanza. Lì c'erano solo lui e Lupa che muoveva frenetica le zampe nel sonno.

Era l'ora di chiusura. Arturo, stanco, distrutto, gli occhi cerchiati di rosso che bruciavano, la bocca impastata per i due whisky, scese le scale ed entrò nello spogliatoio per togliersi l'abito scuro e rimettersi in borghese. «Uelà Arturo», Gino Villermoz si guardava allo specchio carezzandosi i baffi a manubrio.

«Grazie per avermi sostituito al tavolo, Allosanfant». Tutti i colleghi lo chiamavano Allosanfant perché vantava una madre di Mentone e non perdeva occasione di sottolineare l'evidente superiorità del popolo francese rispetto alle genti italiche. Il motivo per cui vivesse in Valle d'Aosta sfuggiva a tutti.

«Figurati, mi devi un favore. Prese le pillole almeno?».

«E certo!».

«Cura l'alimentazione e risolvi il problema, vedrai!».

Arturo scosse il capo. «E me lo dici tu?».

«Hai ragione!». Gino si mollò due schiaffi sulla pancia. «Mi sa che devo mettermi a dieta. Guarda qui... Oggi chemin abbiamo chiuso alle undici... che tristezza».

«Già...».

«Poca roba, guarda, neanche sei giocatori». Allosanfant aprì il suo armadietto scuotendo la testa. «Continuiamo così, ci licenziano. Qui non si batte più un chiodo. A Cannes, a Aix-en-Provence, a Deauville le cose vanno a gonfie vele, mi spieghi perché qui tiriamo la cinghia?».

Arturo alzò gli occhi al cielo. Era ripartita la solita solfa. «Perché in Italia c'è corruzione, amico mio, siamo in un paese di merda. Guarda, in Francia...» ma Arturo non ascoltava più. Si allacciava le scarpe concentrato nel fare bene il fiocchetto. Che gli affari andassero male lo sapeva anche lui, e non ne poteva più di sentire le storie di quando il casinò aveva il vento in poppa, i famosi tempi d'oro, quando sul tavolo verde venivano lasciate centinaia di milioni di lire da giocatori cosiddetti veri, appassionati. C'era anche lui, trent'anni prima, e ricordava le sale piene e i soldi che frusciavano come acqua di sorgente. Ma a ripensarci non sentiva nostalgia, neanche una punta. Era felice che fossero passati tutti quegli anni e che la pensione, l'agognato premio finale, si stesse avvicinando a passi lunghi, rapidi e ben distesi. E sarebbe stata una pensione comoda.

«Te l'ho mai raccontata quella dell'industriale di Lione che...».

«Sì, Allosanfant. Cento volte!» e Arturo mise il papillon sul ripiano e il vestito nero nel sacco. Poi chiuse l'armadietto.

«Milioni di lire. E non ti dico le mance. Si guadagnava più con quelle che con lo stipendio». Gino finì di pettinarsi i pochi capelli radi che non riuscivano a nascondere il cranio lucido. «Ti porti via il vestito?».

«Sì, domani lo porto in tintoria...».

«Tu pensi che ci manderanno a casa?».

«Vuoi la verità, Allosanfant? Io spero di sì».

Gino scambiò un'occhiata poco convinta con Arturo e scosse il capo. Lo osservò infilarsi il giubbotto, stringersi la sciarpa intorno al collo e raccattare la busta di plastica con l'abito. «Forse hai ragione» disse. «A me alla pensione manca poco. Ma sì, chiudiamo 'sta baracca e au revoir à tout le monde!». Poi recuperò il suo buon umore. «Eccolo qui il guerriero Gino Villermoz, pronto a tornare a casa dopo un'intensa giornata di lavoro! Ci si vede, Arturo».

«E certo, dove vuoi che vada?».

«A casa, no?» e Gino scoppiò a ridere un'altra volta.

Bastò una sola ventata di aria fredda nei polmoni per ripulirlo dalla notte di lavoro. Saint-Vincent dormiva, i neon dei negozi erano spenti, l'occhio arancione del semaforo lampeggiava. Per arrivare a casa Arturo doveva fare poche centinaia di metri. Guardò il cielo freddo e senza stelle. L'odore di neve come fumo denso scendeva sulle strade. Un brivido di freddo gli fece chiudere la zip del giubbotto fino al mento e calcare il berretto di lana in testa.

Era lì accucciata nel buio, l'ombra poteva solo essere la sua.

Ci mancava lei, si disse Arturo mentre infilava le mani in tasca per prendere le chiavi del portone di casa.

L'ombra fumava.

«Tanto lo sapevi che sarei venuta...» disse Cecilia restando nascosta.

Il fumo del fiato si mischiava a quello della sigaretta, un puntino di brace che le illuminava leggermente gli occhi stanchi e il piccolo naso all'insù. «È tanto che sei qui?».

«Fatti miei» rispose quella.

«Torni qui e continuo a non capirne il motivo» le disse.

«Perché sei un figlio di puttana!» e gettò la sigaretta a terra che rimbalzò sul marciapiede schizzando moscerini di brace tutt'intorno per poi finire in un tombino. Arturo non disse nulla. Infilò la chiave nella toppa. «Puoi dormire tranquillo?».

«Ci provo da almeno trent'anni senza riuscirci» le rispose.

«E fai bene. Dimmi almeno perché!».

«Te l'ho detto e stradetto!» urlò. Non amava le scenate in mezzo alla strada, non amava gridare, in quel palazzetto ci abitava. Allora abbassò la voce. «Sono mesi che provo a fartelo capire, ma tu non stai a sentire!».

Finalmente Cecilia uscì dal nascondiglio. Gli occhi cerchiati di nero, aveva pianto, chiusa in un cappotto pesante color melanzana lungo fino ai piedi, i capelli spettinati, la pelle del viso bianca, lunare. «Non ti sto a sentire Arturo perché non è vero!».

Il croupier rimase con le chiavi infilate nella serratura. «È una leggenda metropolitana, una storia messa in giro chissà da chi, Cecilia. Tu credi che io non abbia voluto aiutarti, ma non è così».

«Al tavolo da gioco neanche mi guardi. Eppure lo vedevi che perdevo, e perdevo, ma tu niente! Ti sei fatto anche sostituire».

«Mezz'ora, dovevo correre a casa a prendere le pillole. Mi controlli? Te lo ripeto. Io non posso e non potrò mai aiutarti!».

«È la prima cosa vera che ti sento dire. Non potrai più aiutarmi, ormai sono rovinata. Lo sai?».

«Mi dispiace...».

«Vaffanculo Arturo. Non credo ci rivedremo più. Ti auguro la metà delle mie sofferenze, le troveresti insopportabili!».

Il croupier le afferrò un braccio. «Ascoltami bene. Ti sei rovinata da sola, perché sei malata, perché non riesci a stare lontana da un tappeto verde. E per favore questa storia te la devi togliere dalla testa. Non esiste, non è mai esistito e mai esisterà un uomo che possa tirare i numeri desiderati, lo vuoi capire?».

Cecilia gli puntò addosso i suoi occhi verdi: «A letto eri di un altro avviso».

«Si giocava, Cecilia! Si giocava a dire sciocchezze. Possibile mai che tu...».

La donna si liberò dalla presa dell'uomo e a passi rapidi attraversò la strada. Arturo restò lì poggiando la testa sul legno del portone fin quando sentì l'utilitaria partire, le gomme stridere sull'asfalto umido e il motore perdersi nel silenzio della notte. Poi tirò un respiro.

Tu non c'entri niente, si disse. Se la gente è matta, che vada a farsi ricoverare.

E tutto questo per una scopata, neanche poi così memorabile.

Entrò nel portone della palazzina. Tutto era silenzio. Stava per affrontare la rampa di scale quando la porta di Bianca del piano terra si aprì. «Arturo?» lo chiamò la vicina. Una donna alta come una bambina di sei anni e coi capelli bianchi e ordinati. «Tutto bene? Ho sentito litigare in strada...».

«Mi scusi, Bianca. Niente, passato. L'ho svegliata?».

«M'ero addormentata sul divano... ma lo sa, a quasi 80 anni il sonno è carta velina».

Un lamento appena percettibile. Dal portone ancora aperto entrò Pallina, il siamese del ragionier Favre. «E tu che fai qui?» la gatta li guardava.

«Com'è, l'ha dimenticata?» disse Bianca. «Pallina non è abituata a dormire fuori... domattina al ragioniere gli viene un colpo se non vede Pallina».

«È tardi per bussare e svegliarlo. Potrei andare su a prendere le chiavi e...» disse Arturo.

«Le do le mie, facciamo prima» e la donna sparì nell'appartamento per riuscirne poco dopo cercando nel mazzo quella giusta. «Ecco, apriamo e mettiamo Pallina al caldo».

«Sì, ma veloci» fece Arturo, «non vorrei svegliarlo».

Bianca infilò la chiave nella toppa. «Uh! Non gira».

«Avrà lasciato le sue infilate nella porta» fece Arturo. «Sa che facciamo?» prese la pubblicità di un ristorante dalla cassetta delle lettere, una penna dal taschino e scrisse un messaggio. «Ecco qua. L'avverto che ce l'ho io così si tranquillizza» e infilò il foglio sotto la porta.

«Buona idea. Be', buonanotte».

«Buonanotte Bianca, e mi scusi ancora per le grida».

Le otto di un mattino autunnale che somigliava di più a un inverno avanzato. Il sole doveva essere spuntato ma coperto da una coltre biancastra non riusciva a dare vita ai colori. Rocco Schiavone seduto alla poltrona del suo ufficio stava osservando le montagne soffocate dalle nuvole mentre il fumo della sua preghiera mattutina saliva in dolci e dense spirali. Lassù stava già nevicando. La luce della lampada sulla scrivania spandeva una chiazza azzurrognola in tutto l'ufficio. Non aveva chiuso occhio e alle sei, con la notte ancora padrona del campo, era uscito di casa abbracciato dal freddo, lui e il suo loden che adesso riposava come la pelle di Bartolomeo nella Cappella Sistina sull'appendiabiti all'angolo. Lupa dormiva, beata lei, e agitava appena la coda. Rocco invece ripensava ai mesi fuggiti veloci e indifferenti.

Si sentiva vuoto.

Una vecchia scatola delle scarpe, una tazza da caffè sbreccata, un nido d'uccello che piogge e vento avevano devastato. Che aveva fatto in tutto quel tempo? Se n'era andato in giro per Aosta senza una meta precisa, aveva lavorato quel poco che c'era da lavorare, portato a letto qualsiasi figura avesse sembianze femminili, telefonato ai suoi amici di Roma, anche se Brizio e Furio quando avevano la bontà di rispondergli mantenevano un tono di voce neutro, distaccato, e Rocco percepiva un muro impenetrabile che si alzava sempre di più.

Possibile che quarant'anni di amicizia finiscano così? Per colpa di una stronza?

Spense la cicca per terra, aprì la finestra e con un gesto rapido la gettò fuori. Aveva bisogno di un caffè, ma uscire con quel tempo non era da prendere in considerazione. Si alzò, una carezza a Lupa acciambellata sul divanetto di pelle e aprì la porta della stanza. Una coltellata alla zona lombo-sacrale gli bloccò il respiro. «Cazzo!» si appoggiò allo stipite portandosi una mano sulla schiena. In quella postura lo trovò l'agente Domenico D'Intino, il poliziotto originario delle terre d'Abruzzo, uomo fondamentale in una questura se si è dalla parte della criminalità.

«Dotto', si sente male?». Rocco scosse la testa e rimase con lo sguardo fisso sul pavimento. «Posso fa' qualcosa?» insisté e il vicequestore fece un gesto con la mano come a scacciare una mosca fastidiosa. «Per fortuna sta qua, le dovevo dire una cosa da ieri».

«Ma tu non dormi mai? Sono le otto e un quarto, è

appena spuntato il sole, che cazzo, D'Intino, stattene a letto».

«È una cosa importante!».

Rocco si arrese, l'agente non aveva intenzione di andarsene. «Che vuoi?».

«La colletta».

«Quale colletta?».

«Quella per l'agente Curcio!» rispose D'Intino e sorrise.

«Di che stai parlando?».

«Si sposa!».

«E sticazzi!».

«La settimana scorsa m'aveva detto di sì!» protestò l'agente. «Quanto vuole da'?».

«Un cazzo» fece Schiavone. D'Intino si intristì. «Però avevamo detto che...».

Con uno scatto il vicequestore mise mano al portafogli. Tirò fuori una banconota da 50 euro e la mollò in mano all'agente abruzzese che aveva ritrovato il sorriso. «Freghete dotto', 50 euro?».

Rocco alzò le spalle e si diresse verso il distributore del caffè. Arrivato alle scale incrociò Deruta, sudato e con il fiatone. In mano aveva un pacco regalo. «Vengo dalla panetteria. Ha ordini?».

«Sì, lavati cazzarola, sei sempre unto».

«Ora mi vado a lavare. Questo me l'ha regalato mia moglie» e indicò il pacco. «Oggi facciamo 15 anni...».

«Bene, Deruta. In una scala da 1 a 10 secondo te al tuo vicequestore quanto gliene frega?».

Incerto Deruta rispose: «Diciamo... due?».

«Sei ottimista» e proseguì verso il distributore.

Non si accorse che Deruta rimbalzando sui 110 chili con un'impensabile agilità era penetrato lesto e guizzante nel suo ufficio.

Anche il questore Costa non aveva dormito, le occhiaie e la pelle tirata ai lati della bocca e le palpebre che sbattevano con un ritmo sincopato denunciavano la mancanza di riposo. Sul tavolo due bicchierini sporchi di caffè vuoti. La luce dalla finestra leccava di grigio mobili e quadri. «C'è una cosa grave» esordì guardando Rocco, «che non mi fa dormire».

«Si vede».

«Ecco. Allora questo che le sto per dire resta fra noi, è chiaro?».

«Come il sole di questa mattina».

Costa guardò Rocco negli occhi. «C'è qualcuno in questura che ha le mani lunghe».

«Traduca».

«Tre giorni fa è sparito il laptop di un amministrativo e anche il drone non si trova più».

«Avevamo un drone?».

«Sì. Era in fase di sperimentazione. Per le indagini».

«Spero non stavate addestrando D'Intino all'uso dell'oggetto».

«Chi è D'Intino?».

«Lasci perdere. Insomma, qualcuno qui dentro ha la mano lunga?».

Il questore annuì, grave.

«Ci mancava questa. Abbiamo già un viceispettore

che per motivi ancora sconosciuti molla il posto accampando scuse curiose».

«Si riferisce alla Rispoli?» chiese Costa.

«Esatto».

«In effetti è strano. Il vostro rapporto andava a gonfie vele, a quanto ne so».

«Come no, questore, era tutto rose e fiori. Poi c'è un vicequestore della mobile sospettato delle più atroci nefandezze».

«Sarebbe lei?».

«Preciso. E adesso? Un ladro. A meno che... vogliamo addossare al vicequestore in questione anche questo?».

«Non colgo la sua ironia».

«Dico, giacché ci siamo, vuole che mi prenda la colpa?».

Costa risistemò delle carte, le mise in un cassetto ed evitò di rispondere. «Ora io questo schifo lo terrò nascosto sotto il tappeto, ma le chiedo di darmi una mano per capire chi è il ladro».

«Certamente, dottore. Non sarà facile».

«Perché?».

«Vede...» Rocco si grattò i peli ispidi della barba, «se è un poliziotto, e secondo me lo è, trucchi e sotterfugi ne conoscerà abbastanza. Insomma, mastichiamo crimine ogni giorno, no?».

«Vero, ma io confido in lei e ho fiducia che mi aiuterà a individuare Manolunga».

«Lo chiameremo così, Manolunga?».

«Mi pare appropriato».

Rocco annuì silenzioso. Poi si alzò. «Buona giornata».

«Anche a lei. Ah, Schiavone!».

«Dica».

«Lei aveva fatto una promessa tempo fa».

Rocco scavò rapido nella memoria ma non trovò nulla.

«Il caffè» precisò Costa.

«Quale caffè?».

«Mi aveva detto che avrebbe preso una macchinetta del caffè espresso per fare del caffè decente. Sono stanco di 'sta roba del distributore» e indicò i due bicchierini.

«È vero. L'avevo scordato. Provvederò» e con un sorriso lasciò la stanza del questore.

Desideria aprì la porta. Arturo in piedi davanti al camino attizzava il fuoco. «Signor Arturo! Già sveglio?».

«Eh già, Desideria. Non ho chiuso occhio».

«Oh, mi dispiace, le faccio subito un caffè». Si tolse il cappotto e lo poggiò sulla poltrona. «Fa freddissimo. E ha messo neve!».

«Già».

«Bene, dico io. Sole d'estate e neve d'inverno, com'era una volta e come dovrebbe sempre essere! E poi lei sarà felice, no? Così se ne va a Cervinia a fare le sue sciate. E questa che ci fa qui?». Desideria si abbassò a carezzare Pallina che le si era avvicinata strusciandosi sulle gambe.

«E non lo so. Ieri notte l'ho trovata fuori dalla porta».

«Brutto segno, il ragioniere comincia a scordarsi le

cose...» disse Desideria e si diresse al lavello per preparare il caffè. «Glielo faccio bello forte!».

«Magari, Desideria, magari». Arturo si stiracchiò e si avvicinò al camino. Si sfregò le mani, poi andò ad affacciarsi alla finestra della cucina. La giornata era grigia e si era appena alzato un vento cattivo. Guardò il giardinetto del ragioniere. Una pallina di plastica rossa e gialla risaltava come una boa in mare aperto sul prato verde e marrone. Sotto il gazebo il tavolo e le sedie erano ricoperti da una plastica grigia, sul lato accanto alla finestra della stanza da letto il barbecue era tutto in disordine e la pompa era abbandonata a terra. Le piante erano degli sterpi secchi tranne i fiori delle farfalle che cercavano di rallegrare l'aspetto generale. Il piccolo tiglio scheletrico ondeggiava al vento, il rumore insistente di un'anta che sbatteva attirò la sua attenzione. Guardò più in basso e si accorse che la porta-finestra del salone era aperta. Sbatté ancora.

«Porca...» disse tra i denti. «Desideria?».

«Che c'è?».

«Il ragioniere ha lasciato la porta-finestra aperta...».

«Quella del giardino?».

«Già, con questo freddo!». Si affacciò. L'aria gelida gli sferzò il viso e subito il fiato colorò l'aria. Si sporse per guardare meglio. La tenda bianca del salone svolazzava fuori dall'appartamento, sembrava l'ala di un grande uccello marino. «Allora è sveglio! Sarà in pensiero per Pallina e la starà cercando» richiuse la finestra e andò all'ingresso.

«Gliela riporti subito!» suggerì la donna.

«Ma no! Gli ho lasciato un biglietto che ce l'ho io!».

«Magari non l'ha letto».

Arturo si infilò il giubbotto sopra la maglietta e i pantaloni del pigiama. «Pallina, andiamo a casa, su!» la afferrò per la pancia, quella emise un grugnito di piacere, poi in ciabatte uscì. Desideria lo seguì affacciandosi alla tromba delle scale.

Scese di un piano e suonò alla porta del ragioniere. Aspettò. Non successe niente. Suonò ancora.

«Allora?» fece Desideria dal piano di sopra.

«Macché. Niente!».

Pallina aveva allungato le zampe sul petto di Arturo e si stiracchiava socchiudendo gli occhi.

«Questo s'è sentito male!» disse.

«Non mi faccia preoccupare!».

«Bisogna entrare».

«Passi dal giardino!».

Il freddo si insinuò sotto il giubbotto e la maglietta carezzandogli minacciosamente la pelle, gli morse le gambe coperte solo dai pantaloni del pigiama. Battendo i denti fece il giro della palazzina e raggiunse il giardinetto del ragioniere. Guardò attraverso i bossi ma a parte la porta-finestra aperta e Desideria affacciata che osservava la scena dal piano di sopra non riusciva a vedere altro. Provò a scuotere un paio di volte il cancello pedonale di ferro, ma era ben chiuso.

«Deve scavalcare» disse Desideria dalla finestra della cucina.

Mise la ciabatta sul muricciolo e provò a superare la recinzione appuntita. «Stia attento!» si raccomandò Desideria. «Sì, sì...» rispose Arturo in precario equilibrio con le ciabatte che scivolavano continuamente via dal piede. «Ragioniere!» chiamò proprio mentre era a cavallo della recinzione. Con attenzione passò la seconda gamba per evitare un'evirazione sugli spuntoni e dopo un saltello si trovò in giardino. Guardò Desideria che aveva portato le mani alla bocca. Avanzò cauto ipnotizzato dalla finestra spalancata. Dentro l'appartamento era buio e freddo. Pestò il giocattolino giallo e rosso di Pallina che emise un fischio acuto che gli fece drizzare i peli delle braccia. Finalmente scostando la tenda del salone il croupier entrò in casa. «Signor Favre? Signor Favre?». Era tutto in ordine. «Signor Favre, sono Arturo. È qui?». La porta della camera da letto era socchiusa.

La spinse.

Poteva sembrare il lungotevere a metà aprile, quando i pollini dei platani invadono l'aria e si depositano sulla strada nell'aria tiepida di primavera. Oppure batuffoli di polvere vomitati da un tappeto che qualcuno sbatteva dal piano superiore. Invece era neve, pochi fiocchi all'inizio, poi la compagnia era diventata sempre più numerosa e cominciò ad attaccarsi ai lampioni, coprire le panchine, i davanzali, i tetti delle auto e i marciapiedi. «Porca troia!» disse Rocco a bassa voce con la fronte premuta sul vetro della finestra. Si chiedeva se ce l'avrebbe fatta a superare un altro inverno, se il cervello e il corpo avrebbero retto tutti quei mesi lontani dal sole e dal calore di un cielo azzurro attraversato da piccole nubi bianche e veloci.

Bussarono. Ormai, dopo un anno e tre mesi sapeva riconoscere il postulante dietro la sua porta dal modo in cui percuoteva le nocche sul legno. Tre colpi rapidi Italo Pierron, un solo colpo forte e deciso Antonio Scipioni. Svariati tocchi leggeri e incerti avrebbero invece annunciato l'arrivo di Deruta o D'Intino. *Ammazza la vecchia col flit* era Casella. Mancavano solo i due colpi distanziati del viceispettore Rispoli. Non gli mancavano, anzi, sperava di non doverli più sentire perché se è vero che il tempo cura le ferite, come spesso lui stesso affermava, alla fine il tempo tende ad ammazzarti.

«Avanti, Italo!» disse in risposta ai tre colpi in rapida successione. L'agente si affacciò alla porta. Pallido e con le occhiaie, pareva reduce da una notte in bianco. «Guardo fuori dalla finestra e mi si stringe il cuore, guardo l'uomo appena entrato e mi sento pure peggio. Che c'è, Italo? Non hai dormito?».

Pierron non parlò. Scosse solo il capo. Rocco capì.

«Quando dove e perché?».

«Quando? Stamattina. Dove? In un appartamento a Saint-Vincent. Perché? Non lo so».

«Il perché non era riferito all'omicidio, ma a me» e Rocco si alzò dalla sedia. «Perché a me!».

«È il tuo mestiere».

«Nevica».

«Ma dobbiamo andare».

«Mi fanno male i piedi».

«Comprati delle scarpe adatte».

«Sento freddo».

«E giacché ci sei anche un giubbotto».

«Abbiamo passato un'estate tranquilla, un autunno orrendo ma anche quello senza rotture di coglioni. Perché ora che sta per arrivare l'inverno e la mia vita mi pare una corolla di tenebre deve accadere?».

Italo alzò un dito. «Quasimodo?».

«Ignorante, Ungaretti» finalmente indossò il loden e uscì dalla stanza. Lupa si limitò a sbadigliare ma decise di restare al caldo sul divanetto a dormire.

Scendendo le scale si abbottonò il cappotto e si assicurò con un nodo la sciarpa intorno al collo. «Che sappiamo?».

«Niente» rispose Italo.

«Bene così agente, manteniamo questo entusiasmo e questa energia. Dove sono?» si riferiva alla squadra.

«Antonio è sul posto insieme a Casella. I fratelli De Rege erano in stazione a fare non so cosa per il questore».

«Li hai chiamati?».

«Ho preferito Miniero, quello giovane di Napoli».

«Hai fatto bene. È in gamba?».

«Pare...».

Fuori la neve aveva attaccato. I marciapiedi e l'asfalto erano glassati di una pappetta gelida e sporca. Entrarono subito in auto. Italo si mise alla guida, Rocco con un brivido si accese una sigaretta. Poi si spolverò i fiocchi dai capelli.

Restarono in silenzio fino all'autostrada, poi il vicequestore alla seconda sigaretta ipnotizzato dai tergicristalli che spazzavano via la neve dal parabrezza chiese: «Perché non dormi?».

«Pensieri».

«Che tipo di pensieri?».

«Non mi va di parlarne, Rocco».

«Come preferisci. È solo la stagione?».

«No» e Italo accelerò. «Io a questo clima ci sono abituato. Sta aumentando» disse guardando il cielo alla sua destra, «se prosegue domattina sarà tutto bianco e coperto».

Rocco spense la sigaretta nel posacenere. «Cosa ti serve?».

«Niente, Rocco, davvero. Sono a posto così. Mesi fa mi dicesti che somigliavo a una faina» rise fra i denti. «E che era la prima che vedevi nelle forze dell'ordine. Te lo ricordi?».

«Certo, e allora?».

«Ti sei sbagliato. Non sono una faina. Al massimo posso essere un riccio, hai presente? Quelli che d'estate vengono spiaccicati sulle strade?».

Rocco si grattò la testa. «Sei nei guai?».

«Non più di te o di qualunque altra persona qui in giro».

«Ce l'hai con me?».

Italo non rispose. Fissava la strada davanti al parabrezza.

«Italo, prima o poi dobbiamo parlarne».

«Ti riferisci a Caterina?» scalò la marcia. «E perché, Rocco? Ci ha feriti tutti e due. La verità? Credo che a lei non interessi nessuno, a parte se stessa è ovvio».

«Non buttare merda su una cosa che non ha funzionato, Italo. Lo fanno gli stronzi, e tu stronzo non lo sei. Almeno non del tutto».

Sorrisero guardandosi negli occhi.

«Ti manca?» gli chiese poi Italo a bassa voce.

«Mica tanto. A te?».

«Neanche a me. A me lei non mancava già da tempo. E ora non parla lo stronzo ma solo l'osservatore: che fosse una carogna non me l'aspettavo. Solo levami una curiosità».

«La risposta è sì» lo anticipò Rocco. «Una volta sola, due giorni prima di scoprire chi fosse in realtà».

Italo annuì stringendo le labbra. «Lo sapevo».

«Voi non stavate più... insomma, era finita, no?».

«Morta e sepolta» fece Italo.

«Quindi non ti interessava più».

«No. Come a te ora».

«Bene».

Italo accelerò. Continuarono il viaggio in silenzio; nessuno dei due ebbe il coraggio di confessare che stava mentendo.

Almeno la neve a Saint-Vincent aveva smesso di cadere. Italo parcheggiò proprio davanti alla palazzina. C'erano due donne affacciate al portone, pallide come cenci. La più anziana piccola e minuta era seduta su una sedia di legno. L'altra in piedi le teneva la mano. Rocco le guardò attraverso il finestrino dell'auto. Erano terrorizzate, nella loro vita tranquilla e regolare era piombato l'orrore puro, quello che per Rocco Schiavone era pane quotidiano da vent'anni. E mentre scendeva dalla macchina il vicequestore ebbe la certezza che di quel lavoro non ne poteva più, di quelle facce sconvolte non ne poteva più, di quello che c'era in quell'appartamento non ne poteva più, e soprattutto affrontare per l'ennesima volta il dolore, le lacrime e il sangue davvero non ne poteva più. Fuori dal portone stanziavano Antonio e Casella. Un cenno della testa del più anziano. Antonio indicò il portone: «Le vicine sono dentro... l'aspettano» disse.

«Noi non siamo entrate» disse la più giovane delle due donne. «È entrato Arturo. Ma ora Arturo è sul letto che sta male».

«È svenuto» aggiunse l'altra, piccina, pareva uscita da un libro delle favole.

«Bene. Andiamo con ordine. Chi è Arturo e chi siete voi?».

«Desideria, faccio i mestieri a casa di Arturo».

«Io sono Bianca Martini, la dirimpettaia».

«Di Arturo?».

«No, del ragioniere Favre. Abito qui al piano terra». Indicò la sua porta di casa. «Ecco, proprio qui!».

Rocco guardò Italo. «Ci stai capendo qualcosa?».

«No dottore».

«È lì il problema...» prese in mano la situazione Desideria indicando l'interno numero 2. Magra con un grembiule blu e i capelli grigi raccolti in una crocchia «... dal ragioniere. È entrato Arturo, poi ha urlato: chiamate la polizia! E prima di svenire ha detto a Bianca: non entri, per carità, non entri».

«Immagino che noi invece dovremmo...» fece Italo.

«Già. Voi ora tornate in casa e mettetevi al caldo, che fate sulla soglia, non sentite che gianna che tira?».

«Chi è Gianna?» chiese Desideria. «Io sono Desideria e lei si chiama Bianca».

«Gianna vuol dire vento freddo» tradusse Italo mentre Rocco entrava deciso nella palazzina. Appena dentro l'androne Italo si avvicinò al vicequestore. «Rocco, se quello, Arturo, è svenuto, lo spettacolo mi sa...».

«Lascia perdere, Italo. Stanne fuori. Entro io. Tu chiama la questura e dai una smossa che qui fra poco arrivano i cacacazzi...».

La porta del ragioniere Favre era accostata. Bianca, la vicina, restava sul pianerottolo a guardare. «Signora, vada dentro per favore» le disse Rocco. Quella chinò appena il capo e finalmente rientrò chiudendo la porta delicatamente. A Rocco venne da sorridere nel guardare lo spioncino messo a neanche un metro e mezzo d'altezza. «Hai visto, Italo? Uno spioncino Montessori».

«In che senso?».

«Guarda quant'è basso...».

«È per la vecchina, no? Altrimenti non ci arriva. Vado a chiamare gli altri» e uscì di nuovo in strada.

La casa di uno hobbit, pensò Rocco. Poi si infilò i guanti e aprì la porta del ragioniere Favre. Una bella porta blindata che osservò con attenzione. Dall'altra parte non c'era la maniglia, per aprire bisognava usare la chiave che era infilata nella toppa appesa a un portachiavi d'argento. Lo spioncino era all'altezza giusta, non come quello di Bianca Martini. Un salone con le pareti albicocca e mobili di legno antichi. Qualche stampa, un bel tappeto e divani di pelle. La luce diafana penetrava dalla porta-finestra spalancata sul giardino, la tenda svolazzava come una vela. L'odore della morte, che Rocco aveva sentito già sul pianerottolo, si era annidato nell'appartamento, sottile e in agguato come nebbia che nasconde il terreno. Il vicequestore avanzò nel piccolo corridoio. Fotografie di un gatto siamese erano in bella vista lungo tutte le pareti. Gettò un'occhiata nel bagno aperto. Sembrava in ordine, come la cucina. A terra c'erano le ciotole dorate del gatto pulite come un bisturi.

Lo scempio era in camera.

Il corpo era ai piedi del letto. C'era sangue, tantissimo sangue, un lago, che era schizzato sul verde salvia della trapunta, sulla parete bianca. Anche sulla porta e sul pavimento. Braccia e gambe spalancate, la mano sinistra stringeva un lembo del copriletto, sulla camicia a righine azzurre all'altezza del fegato una chiazza di sangue scuro. Gli occhi sbarrati, sul collo lo squarcio dal quale era colato il sangue.

«Cazzo...». Mise la mano in tasca e prese il cellulare. Mentre componeva il numero guardò la stanza. Era tutto in ordine, tranne l'armadio che era spalancato. «Alberto? Sono Rocco...».

«Che mi dice il miglior vicequestore di Aosta e provincia?» chiese dall'altra parte l'anatomopatologo.

«Saint-Vincent, via Mus al 22».

«Brutta?».

«Abbastanza» e attaccò. Nell'armadio c'erano dei vestiti appesi. In basso, aperta, una cassaforte vuota. Si voltò a guardare il corpo del ragioniere Favre. Teneva la mano destra serrata, a pugno. Rocco prese una penna dal taschino e forzò le dita. Stringeva una fiche di un casinò municipale.

Steso sul divano di casa Arturo Michelini riaprì gli occhi. Si trovò davanti due signori che non aveva mai visto. Uno portava la divisa, era giovane e stava in piedi vicino all'uscio. L'altro era più anziano, seduto, teneva le mani in tasca e una sigaretta spenta in bocca. Accanto al giovane in divisa da poliziotto la figura rassicurante di Desideria. Il fuoco nel camino crepitava ancora e spandeva un profumo di resina bruciata.

«Desideria... non è entrata... vero?».

«Non si preoccupi signor Arturo, né io né Bianca...».

«Lei... lei chi è? Della polizia?».

«Vicequestore Rocco Schiavone. Come si sente?».

«Male, dottore, male...» si asciugò la lacrima. «Io una cosa simile... mai vista».

«Lo so, signor Michelini».

«Dov'è Pallina?» chiese alzando leggermente la testa dal cuscino.

«Stia tranquillo» rispose la donna, «è di là, in cucina...».

«Se la sente di raccontarmi?».

«Quanto sangue... mio Dio quanto sangue...».

«Lei non ha toccato niente vero?».

«Io?... No, niente dottore... sono uscito subito io...».

«Va bene, Michelini. Io sono giù. Quando si sente meglio facciamo due chiacchiere». Rocco si alzò. «Vieni Italo, andiamo!».

«Dottore?» riuscì appena a chiamare alzando un poco il braccio. La mano candida, tremante, tisica. A Rocco fece venire in mente una scena della *Bohème*.

«Dica...».

«Come si fa a uccidere qualcuno così?».

Rocco scosse la testa. «Faccio 'sto lavoro da anni e ancora non saprei dare una risposta...».

L'agente Casella s'era piazzato di guardia fuori dall'appartamento della vittima, masticava isterico una gomma. Nonostante il freddo un gruppetto di una decina di persone s'era già assiepato all'esterno. «Casella, sei entrato?».

«Signorsì» scosse la testa. «L'hanno scannato come un maiale».

Rocco allargò le braccia. «E per favore, Case'. Avete chiamato la Gambino?». Poi si girò verso la porta di Bianca, la dirimpettaia, e bussò. Quella aprì subito, stava origliando. «Signora, come si sente?».

«Dottore! Una cosa terribile...».

«Mi dice cosa ricorda?».

«Certo. Stanotte quando verso le tre è rientrato Arturo dal casinò, io ero sveglia». Poi abbassò la voce. «Arturo litigava con una donna qui fuori ma non sono fatti miei, così abbiamo visto Pallina che entrava dal portone. Volevamo subito ridarla al ragioniere, poverino, ci teneva tanto a quella gatta. Arturo voleva prendere le chiavi, sia io che lui abbiamo le doppie del ragioniere... sa com'è? È vecchio, solo, sempre meglio avere una copia dai vicini per ogni evenienza». A Rocco venne da sorridere. Bianca che arrivava agli ottant'anni dava dell'anziano al ragioniere. «Invece gli ho detto: prendiamo le mie! Ma non siamo riusciti ad aprire, dall'altra parte c'erano le chiavi infilate nella toppa».

«Sì, le ho viste».

«Poi stamattina quando Arturo si è svegliato abbiamo trovato... insomma, quello che sapete...».

«Lei non ha sentito rumori, visto qualcosa dallo spioncino?» e indicò la piccola lente in basso.

«Veramente qualcosa verso mezzanotte sì... un po' di rumore. Allora sono andata allo spioncino ma era tutto buio. Non ho visto niente e sono tornata a letto...».

«Era buio?».

«Eh sì. La luce a tempo delle scale mi sa che era spenta».

«Va bene, signora Martini, la ringrazio tanto...». Poi si girò verso Italo. «Io rientro. Vuoi seguirmi?».

«Ne farei volentieri a meno».

«E te pareva» e il vicequestore rientrò nella casa degli orrori.

Fumagalli era chino sul cadavere. In mano teneva un termometro. Come al solito non salutò Rocco, ormai sembravano due conviventi abituati a stare insieme in pochi metri quadrati. «E vediamo se il pupo ha la febbre» disse riferito al corpo martoriato del ragioniere Favre.

«Le cause della morte mi sembrano chiare» disse Rocco.

L'anatomopatologo controllò la temperatura, poi la

segnò su un foglietto. «Già. Bel massacro. Abbiamo un colpo violento alla giugulare... Sì. E poi c'è...» si chinò a guardare meglio, «un altro colpo inferto qui, al fegato». Sbottonò la camicia del ragioniere. Sulla pelle livida, in mezzo ai peli, un altro taglio rosso scuro che aveva buttato sangue. «Te lo dirò poi, ma io credo abbiano usato la stessa arma».

«Insomma, prima l'ha colpito allo stomaco e poi al collo?» chiese Rocco appoggiandosi con le braccia conserte al muro.

«Sembrerebbe di sì. Qui dentro la temperatura è di poco sopra lo zero e tu immagino dirai: e sticazzi, no? Invece è importante».

«Sentiamo». Rocco si preparò alla lezioncina.

«A te farà piacere sapere a che ora è morto, no? Allora ecco come succede. Si prende la temperatura rettale del cadavere. Si fa un calcolo riportato alla temperatura esterna. Devi sapere che il corpo si raffredda in maniera lineare, circa zero virgola otto gradi all'ora, mi segui?».

«Mi hai già rotto i coglioni. Questa tua preparazione mi lascia intendere che sarai preciso sull'ora della dipartita?».

Il patologo girò il capo lentamente verso Rocco. «Ti rammento che stai parlando con Alberto Fumagalli, un tipetto che di lauree ne ha un paio e che ti riesce a stabilire a che ora hai preso il caffè o se la notte prima hai trombato soltanto guardandoti le iridi degli occhi». Si avvicinò per osservarlo meglio. «E tu hai trombato, male ma hai trombato».

«Vabbè, Alberto, portati il poveraccio sul lettino e buon lavoro».

«Paziente» lo corresse Alberto.

«Non ho capito».

«Quello che tu chiami poveraccio, io lo chiamo un paziente. Perché ha una fiche in mano?».

«E che ne so?». Rocco si avvicinò al cadavere.

«Peraltro non è di Saint-Vincent».

«Ah no?».

«No» continuò Fumagalli alzandosi in piedi. «Io al casinò ogni tanto ci vado, quella è di un altro posto. Magari c'è scritto sul retro, ma lasciamo l'incombenza alla pazza» si riferiva al sostituto della scientifica.

Rocco si chinò lentamente sul cadavere. Con la penna girò la fiche. Sul retro c'era il logo del casinò di Sanremo. Guardò Fumagalli. «Meditiamo su 'sta cosa, Alberto». Il patologo si limitò a scuotere la testa. «Comunque a pranzo mi fermo qui. Ci sono un paio di ristoranti in paese che valgono la pena».

Era sempre la stessa storia. Quello doveva parlare di cibo, di donne, musica, calcio, arte, qualsiasi argomento lo portasse lontano da quella casa, da quel cadavere, da quel sangue e da quella puzza. A un occhio esterno e poco attento poteva sembrare cinismo gratuito. In realtà si trattava di un metodo semplice, magari banale, di autodifesa. «Io invece mi faccio un giretto qui intorno».

Il furgone della scientifica era fermo in mezzo alla strada. Gli agenti si stavano infilando le tute protettive mentre Casella e Scipioni tenevano lontani due giornalisti accorsi da Aosta che appena videro Rocco uscire dal portone si avvicinarono: «Che ci dice, vicequestore?».

«Una notizia in anteprima» uno dei due cronisti accese il registratore, l'altro fece scattare la penna e la poggiò sul taccuino. Rocco divenne serio e disse: «È stato il maggiordomo» e passò oltre. I due desistettero dal fare altre domande.

Curiosi e poliziotti si girarono a guardare l'auto sovietica della Gambino che sopraggiungeva percuotendo le pentole e i coperchi che sembrava nascondere nel vano motore fino a che si fermò in mezzo a via Mus. Michela scese intabarrata in un cappotto di lana lungo fino ai piedi. In testa portava un vezzoso colbacco nero di pelo calato fino agli occhi. Somigliava a una sentinella del mausoleo di Lenin. Teneva stretta la sua cartella di pelle, scalciò la portiera che si chiuse cigolando e avanzò guardando bene l'asfalto per evitare di finire in un mucchietto di neve. «Ciao Michela» la salutò il vicequestore accompagnando la voce con un brivido di freddo.

«Ciao Rocco. Friddu i moriri... ma sempre così è l'inverno qui?».

«Pure peggio».

«C'è da pensare seriamente a farsi trasferire» e con un soffio si tolse un paio di peli neri che dal colbacco le cadevano sugli occhi.

«Perché indossi un gatto?».

«Bello, eh?» e si toccò il copricapo peloso. «Me lo portò un mio collega dalla Bielorussia. Mai avrei pensato che mi sarebbe tornato utile. Senti, sbrighiamoci che a stare fermi mi si congelano i piedi, che abbiamo?».

«Sui 60, due coltellate, una al fegato e una al collo. Un sacco di sangue, lì dentro pare uno scannatoio».

Michela annuì. «Sei entrato?».

«No, l'ho guardato da fuori. Certo che sono entrato».

Il sostituto della scientifica chiuse gli occhi. «Avrai già messo le manacce luride in giro?».

Rocco sospirò, poi mostrò i guanti al sostituto. «Va bene così? Ora me la togli una curiosità?».

«Certo».

«Sei mai stata sposata?».

Un sorriso cinico apparve sulla bocca del sostituto. «Perché me lo chiedi?».

«Sei una scassacazzi mica male, e così mi chiedevo se eri mai riuscita a fregare qualcuno».

«Carino, ho una certa esperienza, ma uno che ha portato all'altare Michela Gambino non c'è e non ci sarà mai!».

«Su questo siamo d'accordo. Vai a lavorare, Michela, la patria ti guarda!» e si avviò verso il vicolo che portava sul retro. Si ritrovò in un cortile cieco dove si affacciava il giardino del ragioniere. Dirimpetto una palazzina con due finestre poco più grandi di feritoie. A sinistra un garage. La serratura era arrugginita come anche i cardini della saracinesca. Il giardino era coperto di neve. Provò ad aprire il portoncino di ferro battuto ma era chiuso a chiave. Buttò uno sguardo nell'appartamento di Favre, scorgeva l'ombra di Fumagalli all'opera. Da qualche parte usciva un rivolo d'acqua, ma il vicequestore non riusciva a capire se era una grondaia o un rubinetto aperto. Il freddo gli stava penetrando nelle ossa. Decise di andare a bersi un caffè al bar ad aspettare che Arturo si riprendesse. Voglia di tornare in ufficio e relazionare a Costa proprio non ne aveva.

«Spiegami come posso lavorare se non la pianti di mettere a soqquadro tutta la scena del crimine!».

Alberto Fumagalli ancora chino sul cadavere non la degnava di uno sguardo. «E vorrebbe dirmi vossia dov'è che avrei commesso errori?».

«Tanto per cominciare non mi pigghiare p'u culo con l'accento siculo!» fece la Gambino puntando il dito. «Hai aperto la camicia della vittima, hai rivoltato il cadavere, hai sparso il contenuto della tua borsa sul pavimento. E poi c'è un...» cambiò improvvisamente espressione. Come ipnotizzata si avvicinò al comodino accanto al cadavere. Si mise una mano in tasca, estrasse un fazzoletto e afferrò un oggetto. Lo infilò nella busta di plastica. «Guarda un po' qui!». Finalmente Fumagalli alzò gli occhi: «Cos'è?».

«Un accendino. Un bic bianco!».

«Che ha di strano?».

Michela si accucciò accanto all'anatomopatologo. Abbassò anche la voce. «Il bic bianco! La sai la storia, la maledizione del bic bianco?».

Alberto sbuffò. «Non ne ho la più pallida idea».

«Porta sfortuna vera! Brian Jones, Jimi Hendrix, Janis Joplin, Kurt Cobain, il club dei 27, loro almeno li conosci, no?».

«Embè?».

«Al momento della morte avevano tutti un... bic bianco!».

«Che cosa c'entrano con un ragioniere di 60 anni?».

«Questo non lo so. Fatto sta che l'accendino però è qui!» e alzò la bustina con dentro l'evidenza. «E sappi un'altra cosa. Il barone Bic, quello della penna e di questi accendini, era originario della Valtournenche. Anche questo fa pensare...».

«A cosa scusa?».

Michela abbassò la voce. «Sono fili, tutti fili da mettere insieme...».

«Io dico che tu stai divagando».

«Divagando? Sei peggio di Schiavone, vivi senza sapere una beata minchia. Basta guardare come ti comporti sul luogo del delitto!».

«Senti ciccina, io se Dio vuole sto per andare in ospedale dove la mortuaria fra poco mi porterà il corpo in questione. E ti dico la verità? Non vedo l'ora di starmene da solo a fare il mio lavoro».

Alberto radunò i suoi strumenti e li sbatté nella borsa. Si alzò in piedi e senza salutare uscì dalla stanza. Michela Gambino restò lì sola con il cadavere. «E cominciamo a lavorare...». Dalla porta entrò un agente con la tuta bianca e il cappuccio tirato su. «Amunì che il tempo passa» gli disse.

Rocco seguito da Italo superò Deruta che stanziava davanti all'ingresso della palazzina.

«Ah Deruta, sei arrivato illeso a Saint-Vincent? È una buona notizia!».

«Sempre a disposizione» disse quello portandosi la mano di taglio alla fronte.

«Deruta, ma ti si è gonfiata la testa?».

«Non credo, dottore. Perché?».

«Boh... sembra più grande di stamattina. Forse non indossi il tuo cappello ma ne hai preso uno più piccolo?».

Deruta se lo tolse e osservò l'etichetta. «No, è il mio».

«E sei sempre unto... non avevi detto che ti andavi a lavare?».

«Mi sono messo la brillantina».

«Nel 2013 sei l'unico in Italia che la chiama ancora brillantina. Comunque sei orrendo coi capelli spiaccicati. Dov'è l'amico tuo?».

«D'Intino? Era qui poco fa. Lo chiamo?».

«Per carità!».

«Senta dottore, la signora del piano terra, Martini, per tre volte è sbucata fuori. Prima voleva offrirmi un caffè, poi chiedeva novità...».

«È così, Deruta» fece Italo. «Non sa che fare e questa per lei è una botta di vita...».

«Già...».

Fumagalli nero in viso quasi li travolse. «O tu mi levi da' coglioni quella pazza o il lavoro te lo fai da te!» gli urlò proseguendo verso la strada.

«Che succede?» chiese Rocco.

«La Gambino, la nuova. Non la sopporto! Vuoi un consiglio? Non t'accendere quel veleno che ti fumi con un accendino bianco!» e si perse fra le auto parcheggiate.

«Accendino bianco?» chiese a Italo.

«Ma che ne so?» rispose quello immerso nei suoi pensieri. «Chi lo capisce quello...».

«Dotto', mi sa che i due si odiano» intervenne Deruta.

«Bravo Deruta... vedi Italo quando ti parlo di capacità intuitive? Intendo proprio questo! Saliamo va'...».

Arrivarono al primo piano. Bussarono. Sentirono il rumore delle chiavi dall'interno. Finalmente apparve il viso stanco di Arturo Michelini. «Dottor...».

«Schiavone... possiamo?».

«Prego, prego, venite» e fece passare i due poliziotti che entrarono nel piccolo salone. Pochi libri sulla prima delle tre mensole accanto alla finestra, sulla seconda invece trofei sciistici e istantanee del padrone di casa sorridente in tenuta da gara. «Si è ripreso, signor Michelini?».

«Io non dimenticherò mai una cosa simile» e mise due grossi ceppi nel camino.

«No» disse Rocco. «Non credo la dimenticherà mai. E neanche io, se la cosa le può far piacere».

«Accomodatevi».

Rocco e Italo si sedettero su due piccole poltrone di pelle. Arturo preferì una sedia. Pallina con passo felpato si andò a mettere accanto a Rocco. «Scia?» chiese Rocco indicando la collezione di coppe.

«Ero forte... ma non sono mai andato oltre i nazionali».

«Mica male...». Rocco si alzò. Sulla mensola del camino una cornice senza foto. Rocco la afferrò, poi la rimise a posto. «Cancella i ricordi?».

Arturo scosse appena il capo. «No... a dirla tutta non lo so perché è vuota» poi abbassò la testa.

«Non va a lavorare oggi?».

«Sinceramente non ce la faccio. Ho chiesto la giornata libera. Mi scusi... le medicine per la pressione» allungò un braccio e prese un blister. Mandò giù una pillola senza acqua. «Se non ne prendo due al giorno mi sale un po'».

«Ci dice qualcosa del ragioniere?» e Rocco tornò a sedersi.

Arturo fece un bel respiro. Doveva essere una storia lunga dal tempo che si stava prendendo.

Italo guardò il vicequestore che invece era concentrato sul croupier. Rocco non ci aveva fatto caso quando l'aveva visto la prima volta. Gli occhi grandi e attaccati, il naso lungo, la bocca che sembrava sorridere beata, il viso allampanato e un principio di barbetta sul mento catalogavano Arturo Michelini nel bestiario immaginario di Rocco come un Cercopiteco Lesula, un primate arboricolo schivo e poco socievole, detto anche scimmia dal volto umano.

«Il ragioniere ha lavorato per anni al casinò. Faceva l'ispettore di gioco. Era in pensione da qualche anno» e cominciò a giocherellare con un anello che portava all'anulare della mano destra.

«Un lavoro tranquillo?».

«Mica tanto. Controllare la sala, i giocatori, i tavoli può essere stressante. Oddio, negli ultimi tempi non è più un lavoro complesso, ma in passato lo era eccome. Era un tipo molto abitudinario. Sempre la stessa vita». Arturo scattò in piedi come colto da una scarica elettrica. «Ma non vi ho offerto niente!».

Un gesto di diniego dei due poliziotti e il croupier si risedette. «Insomma ecco, era vedovo, non aveva figli. La moglie era di Buenos Aires, si erano incontrati in crociera tanti anni fa. Una donna bellissima, ballava il tango da farti stare con la bocca aperta».

«Una vita tranquilla» fece Italo e Arturo annuì. Rocco si mise una sigaretta in bocca. «Posso?».

Arturo fece una smorfia. «Preferirei di no se non le dispiace. Ho smesso, proprio per la pressione. Ora solo l'odore mi nausea».

«Bravo lei che c'è riuscito. Mi dica una cosa, che lei sappia il ragioniere giocava?».

«Al casinò? Era la persona più lontana dal gioco d'azzardo che abbia mai conosciuto. E si fidi, su questa cosa un certo occhio ce l'ho. Ogni tanto ci veniva a trovare, credo avesse nostalgia del suo lavoro».

«Non mi stupisce. Insomma abbiamo una vittima che faceva una vita tranquilla, solitaria e...».

«Però amici ne aveva» si intromise Arturo. «Per esempio quelli del '48». Rocco rimise la sigaretta nel pacchetto e si protese verso il croupier. Quello seguitò. «Ogni tre mesi lui e quelli del suo anno scolastico si vedevano al ristorante Il Giglio per festeggiare. Un'abitudine mai persa, dai tempi della maturità. Poi il ragioniere era di qui, in paese conosce un po' tutti...».

«E secondo lei chi poteva avere interesse a ucciderlo?».

«È questo che non capisco. Nessuno, commissario...».

«Vicequestore. Sono vicequestore».

«Ah, scusi. Dicevo nessuno. Anzi, era sempre pronto a fare favori, tempo ne aveva da buttare. Proprio non capisco...».

Rocco si rialzò per avvicinarsi alla finestra. Il cielo di piombo minacciava ancora di sparare neve. «Da quando lavora al casinò?».

«Dal 1989... le cose da allora peggiorano anno dopo anno».

«In che senso?».

«Anni fa venivano a giocare imprenditori noti, politici, ma adesso non si batte più un chiodo. Si gioca on line, alle macchinette, alle scommesse. Chi ha voglia di vestirsi bene, farsi chilometri e mettersi a giocare? Ogni tanto delle imbarcate coi pullman di cinesi da Milano, oppure il sabato e la domenica qualcosa di più. Finiti gli chemin de fer, i tavoli pieni. Lo sa? Questo è l'unico casinò del mondo che i soldi li rimette».

«Sì, ho sentito» fece Rocco.

Intervenne Italo. «Non è difficile capire perché. A Saint-Vincent ci lavorano 750 persone. No, dico, 750 persone!».

«È vero» concordò Arturo, «di cui, secondo me, più della metà inutili. E così ogni anno la regione è costretta a investirci milioni di euro».

«Insomma, è colpa dei lavoratori» commentò Rocco guardando fuori dalla finestra, ma nessuno gli rispose. «'Sto casinò quindi è una specie di ministero?».

«Una specie di ministero» concordò Arturo.

«Sembra che la cosa le dispiaccia» osservò il vicequestore.

«No, non è che mi dispiaccia. Mi piange il cuore vedere tutto andare a ramengo. Io le dico che se fra un po' qui si chiude forse sarebbe meglio» si versò un bicchiere d'acqua dalla bottiglia poggiata sul tavolino. «Ma c'è l'indotto. Alberghi, ristoranti, bar...».

«Che mi sembrano inutili se non si gioca più».

Arturo alzò le spalle. «Si vivacchia».

Rocco finalmente lasciò la finestra storcendo la bocca sicuro che avrebbe ripreso a nevicare. «Lei ne avrà viste di tutti i colori».

«Sì. Anche troppe».

«E mi dica: che motivo aveva Favre di stringere una fiche nella mano destra?».

Arturo arricciò il naso e strizzò gli occhi. «Non saprei...».

«Una fiche da centomila lire per di più del casinò di Sanremo?».

«Non lo so, dottore. Proprio non lo so».

«Quando è entrato, e guardi che è importante, lei ha toccato niente?».

Arturo abbassò lo sguardo. Si portò una mano davanti alla bocca. «No dottore, no. Sono entrato, ho visto... il ragioniere per terra... no...».

«È uscito sul pianerottolo però».

«Sì certo, c'erano Bianca e Desideria».

«Lo so, e le ha avvertite di non entrare. Ma per uscire dalla casa come ha fatto? La porta non ha la maniglia».

«Oddio... non lo so, se le devo dire la verità... mi girava la testa e... non lo so, avrò girato la chiave, dottor Schiavone».

«Sa perché glielo dico? Per le impronte».

«Sì, capisco. No no, certo, ho girato la chiave, altrimenti come sarei uscito? Era nella toppa dalla sera prima».

«Perfetto, grazie. L'importante è che lei non abbia toccato il cadavere o altri oggetti in casa».

«Dottore, ringrazio Dio di essere uscito prima di svenire, figuriamoci se avevo il coraggio di toccare niente».

«Sa» si intromise Italo, «abbiamo un sostituto della scientifica molto pignolo».

«Pignola» lo corresse Rocco.

«Sì, pignola».

Schiavone si incamminò verso la porta. «Arturo, lei è rientrato alle tre?».

«Sì, più o meno...».

«Ha lavorato al casinò tutta la sera?».

«Tutta la sera».

«Con chi litigava stanotte fuori dal portone?».

Arturo strinse un poco le labbra. «Una donna... una vecchia storia».

Rocco lo guardò. «Risolta?».

«Lo spero proprio...».

«Se dovesse venirle in mente qualcosa sa dove trovarmi...».

Bussò alla porta. Attese. Dopo qualche secondo apparve il viso di Michela Gambino. Portava degli occhiali da vista, incappucciata nella sua tuta bianca pareva un elfo. «Che c'è?».

«Posso entrare?» le chiese.

«Stiamo ancora lavorando».

«Lo vedo. Ma devo dare un'occhiata».

La donna fece una smorfia. «Va bene, ma resta nell'ingresso».

«E come faccio a dare un'occhiata se resto nell'ingresso?».

«Perché voi della mobile e l'amico, Fumagalli, avete lasciato impronte nel bagno, vicino al letto, avete sporcato la scena del crimine. Ecco perché» si fece da parte e finalmente Rocco poté entrare. Riuscì a scorgere due agenti chini a mettere polvere d'alluminio sui mobili alla ricerca di impronte.

«Noi facciamo un lavoro certosino» disse il sostituto commissario. «Ora mi dici che cerchi?».

«Prima di tutto le chiavi infilate nella toppa. Dove sono?».

«Già repertate e messe via» rispose Michela con il sorrisetto di chi la sapeva lunga.

«Le ha toccate il vicino quando è uscito».

«Ah, bene, grazie per avermelo detto».

«Miche', avete trovato dei documenti? Una lista, fatture, qualcosa di contabile?».

«No. Niente di tutto questo».

«Qualche quaderno con delle cifre? Degli appunti?».

«No...».

«Un computer?».

Michela Gambino scuoteva la testa. «No... e se qualcuno se lo fosse portato via?».

«L'assassino dici? Può darsi. Qualsiasi cosa mi chiami. Ah, a proposito. Cellulare?».

«Ecco, una cosa strana». Invitò Rocco ad attraversare il corridoio fino ad arrivare al salone. «Vedi lì?» e indicò una presa. Attaccato c'era un filo. «C'è il caricabatterie ma il cellulare non c'è. La marca è Samsung».

«Avete cercato?».

«Credimi Schiavone, se fosse in questa casa, lo avremmo trovato. Ma ora la ricerca s'è spostata in giardino. Vieni a vedere» lo prese sottobraccio e lo condusse fino alla porta-finestra. Aveva messo un'enorme tela impermeabile che come un gazebo copriva il giardino quasi per intero. Chiazze di neve macchiavano l'erba gialla del prato. «L'ho coperto».

«Ecco perché non entrava luce». Rocco passò le dita sull'infisso. «Li avevi notati?» disse alla Gambino.

«Certo. Effrazione. L'assassino è entrato dalla finestra passando dal giardino».

Rocco prese il coraggio a due mani e le rivelò: «Guarda che il vicino, quello che ha trovato il cadavere, è entrato anche lui dal giardino».

Michela prese un respiro profondo. Si morse le labbra. Fece sì con la testa un paio di volte, sconfitta, poi, calma, chiese: «Non mi dire che aveva suole a carrarmato sotto i piedi, quelle mandano tutte le evidenze a farsi benedire. Forza, spara, che scarpe indossava?».

«Mi hanno riferito ciabatte».

Un sorriso si aprì improvviso sul volto del sostituto restituendole l'espressione da eterna ragazzina. «Ciabatte! Bella notizia, grazie Schiavone, appena ho novità ti chiamo».

Rocco scese dalla macchina e guardò il cielo nero. Cadevano pochi fiocchi. La neve, che sembrava aver deciso di dare tregua alla città, minacciava che da un momento all'altro e senza una ragione precisa avrebbe potuto ricominciare. Insieme a Italo attraversò il piazzale del parcheggio evitando i mucchietti spappolati che azzannavano ferocemente le Clarks. In questura faceva più caldo. Il primo che incontrarono fu Scipioni, l'agente siculo-marchigiano. «Anto', fa' una cortesia, la squadra nel mio ufficio».

«Non sapevo che ci riferissimo a noi col termine di squadra».

«Preferisci i mentecatti?».

«Meglio» e serio in volto l'agente sparì nel corridoio opposto mentre Rocco seguito da Italo riprese a salire le scale. Arrivato al piano dovette chinarsi a tirare su il calzino che era calato fin sotto il polpaccio. Afferrò la penna appesa allo spago e all'ottavo livello sul cartellone delle rotture di coglioni scrisse: *Calzini e mutande con l'elastico molle.* Italo lesse.

«Sono d'accordo. Possono rovinare una giornata».

«Già». Rocco lasciò andare la penna e aprì la porta. Lupa gli andò incontro per le carezze di rito ma l'occhio allenato di Schiavone percepì subito la stranezza. «E quella cos'è?».

Accanto alla scrivania sul piccolo schedario di alluminio c'era una macchina per l'espresso, un cestino con dentro un pacco di cialde e bicchierini di plastica impilati accanto alle bustine di zucchero.

«Le piace?» fece una voce alle sue spalle. Era quella di Deruta.

«Ma quando...».

«L'aveva promessa al questore e allora abbiamo pensato...».

«Abbiamo fatto la colletta, dotto'» si aggiunse D'Intino.

«Una colletta? Ma n'era per quello che si sposava?».

«Mo' le spiego» fece Deruta. «È che non ci bastavano i soldi e allora...».

«Ma che regalo è se me lo sono pagato io?».

D'Intino si mise la mano in tasca. «A di' la verità, dotto', ci stanno 23 euro che avanzano dai suoi 50. Ecco...» e allungò le banconote. Rocco le rifiutò con un gesto secco. «Tienile te. Vacci a compra' altre cialde».

«Vediamo se funziona?» e Deruta si avvicinò alla macchina proprio mentre Casella e Antonio entravano nella stanza. «Deruta, tu no!» lo bloccò Schiavone, «fallo fare a Casella, per favore!».

L'agente pugliese si avvicinò alla macchina. «Sì, però io i lavori pesanti...».

«Lavori pesanti? Case', devi premere due bottoni!» quasi gridò Pierron.

«Lo volete tutti?» chiese.

«Sì!» fu la risposta in coro. Rocco si andò a sedere alla scrivania. «Allora, mentre Casella fa i caffè vi ragguaglio. Il cadavere di Saint-Vincent si chiamava Romano Favre, anni 65. Antonio, da te voglio una ricerca su 'sto signore».

«Che devo scoprire?».

Casella cominciò a distribuire il caffè a Deruta e a Rocco.

«Grazie Case'... Ammazza buono!».

«Vero!» concordò Deruta.

«Allora Antonio, devi vedere se aveva un cellulare, qual era il numero eccetera eccetera».

Antonio prese il caffè da Casella. «Insomma devo rompere le palle al mio amico smanettone dei cellulari? Che gli offriamo?».

«Un cazzo. Avrai la richiesta del magistrato».

«Noi che facciamo?» chiese Italo mentre afferrava il bicchierino.

«Casella! Dirigiti sul club del '48».

Casella fece una smorfia. «Roba porno?».

«Ma quale porno, Casella».

«Sei fissato?» gli fece Italo.

«Fissato sarai te!».

Rocco cercò di riprendere in mano la situazione. «Stammi a sentire...».

«Ugo» fece Casella.

«Ugo?».

«Mi chiamo Ugo. Lei mi chiama sempre per cognome, forse dopo più di un anno potrebbe usare anche il mio nome di battesimo, no?».

Rocco annuì. «Benissimo Ugo... allora, il gruppo del '48 non è roba porno, poi dopo mi dirai quali curiose circonvoluzioni ha compiuto la tua mente per scambiarlo per tale».

«48 è il morto che parla!» si intromise D'Intino.

«D'Intino, che cazzo c'entra?».

«Non è porno. Porno è 69, ma 48 è il morto che parla».

«Non era 47?» chiese Rocco.

«No» rispose D'Intino con l'aria di chi la sa lunga, «47 è il morto, il morto che parla è 48!».

Ci fu un silenzio di dieci secondi. Tutti guardavano D'Intino che si sentì in dovere di continuare. «Che so' detto di strano? Conosco un po' la smorfia. A Natale, a Mozzagrogna, invece de li numeri diciamo le cose. Per esempio uno dice 77 e tutti in coro: le cosse delle femmine. 22! Le paparelle. 90! La paura. 24! La vigilia. 33! Gli anni di nostro...».

«Hai rotto il cazzo, D'Intino» lo fermò Rocco e l'agente abruzzese si spense. «Torniamo a noi. Allora Ugo, 48 è un gruppo di vecchi compagni di scuola di cui faceva parte Favre. Si vedono ogni tre mesi al ristorante Il Giglio».

«Ricevuto. Dotto', se mi chiedono posso dire che sono ispettore? Tanto sto in borghese. E un ispettore incute più timore».

«Per me puoi pure dire che sei Gustavo di Svezia».

«È uno dei trecento?» chiese Italo.

«Dei trecento?».

«Sì, quella roba che la Gambino continua a ripetere a tutti, il club dei trecento che comanda il mondo, pare che a capo c'è la regina Elisabetta d'Inghilterra».

«Italo, non ti ci mettere pure te co' ste fregnacce... E veniamo a D'Intino e Deruta».

«Eccolo» scattò pronto l'agente abruzzese.

«Voi dovete fare la cosa più delicata di questo mondo. Ve la sentite?».

«Eh sì!» risposero in coro sorseggiando il caffè.

«Interrogate vicini e dirimpettai se stanotte hanno visto o sentito qualcosa».

«Sappiamo a che ora è morto?» si intromise Pierron.

«No, Italo. Fumagalli ancora non si è pronunciato».

«Come li dobbiamo interrogare questi del paese?» chiese D'Intino. Rocco guardò Antonio e Italo sperando in un aiuto, ma quelli allargarono le braccia. «Che vuoi dire D'Intino?».

«Li dobbiamo interrogare come? Facciamo il poliziotto buono e quello cattivo? Oppure...».

«D'Intino, che cazzo stai dicendo? Ti è chiara la differenza tra sospetto e testimone?».

«Sicuramente dotto'... lu sospetto è uno sospetto appunto, lu testimonio è uno che ha visto cose».

«E se io vi chiedo di interrogare i vicini secondo te vi ho chiesto di interrogare dei sospetti?».

«Non si può mai dire!».

«Fate domande, gentili e rispettosi, e accumulate più informazioni possibile».

«Sì ma sempre a noi il lavoro più duro!» protestò Deruta.

«Vuoi fare a cambio con il gruppo del '48?» propose Casella.

«Qui non scambia un cazzo nessuno! D'Intino, Deruta... siete gli unici che sanno fare un lavoro così certosino e complesso» rispose serio Rocco. «E io mi fido solo di voi». D'Intino sorrise. «Grazie, dotto'!».

«Mi raccomando, segnatevi tutto su un bloc notes».

«Non li abbiamo» fece Deruta.

«Cosa?».

«I bloc notes, non li abbiamo».

«Non avete un bloc notes?».

«No dotto', non ce li danno».

Rocco unì le mani davanti al viso, come fosse in preghiera. Tacque per qualche secondo. «Andate in cartoleria e compratene due; usate i 23 euro di resto della colletta e fateveli bastare».

«Hai voglia, con 23 euro ci escono pure due evidenziatori secondo me» e diede di gomito a D'Intino.

«Sì, infatti».

Rocco si alzò in piedi di scatto. «Eh no! Siamo giunti al punto in cui, Deruta e D'Intino, mi dovete dire che è 'sta storia degli evidenziatori».

«Infatti» rafforzò la richiesta Italo, «sono mesi che fate storie con questi evidenziatori».

I due agenti si scambiarono uno sguardo d'intesa e di comune accordo decisero che era meglio rispondesse Deruta. «Lo dice la parola stessa!».

«Non ti seguo».

«Sono evidenziatori, no? Allora quelli della scientifica quando raccolgono prove come le chiamano? Evidenze! Noi siamo la mobile, anche noi raccogliamo evidenze, e quando ce n'è una importante la segniamo...».

«... con l'evidenziatore» concluse la frase D'Intino. «Dotto', si tratta di essere professionali».

Rocco guardò sconsolato Italo e Antonio che finalmente sorrideva increspando un pochino il labbro. «Squadra, al lavoro. E grazie per la macchinetta del caffè, ci voleva proprio».

«Vero?».

«Ora però fuori dal mio ufficio... mi raccomando niente divise, andate in borghese. Ora via!».

Gli agenti uscirono dalla stanza tranne Italo che s'era appoggiato al muro. «Io e te che facciamo?».

Rocco sorrise. «La parte più rognosa...».

Rocco si presentò all'ingresso del casinò. La ragazza alla reception lo guardava in silenzio. Truccata e pettinata aspettava la carta d'identità per far accedere il vicequestore alle sale. «Prego, se vuole darmi un documento» disse. Rocco tirò fuori il tesserino. «Vicequestore Schiavone, questura di Aosta».

La ragazza perse il sorriso. «Dica...».

«Chi comanda qui?».

La donna si guardava intorno in evidente affanno. Cercava aiuto. «Se vuole dire a me...».

«Comanda lei?».

«Direi di no».

«C'è un direttore, un capo, qualcuno con cui posso parlare?».

«Sì, sì, subito, ora lo chiamo».

Dovettero superare un dirigente dei sistemi tecnologici di gestione, uno del marketing, un amministratore, tre croupier, un altro dirigente dell'area tecnica e finalmente furono accolti da Oriana Berardi dello staff direzionale. «È un piacere, cosa posso fare per voi?».

Quella lenta scalata burocratica aveva frantumato la pazienza di Rocco che davanti all'invito di sedersi a prendere un drink all'albergo resort attiguo al casinò per poco non ebbe uno sbocco di pressione: «È mezz'ora che cerco qualche cazzo di responsabile. Lei è responsabile?».

Oriana non si aspettava una reazione simile. Arrossì e alzò le sopracciglia. «Credo... credo di sì...».

«Io devo fare una chiacchierata con lei e con la direzione in toto. Pensa sia possibile?».

«Certo...».

«Qual è il suo compito?».

«Staff direzionale, dirigo il reparto del personale» rispose la donna. Rocco lanciò un'occhiata a Italo, poi tornò a guardarla. «Bene, lei capita a fagiolo».

«Certo. Vuole dirmi di che si tratta?».

«Omicidio» disse secco e senza alzare la voce. Bastò quella semplice parola a far crollare la dirigente su un bel divanetto in pelle appena uscito da una mostra di design.

«Lei conosceva Romano Favre?».

«Il ragioniere? Certo!» poi realizzò. «Non mi dica...».

«E invece glielo dico».

«Oh mio Dio...».

«Una volta lavorava qui?».

«Certo. Ispettore di gioco».

«Possiamo andare nel suo ufficio? Ho bisogno di un sacco di informazioni».

Oriana si rialzò con le gambe tremanti. «Allora se volete... prego, seguitemi».

Un paio di impiegati del casinò avevano assistito alla scena e capirono subito che tirava una brutta aria.

L'eleganza e il lusso delle sale del casinò e dell'albergo annesso lasciarono il posto allo squallore dell'ufficetto di Oriana Berardi, qualche metro quadrato circondato da tre librerie cariche di portadocumenti colorati. Rocco seduto di fronte alla scrivania ricoperta di finto noce si trovò davanti una lista di nomi da far accapponare la pelle. Mentre la dirigente spiegava i compiti e le mansioni di ognuno di quei lavoratori, il vicequestore si era perso a guardarle le labbra. Si chiedeva se fossero naturali oppure il risultato di un lavoro ben fatto in qualche clinica, risaltavano sul bianco pallido del viso ottenuto con del fondotinta e della cipria. Anche i denti erano bianchi e allineati come soldati, i capelli corti e ricci le toglievano almeno un lustro.

45 ben portati, decretò. La giacca chiusa e i pantaloni severi gli avevano impedito di approfondire l'analisi, ma ora che la rabbia era un po' sbollita aveva deciso che Oriana Berardi poteva riempire un bel pomeriggio nevoso. Niente di più, è chiaro, ma Rocco come la maggior parte dei maschi sotto gli 80 anni aveva delle necessità da espletare e, dopo il testacoda con Caterina, dovevano appunto restare poco più che necessità.

«E questi qui sono i contratti a termine esterni...» gli disse passandogli un foglio, ma Rocco aveva saltato tre quarti del discorso. «Io voglio solo sapere chi fra queste persone conosceva o aveva lavorato con Romano Favre» disse. Oriana fece una smorfia. «Favre è andato in pensione da circa sette anni, beato lui... se mi dà un po' di tempo le stilo una lista di tutti quelli che hanno lavorato con lui, ma guardi, a occhio e croce saranno almeno 500 persone».

Rocco si morse le labbra e si portò la mano al viso. «A me interessano solo le persone che avevano un contatto diretto con lui sul lavoro».

«Cioè la sala?».

«Esatto».

«Allora il numero diminuisce parecchio... Me la dà questa mezza giornata?».

«Le do anche di più. Domani a pranzo al Giglio?».

«Come fa a conoscerlo?».

«All'una e mezza. Non mi dica di anticipare, che io sono di Roma e prima dell'una e mezza al massimo prendo un cornetto!».

Oriana sorrise. «Sì, avevo notato l'accento. Se le fa piacere anche io non sono di qui. Mio padre è pugliese».

«E mamma?» fece Italo. Rocco lo guardò storto, Oriana divertita chiese: «Che c'entra mamma?».

«Signora Berardi» intervenne Rocco con gli occhi fissi su Pierron, «quando un agente fa una domanda c'è sempre un motivo. Vero, Italo?» ma quello non rispose.

«Mamma è di Asiago».

Rocco si ritenne soddisfatto. «Asiago, bene. A domani allora».

«Mi spieghi che cazzo le chiedi della madre?».

«E che ne so, Rocco? M'è venuto spontaneo. L'hai invitata a pranzo. Ci provi?».

«Sbagliata la domanda».

«Ti affascina?».

«E a te che te frega? Ora io e te torniamo ad Aosta. Abbiamo un compito grave e difficile da svolgere».

«Il pranzo?».

«No, a mangiare ci andiamo dopo». Aprì lo sportello dell'auto e guardò serio Italo che capì.

«No, Rocco, non ce la faccio!».

«Ascolta bene, Italo, è facile. Ti concentri, prendi un respiro e entri» gli disse Rocco sottovoce.

«Sì, non c'è niente di male. Pensa alla carne che mangi nel piatto. Anche quella è un cadavere in fondo, no?» aggiunse Fumagalli.

Italo aveva già perso colore sul volto.

«Albe', non è un esempio calzante».

«Hai ragione, Rocco. Agente, alzati dalla panchina e entra dentro, forza ragazzo!».

Italo guardò prima il patologo, poi il vicequestore, poi sorrise appena e scosse la testa. Un infermiere passò silenzioso nel corridoio.

«Non vuoi?» gli chiese paziente Rocco.

«No dottore, non ce la faccio».

«Italo, se non cambi la vita non ti sorriderà mai» il vicequestore gli sedette accanto poggiandogli una mano sulla spalla. «La tua vita di merda non cambierà mai aspetto se non osi. Devi osare. Spezza il tran tran, fai vedere che hai carattere. Ora ti alzi e a passo spedito vai verso quella doppia porta che ti farà entrare nell'obitorio».

«Osservi con noi il cadavere, ascolti le novità, trai le tue conclusioni e poi via! A casetta, ma uomo migliore!» lo rincuorò Fumagalli.

Italo strinse le labbra, si concentrò per un attimo, poi finalmente si alzò dalla panchina.

«S'è alzato, bene, mi sembra che un primo passo lo abbiamo fatto» lo incoraggiava il patologo tenendolo sottobraccio. Con Rocco dall'altra parte, pareva stessero scortando un lesionato verso la sala gessi.

«Bene, un passo dopo l'altro, forza, uno, due...».

«Ma... è ridotto male?» domandò Pierron con un filo di voce.

«Macché Italo, appena due coltellate, vero Alberto?».

«Ma sì, poi neanche s'è cominciato a gonfiare. Certo la pelle è un po' palliduccia, ma il sangue l'ho lavato e ancora non ho aperto la scatola cranica per...».

Con uno strattone violento Italo si liberò della doppia presa e corse verso la porta della toilette. Rocco e Alberto lo guardavano sconfitti, come assistendo al fallimento di un figlio al primo giorno di scuola. «Niente da fare, Rocco. Ascolta, non lo portare più».

«Io pensavo che... invece...».

«Noi non possiamo fare niente. La sua è una paura

irrazionale. Ci vorrebbero anni di analisi. Poi perché ci stiamo accanendo su questa cosa?».

«Non lo so. Un diversivo?».

«E questo ce la dice lunga sulla vita di merda che facciamo».

S'erano messi le soprascarpe di plastica e guardavano il corpo del ragioniere Favre steso sul lettino autoptico.

«Caro il mio dottor Schiavone, ci si vede più qui dentro che davanti a un caffè».

«Eh già».

Romano Favre nella sua nudità, con la pelle aggrinzita e di cera gialla, aveva perso qualsiasi umanità. Su questo rifletteva Rocco, e Alberto, come a leggergli nel pensiero, disse: «Per fortuna il nostro cadavere non lo vedremo mai, ci hai mai pensato?».

«Chissà dove va la luce che uno ha negli occhi?».

«Se ne va appena la pompa cessa il suo lavoro, Rocco».

«Dove?».

«Via. Pensa a una lampadina. Dove finisce la luce quando si fulmina? Così la vita da un corpo. Vola via, basta, fine. Non c'era niente prima di nascere e niente resta dopo la morte».

«Devo ricordarmi di chiamarti sempre quando sono giù di morale».

«Non lo fare, passeresti la tua vita al telefono».

«Sono stanco...».

«Anch'io Rocco, veniamo al dunque. Ora della morte mezzanotte e mezza massimo l'una. E la causa è sicuramente la seconda coltellata. Vuoi vedere?» l'anatomopatologo si avvicinò a una cassettiera di alluminio e afferrò una specie di guantiera d'acciaio. Dentro, avvolto nel cellophane, un pezzo di carne violacea. La prese con due mani. Era il fegato del ragioniere. «Guarda qui!» indicò un punto preciso, uno squarcio evidente. «Gli ha trapassato il lobo sinistro. Doloroso? Direi di sì. La seconda coltellata invece ha reciso proprio la giugulare. Pochi secondi e si perde conoscenza, una ventina e te ne vai al creatore. Questo è stato il colpo mortale».

«Quindi prima un colpo al fegato e poi una volta che il disgraziato era a terra ha sferrato la seconda coltellata?».

«Possiamo pure ipotizzare il contrario. Per caso ha beccato la giugulare, quello è andato giù e poi in preda al panico ha sferrato la seconda coltellata...».

«Non torna» fece Rocco osservando i due tagli sul corpo della vittima, «per due motivi. Primo, se uno è preso dal panico capace che di coltellate ne dà di più».

«Ipotesi accettabile. La seconda?».

«Se avesse dato il primo colpo alla giugulare e poi al fegato, si sarebbe inzaccherato di sangue. E orme in casa non ce ne sono».

«Mi rattrista ma devo darti ragione. Ora parliamo del taglio. Hanno usato un coltello molto affilato, amico mio» e seguito da Rocco si portò alla lavagna luminosa dove erano appese le lastre dei raggi X del collo e dell'addome. «Lama lunga, più di 205 millimetri».

«Perché non venti centimetri?» disse annoiato Schiavone.

«È più tecnico».

Rocco sfiorò le immagini bianche e nere. La luce potente dello schermo mostrava i contorni rossi delle dita del vicequestore in trasparenza. «Secondo te era uno che sapeva usare il coltello?».

«Ne ho visti di tagli. Però ti dico una cosa. Non l'ha girato».

«Spiegati meglio».

«Uno pratico che dà una stoccata per uccidere, una volta infilata la lama fa una torsione del polso per non far rimarginare la ferita. Ha dato due colpi invece, secchi e soprattutto il secondo mortale».

«Non un esperto insomma».

«No, non un esperto».

«E dimmi un'ultima cosa che non ce la faccio più. Hai dato un'occhiata all'incidenza?».

«Il ragioniere era alto un metro e settantadue. Il colpo al fegato è leggermente dal basso, l'altro invece è dritto per dritto».

«E questo prova ancora di più che il primo colpo l'ha dato quando erano in piedi, il secondo quando era a terra. Allora, pensando al colpo al fegato, lo stronzo è alto quanto la vittima».

«Almeno, sì...».

«E con la mente piuttosto lucida».

«O disperata. Ti va un caffè?».

«No, mi serve un rum. Ce l'hai uno Zacapa?».

«Bimbino, 'un sei mica all'Hotel Baglioni!».

Con quelle nuvole basse ingrigite dalle luci della città non si poteva vedere il cielo e la luna era solo un ricordo. Aprì il portone e salì le scale lentamente mentre Lupa ansimando con i peli delle zampe e del ventre fradici lasciava impronte sui gradini. Finalmente entrò in casa, versò le crocchette nella scodella d'alluminio e si accese una sigaretta. Lupa si fiondò sul cibo. Gli piaceva il rumore che faceva il cane mentre masticava quelle palline dure e croccanti. Quel ruminare gli metteva allegria, e gli ricordava che un pasto per un cane che era stato abbandonato in mezzo alla strada era essenziale, una lotta contro la morte. Il che spiegava la voracità dell'animale, chiaro segno di insicurezza del domani. Approfittare dunque e nutrirsi quando ce n'è, perché nessuno gliene avrebbe assicurato dell'altro. Mentre la carezzava dietro le orecchie guardandola negli occhi scuri capì che quella cagnolina era l'unico essere vivente cui era legato. Si alzò, prese un asciugamano dall'armadio e cominciò a strofinarle la pelliccia bagnata. A Lupa quell'operazione piaceva. Si stendeva a pancia all'aria e si faceva sfregare scambiando quel gesto d'igiene per una coccola infinita. A volte, quando pioveva forte, si piazzava davanti alla porta di casa, seduta in attesa dell'asciugamano e delle mani di Rocco.

Il cellulare squillò. Il cuore gli balzò in petto quando vide il nome di Brizio sul display.

«Brizio!».

Un'auto passò veloce azzerando la voce dell'amico.

«Come butta?».

«Tutto bene, Brizio. Un cadavere fra le palle e un freddo da diventare scemi. Finalmente te sento».

«Periodo un po' duretto... con Stella le cose vanno così così, mo' s'è messa in testa di aiutare il nipote... Dario... una testa di cazzo che metà basta e pretende che me metto in mezzo anche io. Vabbè, lasciamo stare».

«Mi puoi parlare o non te regge?».

Brizio sbuffò. «La prendi male, non è così, lo sai...».

«La prendo male? È da un mese che non ti sento. Né te né quell'altro, Furio. Me la dovete fa' sconta'? Se Sebastiano sta ai domiciliari non è per colpa mia».

«Lo so Rocco, te l'ho già spiegato come la penso. Solo che...» una seconda auto passò e la voce di Brizio si perse, «... aggiungi che stai lontano, che la vita va avanti e io sto nella mia, tu nella tua. Non aiuta».

«Mi basta sapere che sei ancora amico. Poi, chilometri o no, la vita passa uguale».

«Ti sono amico, certo che ti sono amico. Mo' finiamola che me vie' tristezza».

«Mi puoi dire come sta Seba?».

«Pure con me parla a mozzichi e bocconi. Comunque sta come 'na tigre in gabbia. Quello che gli brucia non è farsi i domiciliari. Gli fa male che gli hai tolto la vendetta e a proposito, ti chiamo per quello. Senti un po', sto a piazza del Viminale».

«A fare che?».

«Dovevo compra' un cappotto pe' Natale. Ti chiamo perché l'ho vista».

«Hai visto chi?».

«La poliziotta...».

«Quale poliziotta, Brizio?».

«L'amica tua... Caterina. È entrata agli Interni cinque minuti fa...».

Rocco si morse le labbra. «Sola?».

«Era sola, sì... che faccio?».

«Non lo so, Brizio, non so che dirti. Certo mi piacerebbe sapere dove va».

«C'è un bar qui davanti. Me piazzo e aspetto. Se esce con qualcuno ti richiamo».

«Grazie Bri'. Darei una mano per stare lì con te a vedere chi è... sei un amico».

«E che nun lo sapevi?».

Chiuse la telefonata. Nei mesi passati Rocco non si era chiesto chi ci fosse dietro Caterina, chi le avesse ordinato di spiarlo, di metterlo sotto la lente di ingrandimento. S'era limitato a leccarsi le ferite, come al solito, sapendo che con la partenza di Caterina la marcatura si sarebbe allentata. Ora però la telefonata dell'amico che non sentiva da tempo gli fece tornare la voglia di saperne di più.

Suonarono alla porta. Si alzò poggiando il cellulare sul comò e andò ad aprire.

«Buonasera». Gabriele ingolfato in una felpa se ne stava sorridente con le mani intrecciate davanti al pube.

«Ciao Gabrie'... che stai in barriera?».

«Non capisco».

«Stai con le mani davanti ai coglioni... vabbè, entra». Lupa saltò felice poggiando le zampe sulle cosce di Gabriele che ricambiava le effusioni carezzandola sotto il muso. «Hai belle notizie per me?».

Gabriele alzò due mani mostrando sette dita. «Tema: scrivi una storia che abbia come soggetto la paura».

«E te che hai scritto?».

«Ho scritto la storia del trans trovato morto nel fiume, ricorda? Me l'ha raccontata lei mesi fa».

«La ricordo sì...» disse Rocco con una punta di amarezza. Perché l'assassino non lo avevano arrestato, protetto dai servizi s'era dileguato nel nulla.

«Solo che ci ho fatto delle modifiche. Vuole sapere la storia?».

«Manda» il vicequestore sprofondò nel divano e si accese una sigaretta.

«Cittadina di Rankin Inlet, 1.300 abitanti, capoluogo della regione di Kivalliq, nel Nunavut, territori settentrionali del Canada. Trovano il cadavere di un trans nel fiume ghiacciato, lo aprono, lo esaminano. Fuori una tempesta di neve, i lupi ululano la loro fame di carne, il vento sbatte le persiane delle baracche dell'ufficio amministrativo che è anche il piccolo ospedale della comunità. Il medico è un giovane appena laureato, il detective è lo sceriffo Fitzmore, l'unico agente della cittadina... come le pare?».

«Va' avanti».

«Iniziano le indagini. Vanno a casa del trans, una piccola stamberga con una vecchia stufa per il riscaldamento e due gatti che convivevano con la vittima e scoprono l'orrore! Sulle pareti tracciati con una vernice rossa, che poi si scopre che vernice non è, ci sono i simboli del male. La stella a sei punte, il teschio del caprone. Sulla porta del bagno invece, inciso direttamente nel legno, il 666. C'è la tavoletta Ouija, il pendolo, candele dappertutto. Lo sceriffo Fitzmore e il suo giovane aiutante Morgan capiscono che sono nel bel mezzo di un rito satanico». Gabriele guardò Rocco negli occhi. «Fa paura, eh?».

«Se ha un aiutante non è l'unico poliziotto della cittadina» osservò sereno Rocco.

«No, infatti ho sbagliato. Vabbè, non guardi i dettagli».

«Una storia è fatta di dettagli, soprattutto se mi racconti un giallo».

Gabriele storse la bocca. «Che palle! Vabbè, sono due poliziotti, uno sceriffo e un vice. Vado avanti, ora viene il bello. Lo sceriffo Fitz, lo chiamo Fitz per abbreviare, chiede al medico altre analisi. Della pelle e dei capelli, nonostante i mezzi in quel piccolo ospedale siano pochi e insufficienti. Quando il medico va ad aprire il cassettone dell'obitorio, il cadavere non c'è più!».

«Ah no?».

«No. Se lo sono rubato? Chi lo sa? Be', io lo so!». Spalancò gli occhi e rallentò il ritmo del racconto. «Se ne va in giro sulla neve, nudo, con passo incerto e gli occhi gialli» poi fece una pausa a effetto. «È diventato uno zombie che sta aggredendo tutta la cittadina di Rankin Inlet. In poco tempo metà degli abitanti si zombizza, e si scopre che il cadavere, il trans, aveva fatto una messa satanica proprio per obbedire al signore delle mosche e diventare un non morto per distruggere la razza umana. Capito? Il disegno del diavolo è quello di zombizzarci tutti!».

Rocco lo guardò in silenzio. «E t'hanno messo sette?».

«Sette e mezzo, per essere precisi. E lo sa? È il primo sette e mezzo che prendo dai tempi delle elementari, se si esclude ovviamente il voto in condotta dell'anno scorso e di tre anni fa alle medie».

«Mi sfugge il perché sia un trans» commentò Rocco.

«Perché ha una doppia sensibilità, è quella che gli ha permesso di infrangere i segreti della natura!».

«Molto bene, Gabriele! Sono orgoglioso di te!».

«Le ha fatto paura?».

«No».

Gli occhi di Gabriele si intristirono un poco. Rocco spense la sigaretta. «Parliamo di latino e matematica?».

«Perché rovinarsi la serata?».

Rocco represse un sorriso. «Hai ragione. Allora pizza, come promesso» e si alzò dal divano. Sul viso di Gabriele tornò il sorriso. «Viene anche mamma? Mi piacerebbe conoscerla».

«No... mamma è a Torino».

Rocco andò a prendere il loden. Recuperò il cellulare e se lo mise in tasca. «Mi spieghi una cosa? Sono mesi che ci conosciamo e io ancora non ho visto tua madre...».

«Lavora sempre. L'anno scorso ho fatto un calcolo. Su 365 giorni è stata a casa 92. Pochini, no?».

«Praticamente siete due conviventi».

Gabriele annuì infilandosi il giubbotto. «E la cosa peggiore è che lo devo nascondere a mio padre quando telefona. Altrimenti si dà da fare e prova a portarmi con lui».

«Tu non vuoi...».

«Con mio padre? Preferirei abitare sotto un ponte a Rankin Inlet in mezzo alla popolazione zombizzata piuttosto che stare con lui a Novara».

Rocco aprì la porta di casa. «Lo odi così tanto?».

«Di più» rispose Gabriele chiudendosi la zip del giubbotto. «Come ho detto prima per matematica e latino, perché rovinare la serata? Parliamo della pizza...».

Rocco uscì e Gabriele e Lupa lo seguirono sul pianerottolo. «Per esempio io stasera ho intenzione di farmi una 4 stagioni con la modifica».

«Sarebbe?» e Rocco chiuse la porta.

«Bufala al posto della mozzarella!» rispose Gabriele con gli occhi luminosi.

Rocco si tirò una manata in fronte. «Cazzo... ho lasciato dentro le chiavi. Che coglione!».

«Oh mannaggia». Gabriele si mise a pensare. «Può dormire da me...».

Il vicequestore guardò il ragazzo. «E poi?».

«Poi domattina chiamiamo un fabbro e entriamo. E per il futuro deve lasciarmi una copia così ce l'ha sempre».

«Questa è una bella idea. Non ti facevo così intraprendente».

Scesero i primi tre gradini, poi il suo telefonino si mise a suonare l'inno alla gioia.

Era ancora Brizio.

«È uscita» gli disse. «Ho fatto una foto, ma è buio, non si capisce un cazzo... te la mando?».

«Mandamela. Era sola?».

«No. Con un uomo. Giacca e cravatta e giaccone tre quarti blu. Sbirro».

«Grazie. Aspetto. Prima o poi ci vediamo?».
«Più prima che poi. Famme sape'...».
Gabriele era restato sulle scale a guardarlo. «Una cosa importante?».
«Essenziale» rispose Rocco che armeggiava col cellulare. Gabriele alzò gli occhi al cielo e si mise a fischiettare. Finalmente Rocco riuscì ad aprire la fotografia. Buia, poco chiara. Si distingueva Caterina che camminava con un uomo accanto. Doveva ingrandire l'immagine. Improvvisamente la luce delle scale si spense. «Vado a riaccendere!» fece Gabriele.
«No!» lo fermò Rocco, lo sguardo fisso sul display. Al buio l'immagine era più leggibile. L'uomo che parlava con la poliziotta era girato di tre quarti, non si vedevano i tratti. Solo i capelli, bianchi. Il viso di Caterina invece era perfettamente a fuoco. Gli occhi un po' tristi, i capelli biondi raccolti e le labbra appena schiuse, come se stesse per dire qualcosa. Sembrava pallida, ma poteva essere la luce del lampione stradale che le disegnava occhiaie profonde. Teneva le mani sprofondate nel cappottino di lana e una sciarpa bianca avvolta intorno al collo.
«Ciao...» sussurrò Rocco. «Con chi parli?».
«Dice a me?» intervenne Gabriele.
«No... ora puoi accendere la luce, sennò al buio famo un grifo che finiamo all'ospedale».
Gabriele a tentoni raggiunse l'interruttore. Dopo due piccoli sobbalzi la luce gelida illuminò androne e scale. «Ecco fatto. Che guardava?».
«Niente, una cosa di lavoro...».

«È diventato triste. Perché?».

«Perché guardandoti mi rendo conto che con te è meglio stare al buio. Andiamo a mangiare, va'!».

Martedì

«Chiamiamo giro?» propose Kevin distribuendo le carte.

«Direi di sì, io non tengo più» rispose Santino sbadigliando.

«Per me va bene. Sette ore mi sembrano abbastanza». Cristiano giocherellava col cavatappi. Poggiati sul tavolo rivestito da un panno verde macchiato e bruciacchiato in più punti, bottiglie di birra, tre posaceneri colmi di cicche e un cellulare spento. La luce del mattino che già da un po' era penetrata dalle imposte chiuse, tingeva appena i contorni dei divani e del televisore. I visi dei giocatori, le occhiaie scavate, erano di un giallo itterico come il paralume della lampada penzolante sul tavolo da gioco.

Italo Pierron guardò le carte. Una coppia di assi.

Il primo colpo da ore.

Alzò lo sguardo per cercare di decifrare sui visi degli altri tre giocatori un segnale, un battito di ciglia, un piccolo sorriso, che gli rivelasse qualcosa. Niente. Freddi e distaccati Cristiano, Kevin e Santino erano pronti per l'apertura.

«Non apro» fece Italo rischiando che se nessuno l'avesse fatto avrebbe gettato all'aria una bella coppia d'assi. Ma voleva tenere il più possibile nascosto il suo punto di partenza.

«Apro io di venti» fece Santino e posò le fiches sul piatto. Poi si passò la mano sui capelli lunghi e lerci stretti con una coda e si asciugò la fronte che, nonostante i gradi dentro il salone fossero pochini, s'era imperlata di sudore.

«Vengo» disse Kevin. Spesso Italo si perdeva a osservare il colore dei denti di Kevin che spuntavano dalla barba lunga e nera. C'era l'oro di due incisivi, il nero da fumatore della chiostra inferiore e il giallo degli altri. Non era una dentatura, pareva un campione di una tappezzeria. «Io no!» e Cristiano gettò le carte sul tavolo. «Prendo qualche birra» e se ne andò in cucina. «Io invece vengo» e Pierron gettò le fiches nel piatto con l'aria di chi sta compiendo uno sforzo titanico. Proseguiva con il suo metodo, nascondere la coppia d'assi e far credere a un tentativo disperato per aggiudicarsi il piatto. Dentro però sorrideva. Né Kevin coi suoi denti tricolori, tantomeno Santino con la coda di cavallo e gli occhi bovini potevano sospettare la sua tattica.

Doveva restare calmo, continuare a essere abile e giocarsi bene il piatto.

Erano rimasti in tre. La stanza era piena di fumo da quando Kevin s'era fissato con la pipa. La teneva sempre in bocca, accesa o spenta che fosse, lisciandosi il barbone con la mano destra alla quale mancavano due dita, colpa della sega del suo laboratorio. «Servo» disse prendendo il mazzo di carte.

«Due» disse Italo gettando lo scarto sul panno. Kevin sorrise. «Coppietta svestita con asso al seguito, eh?» e gli consegnò le carte.

«A me ne dai una sola» fece Santino che aveva aperto, aggiustandosi ancora i capelli. Italo si era sempre chiesto perché si ostinasse a lavarli poco. «Su in montagna chi vuoi che mi guardi i capelli» diceva sempre. «Magari nel bosco no, ma quando torni ad Aosta una lavata non ti farebbe male» gli diceva anche Kevin. Italo guardò lo scarto di Santino. Aveva probabilmente una doppia coppia.

Cristiano detto Alan Ford, belloccio e biondo come l'eroe di Bunker, tornò al tavolo con quattro birre e le distribuì. Poi silenzioso si mise seduto a guardare le fasi di gioco.

«Io ne prendo una sola» fece Kevin e succhiò la pipa producendo uno schifoso gorgoglio di saliva nel bocchino.

Italo aprì le carte. I primi due assi li conosceva già, come conosceva già la donna di quadri che si era portato dietro per nascondere il più possibile il punto. La quarta carta era un asso. E lo era anche la quinta.

Poker d'assi.

Un tonfo nella gola che poi cadde dritto nello stomaco. Cercò di nasconderlo rimanendo impassibile. Poi, col cuore che batteva, si mise a osservare gli altri. Questi brevi momenti, questi attimi di adrenalina, valevano tutta una serata, una settimana, una vita di merda. Santino con le sue guance risucchiate e lo stecchino in bocca guardava nervosamente le carte. Kevin impassibile le stringeva nella mano senza dita e giocherellava con la pipa spenta. «Parola all'apertura» disse. Santino tirò un respiro. «Venti al punto» e mise i gettoni nel piatto. Kevin ricontrollò il punto. «Ce ne vogliono 50» e contò il rilancio per depositarlo al centro del tavolo. Italo aveva due alternative. Andare a vedere il punto sperando in un rilancio di Santino e sprecare così un poker nel caso quello non l'avesse fatto, oppure rilanciare lui stesso, scoprendosi però un poco. Calcolò che Santino con una probabile doppia coppia non avrebbe rilanciato. Ma il problema era Kevin, poteva avere un full oppure una scala. Aveva rilanciato, quindi prevedibilmente aveva un full. Bene, pensò. Era Kevin la vittima sacrificale, quello che finora aveva vinto di più. Era sicuro che se avesse rilanciato quello avrebbe fatto altrettanto, ed era l'occasione buona per togliergli un bel po' di quattrini.

«Non bastano» fece Italo. «Ce ne vogliono 80» e depositò la somma.

Santino sgranò gli occhi. «80 mi sembrano troppi. Io passo» e gettò via le carte. Cristiano fissò Kevin che si accese la pipa. «Avevi una coppia svestita... sicuro. E ti è entrato il tris... e mi rilanci...».

Italo non rispose. Gli veniva da sorridere, ma non mosse un muscolo. Sapeva che c'è una possibilità su 700.000 che un fulmine ti prenda durante un temporale. Una su 622 milioni di azzeccare il SuperEnalotto. E sapeva anche che lo 0,00015 per cento sono le probabilità che esca una scala reale, l'unico punto che può battere un poker d'assi.

«120» rilanciò Kevin tirando una bella boccata di pipa.

Italo fece finta di pensarci su. Poi prese le fiches. «Arriviamo a 240?» e aggiunse 160 euro.

«Oh ragazzi, state esagerando» intervenne Cristiano, il padrone di casa.

«Fermo, se la vogliono giocare, che se la giochino» fece Santino.

Kevin accennò un sorriso lisciandosi la barba. «Arrivo a 240 e ce ne metto altri duecento!».

Italo guardò le fiches. Non arrivava a quella cifra. «Va bene se metto un assegno?».

«Per me sì, e aggiungiamoli a quanto già mi devi» fece Kevin.

«Ragazzi» protestò Cristiano. «Cazzarola no, siamo a quasi mille euro di piatto. Non mi va, non si fa così...».

Ma Italo non ascoltò. Prese il portafogli, staccò un assegno e lo depositò sul tavolo. «Ma aggiungi che sull'assegno ci staranno altri cento euro!».

«Vedo!» disse Kevin gettando ancora gettoni di plastica nel piatto.

Italo sudava. Davanti a lui quasi lo stipendio di un mese. Santino, Cristiano e Kevin lo guardavano.

Una possibilità su 700.000 che un fulmine ti prenda durante un temporale. Una su 622 milioni di azzeccare il SuperEnalotto. 0,00015 per cento sono le probabilità che esca una scala reale, pensava.

«Poker... d'assi» aggiunse con un sottile piacere. Santino e Cristiano sgranarono gli occhi.

«Mi dispiace» fece Kevin, «scala reale al jack».

E depositò il punto. Scala reale al jack. Nera come la sfortuna di Italo. Un fulmine, un SuperEnalotto,

0,00015 per cento, era accaduto! Proprio a lui, proprio quella sera e proprio quando aveva un poker d'assi in mano. Gli girò la testa.

«Mi dispiace» fece Kevin arraffando il piatto. Santino e Cristiano guardavano Italo a bocca aperta.

«Ci sono 0,00015 per cento di possibilità che a uno stesso tavolo capitino una scala reale e un poker» fece Italo. «Zero virgola zero zero zero quindici per cento!» sparò un bestemmione con tutto il fiato che aveva nei polmoni, scaraventò la sedia a terra e uscì dal villino di Cristiano.

Fuori ormai era mattina. L'aria era fredda. Si accese una sigaretta.

Scala reale.

In tutta la sua vita l'aveva vista sì e no quattro volte. E doveva succedere proprio quando lui aveva un poker d'assi, bello tondo e succoso. Roba da non crederci. Sul conto non aveva la somma per pagare Kevin. La banca non gli avrebbe fatto un altro scoperto, ci aveva già provato e il fondo del barile era raschiato. Come sarebbe arrivato fino alla fine del mese? Restava solo vendersi la macchina, ammesso che avesse trovato un disgraziato disposto a prendersi quella Toyota scarburata. Oppure poteva andare fuori Aosta, in qualche pub e farsi dei turni di notte con i cocktail. Doveva arrotondare, ma come? Per un agente di polizia non è cosa facile, e lui lo sapeva. Pensò a Rocco, ma chiedergli aiuto avrebbe significato confessargli che da mesi giocava soldi alle macchinette e al tavolo con quei tre.

«Ehi» la voce di Cristiano lo fece voltare. L'amico si sedette sui gradini del pianerottolo e gli porse una birra. «Dài, non te la prendere, sono cose che succedono».

«Abbiamo fatto mattina. Ce l'hai un caffè?».

«Ora lo faccio».

Italo bevve un sorso di Peroni. «Che sfiga nera, Cristiano. Che sfiga nera».

«Non pensi che sia il caso di smettere?».

Italo con una schicchera gettò lontano la sigaretta. «Non lo so. Certo la sfortuna mi perseguita».

«Che c'è di divertente? Io non lo capisco. Voglio dire, se ci giochiamo un centinaio di euro può andare, ma cazzo, Italo! Hai buttato uno stipendio stanotte!».

«Non lo so, Cristiano. È il momento. Quando sei lì, la fortuna che gira gira e non viene mai da te, ti viene da dire: arriverà il giorno che ti fermi qui, brutta troia!» bevve un sorso di birra. «E invece pare che di te si sia dimenticata. Ma, lo sai? Quando apri le carte e vedi che hai un punto, un poker, un full, anche un tris, senti un brivido, una scossa che da sola vale la posta in gioco. Mi capisci?».

«No. Non ti capisco. Ce li hai i soldi da dare a Kevin?».

Italo annuì. Poi rientrò in casa per firmare l'assegno.

Rocco aprì gli occhi. Ci mise qualche secondo per capire dove fosse: a casa di Gabriele. Davanti a lui una figura femminile in piedi nel controluce del primo mattino, un'ombra scura ai piedi del divano letto, immobile, lo osservava in una fissità onirica. Teneva le braccia lungo i fianchi e la testa un poco piegata a destra. Non poteva superare il metro e cinquanta, il corpo quadrato e massiccio. Schiavone si stropicciò gli occhi e si alzò sui gomiti. Ora notava solo la gonna un po' scampanata. «Lei chi è?» la sentì dire con una voce rauca, da fumatrice accanita.

«Mi chiamo Rocco. Rocco Schiavone».

«E posso sapere cosa fa sul divano del salone?».

«Dormivo».

«Questo lo vedo...».

Si coprì fino al collo con il piumone. «Ho dimenticato le mie chiavi in casa».

«Quale casa?».

«Sono il dirimpettaio...».

«E non si vergogna?».

Rocco con la mano destra la invitò a togliersi dalla luce. «Non la vedo».

La donna si mise al suo lato. Una cinquantina di anni, sovrappeso, un porro enorme sulla guancia sinistra. «Allora? Sto aspettando».

«Cosa sta aspettando, non vede? Ho dormito qui!».

«Gabriele non mi ha detto niente».

Le mancava un incisivo davanti e portava i capelli neri con la ricrescita pettinati all'indietro fissati sulla sommità del cranio con una crocchia.

«Senta signora che non so chi sia, se mi fa il favore di lasciarmi un momento da solo, visto che sto in mutande e mi devo rivestire, io toglierei il disturbo».

«Gabriele!» urlò la donna e barcollando portò il suo corpaccione fuori dal salone.

«Ma dimme te. Situazione de merda» ringhiò Rocco, poi alzò le coperte, controllò che tutto fosse in ordine e finalmente allontanò lenzuola e piumone. Si rivestì velocemente, prima i pantaloni, poi la camicia e il maglione, infine si allacciò le scarpe. «Chiama lei il fabbro?» la voce assonnata di Gabriele gli fece alzare la testa. «Brutto idiota miserabile, chi è quella?».

«Si chiama qualcosa come Missiva, Felina... una cosa così».

«Missiva? Ma chi è?».

«Mimmina, ecco».

«T'ho chiesto chi è».

«Non lo so...».

«Fammi capire, c'è una donna in casa e tu non sai chi è?».

«Mamma ne cambia una al mese. Fa le pulizie».

«Maison de fu'!» si sentì urlare dall'ingresso, poi la porta sbatté.

«Ecco, mi sa che se n'è andata. Mamma ne deve cercare un'altra».

«Ma non me lo potevi dire? Mi fai aggredire da un orco alle sette e tre quarti? Mo' me lo sogno per i giorni a venire».

«Una dimenticanza».

«Me ne andavo in albergo, coglione!».

«Vuole fare colazione?».

«Vaffanculo Gabriele» rapido agguantò il loden, «e non venirmi a rompere le palle con il compito di matematica e altre cazzate simili. Per un po' non ti voglio vedere».

«Perché se la prende con me?».

«Perché mi hai fatto svegliare da un mostro che mi ha pure fatto un cazziatone manco fossi un tuo compagnuccio del liceo».

«È lei che s'è scordato le chiavi di casa».

Rocco strinse le labbra. «Taci. Ora scansati che i grandi vanno a lavorare».

Gabriele sorrise. «Grazie per la pizza di ieri sera».

«Le pizze, Gabriele, le!» urlò aprendo la porta. «Te ne sei magnate tre!».

«Non ho dormito un cazzo, mi fa male la schiena, non ho fatto la doccia, un fabbro m'è costato 400 euro, fa un freddo della madonna e non ho voglia di starti a sentire». Rocco ad ampie falcate divorava il corridoio dell'ufficio seguito da Casella che aveva già il fiatone. «Consideri l'aspetto positivo. Non nevica».

Il vicequestore inchiodò davanti all'ufficio passaporti e guardò l'agente pugliese negli occhi. «Mi prendi per il culo?».

«Volevo tirarle su il morale».

«Non puoi Ugo, ce vo' 'na gru. Dimmi che vuoi ora subito e di corsa».

«Giù c'è il croupier, quello di Saint-Vincent. Ha una faccia, pare che pure lui s'è fatto una notte in bianco».

«E che vuole?».

«Lei».

«Giù dove?».

«Sta nella sala nostra, quella degli agenti».

«Fallo salire» si chinò per tirarsi su i calzini, «'sti pedalini de merda» ringhiò. Casella era scattato. «No, aspetta!».

«Che c'è?».

«Fallo salire fra dieci minuti abbondanti».

L'agente si morse le labbra. «Quanti sono dieci minuti abbondanti?».

«Fai conto dodici minuti».

«Allora dica dodici minuti».

«Mi stai correggendo, Ugo Casella?».

«Non sia mai. Perché ha bisogno di dieci minuti abbondanti?».

«Te lo dico come l'ho detto agli altri della squadra. Dovete impara' a...».

«Farci i cazzi nostri, sissignore» portò la mano alla fronte e con calma se ne andò verso le scale.

Lupa si sistemò subito sul divanetto, Rocco invece andò alla scrivania. Aprì il cassetto per prendere una canna ma lo trovò vuoto. «Ma porca...». Tirò fuori tutto il contenuto spandendolo sulla scrivania ma della marijuana non c'era traccia. «L'ho finita?». Eppure il giorno prima aveva contato almeno tre spini belli pronti più mezzo sacchetto ancora pieno. «Non è possibile, ma che cazzo... Pierron!» gridò avventandosi sulla porta dell'ufficio. «Pierron!» l'urlo risuonò nel corridoio. Italo spuntò dalla stanza denunce. «Che succede?».

«Vieni qua!» e quello si avvicinò a passi rapidi. Aveva il viso stanco e pallido, le occhiaie e i capelli arruffati. «Non dormi la notte?».

«Pure te non è che hai una bella faccia».

«Dov'è?» chiese a bassa voce.

«Cosa?».
«Lo sai cosa cerco. Ho aperto il cassetto e non ce n'è neanche una».
Italo alzò le spalle. «Le avrai finite».
«Col cazzo. Ieri ce n'erano almeno tre. Ed è pure sparita la bustina. Manolunga insiste...».
«Chi è Manolunga?».
«Pare siano sparite delle cose dalla questura. Nell'ordine un laptop, un drone e adesso la mia roba».
Italo sgranò gli occhi. «Stai dicendo che in questura qualcuno ruba?».
«Sei perspicace».
«Oh cazzo...».
«E la cosa peggiore è che chiunque sia entrato nella mia stanza ora sa».
«Già, questa è la cosa peggiore. Hai trovato il cassetto forzato?».
Rocco si voltò verso la scrivania. «No... era aperto. Mi sa che l'ho dimenticato io... che deficiente! Italo, guardati intorno e vedi chi è».
«Sospettiamo qualcuno?».
«'Azzo, che ne so? Cerca fra i tuoi colleghi...».
Un sorrisino apparve sul viso di Italo. «Io una mezzo idea l'avrei...».
«E chi?».
«Uno della stradale che ogni tanto sale negli uffici. Ma se ti ricordi lì ho un amico... mi do da fare» e facendogli l'occhiolino sparì. Il vicequestore si accontentò di una sigaretta. Era al terzo tiro quando alla porta sentì bussare con *Ammazza la vecchia col flit*. Era Casella. «Avan-

ti!». L'agente introdusse Arturo Michelini che portava un giubbotto di pelle modello aviatore e gli occhiali da sole, inutili quanto una crema abbronzante. «Prego, Michelini, si accomodi». Casella li lasciò soli chiudendo la porta. Arturo si sedette davanti alla scrivania. Si tolse gli occhiali. Aveva ragione l'agente pugliese, occhiaie profonde e nere. «Buongiorno, dottore».

«Sembra che da queste parti passiamo tutti delle nottate infernali».

«È così...» si infilò i Ray-Ban nel taschino. Rocco si voltò verso la macchinetta del caffè. «Posso offrirle un espresso? Me l'hanno regalato i miei proprio ieri».

«No, grazie, dottore. Io sono qui perché... perché ho qualcosa da dirle. Ci ho pensato tutta la notte, magari non ha importanza, però lascio a lei giudicare».

Rocco spense la sigaretta nel portacenere, appoggiò i gomiti alla scrivania e si mise in posizione di ascolto.

«Domenica notte, meglio lunedì mattina, la notte dell'omicidio insomma, io ho staccato alle due e mezza. Sono andato a casa mia, pochi metri. E lì ad aspettarmi c'era... Cecilia».

«La donna con cui ha litigato?».

«Sì. È una giocatrice, una mezza matta. Io con lei ho avuto una storia, una cosa veloce, una sola notte, si figuri».

«Che faceva a quell'ora sotto casa sua?».

«Mi aspettava». Arturo accavallò le gambe. Poi riprese a parlare. «Vede, Cecilia si era convinta che un croupier possa tirare i numeri».

«Si spieghi meglio».

«Nel senso che sapremmo più o meno dove cadrà la pallina. Se non il numero almeno la zona. E mi chiedeva di tirarglieli, questi numeri».

«Ed è vero?».

«Macché! È una leggenda. Se così fosse i casinò avrebbero chiuso da un pezzo. Parlo dei casinò veri, si intende, non quelli indebitati».

«È chiaro».

«Cecilia aveva giocato tutta la notte e come sempre aveva perso. Era una furia, mi ha aggredito, mi ha detto che ero un figlio di eccetera eccetera, che non l'avevo aiutata, che lei era rovinata. Il gioco è un brutto vizio, dottore...».

«Sì, l'unico che non ho» precisò Rocco.

«Idem. Ho cercato di farla ragionare ma non c'è stato verso. Se n'è andata maledicendomi. Ecco, questo è tutto».

Rocco si lasciò andare sulla sedia. «Questa Cecilia... lei sa dove abita?».

«Qui ad Aosta, ma ha tenuto la residenza da qualche altra parte, credo, altrimenti non potrebbe giocare».

Arturo guardava Rocco che invece s'era concentrato su una graffetta di alluminio che aveva appena preso dalla scrivania. Giocherellava con il ferretto, occhi bassi, silenzioso.

«Dottore, non lo so, non credo che abbia a che fare con...».

«Ha fatto bene a venire da me. E credo che sarà il caso che io mi faccia quattro chiacchiere con questa Cecilia...?».

«Cecilia Porta. Se vuole le risparmio ricerche e le do il numero di cellulare. Tanto già mi odia, ora che l'ho denunciata vorrà vedermi morto».

«Lo sapevamo che c'era una donna lì fuori con lei a quell'ora, quindi lei non l'ha denunciata, ci ha solo fornito il suo nominativo». Si alzò tendendo la mano.

«Spero che non passi i guai...».

«Signor Michelini, se non ha fatto niente che guai vuole che passi più di quelli che ha già?».

Stare senza la preghiera laica del mattino non aiutava. Sentiva il cervello ingolfato, i ricettori poco reattivi e un serpente irrequieto che si aggirava fra nervi muscoli e vene. Doveva correre ai ripari, e subito. L'aveva comprata ad Aosta un paio di volte, ma faceva schifo. Stopposa, acida, amara, alto contenuto di thc, non era per lui. Rocco si era abituato a quella di Brizio, dolce, serena e rilassante. «Fanculo... pure questo m'hai tolto Cateri'...» mormorò guardando fuori dalla finestra. Poi ricordò Totò, quel ragazzo di Ivrea, enorme, pareva un giocatore di rugby. Una volta c'era andato, era ben fornito e stava dalle parti della stazione. Pensò che un'oretta di macchina per una missione così importante era poca cosa. Si infilò il loden, chiamò Lupa con un fischio e lasciò la stanza. «Ugo Casella, mi serve una macchina».

«C'è libera l'Alfa. Se vuole l'accompagno. Dove deve andare?».

«Te l'ho detto poco fa. Devi imparare...».

«Ricevuto» e in silenzio scesero le scale. Proprio davanti alla sala degli agenti incontrarono Antonio Scipioni. Aveva delle carte in mano. «Ah, venivo su da lei». Rocco si fermò. Poggiò una mano sulla spalla di Casella. «Case', vammi a prendere le chiavi dell'auto, fa' il favore...».

«Vado. Poi devo tornare a Saint-Vincent a finire le visite al ristorante, per la storia del '48».

«Bravo!».

Appena quello sparì dietro l'angolo Rocco si accese una sigaretta e spostò lo sguardo su Antonio. «Dimmi tutto».

«Il cellulare del ragioniere Favre. Il numero è questo» e gli passò un foglietto giallo. «Ho provato a chiamare ma è spento. Ho chiesto al mio amico di avviare la ricerca, se si è attaccato a qualche cella, presto avremo qualche risposta».

«Ottimo lavoro» e intascò l'appunto. In quel momento echeggiò l'inno alla gioia di Beethoven. «Chi è?».

«Devi venire di corsa da me».

«Perché Alberto?».

«Perché sì. È una cosa molto urgente. Corri».

Rocco chiuse la telefonata bestemmiando interiormente. Affrontare Alberto Fumagalli in condizioni cognitive precarie poteva essere una mossa suicida, ma non andare all'obitorio era fuori questione.

«Qui bisogna che le cose si chiariscano una volta per tutte!». Alberto era in piedi nel corridoio davanti alla porta della sala autoptica. Michela Gambino, con gli occhi di fuoco, le braccia conserte, ai piedi la sua valigetta di pelle, sembrava una bomba pronta a esplodere. «Mi dite che succede?».

«Succede che...» attaccò il patologo, ma il sostituto commissario intervenne: «Succede che dobbiamo collaborare, stiamo tutti sulla stessa barca».

Alberto si tolse gli occhiali per guardare dritto in faccia la Gambino. «Io collaboro ma a casa mia le cose si fanno come dico io!».

«Mii camurria...» sospirò Michela alzando gli occhi al cielo.

«E parla italiano quando sei con me!».

«Ancora non ho capito che succede» chiese Rocco che cominciava a perdere la pazienza.

«Succede? Succede che devo prendere delle impronte digitali al cadavere e lui non me lo permette!».

«Il cadavere è mio!».

«E chi te lo tocca!».

«Oh!» gridò Rocco. «Ma si può sapere di che parlate? Fatemi capire».

«È semplice». Michela sfoderò un sorriso da bambina felice. «Devo confrontare le impronte digitali trovate sull'accendino bic bianco in casa di Favre...».

«Ancora 'st'accendino, diobono!».

«Piantala, Alberto, fammi sentire!». Rocco tornò a guardare il sostituto della scientifica. «Vuoi controllare se sono sue le impronte sul bic bianco?».

«E mi pare una cosa normale. Ma questa sottospecie di primate me lo impedisce».

«Alberto? Falle prendere le impronte per favore» gli chiese Rocco con l'intonazione più dolce che riuscì a tirare fuori. Cominciava a fargli male la testa e non sopportava più quel dialogo surreale fra due alunni delle scuole elementari. In più la schiena urlava dal dolore. Prima o poi doveva fare un salto da un fisioterapista.

«Lei pensi a fare il suo lavoro e io il mio» rispose Alberto. «E se viene a prendere evidenze qui da me rispetta le mie regole!».

Rocco sbuffò. «Dico siete due persone adulte, due grandi professionisti, possibile che vi riduciate a questo?». Alberto e Michela si guardarono. «Alberto, per favore!».

«Basta che lei non mi aggredisca più sulla scena del crimine».

«Non l'ho mai fatto!» si giustificò Michela.

«L'hai fatto, l'hai fatto, credimi!».

«Per favore!» fece Rocco alzando un poco la voce. Alberto guardò il vicequestore prima, il sostituto poi. «Va bene» si decise il patologo, «prendi le impronte. Ma il cadavere non lo tocchi».

«Premi tu i polpastrelli sull'inchiostro?».

«Premo io e io poi lo ripulisco».

Michela annuì, si strinsero la mano e la pace fu fatta. «Allora andiamo. Rocco, vuoi assistere?».

«Ma manco se cala Dio a volo radente. Fate quello che dovete fare e non rompetemi più con queste scene pietose. Vale per te, Michela, e pure per te, Alberto. Collaborate, vogliatevi bene e soprattutto non scassatemi più il cazzo. Buona giornata».

C'era nebbia e in autostrada per tenere la velocità sotto i 130 doveva controllare il potente motore dell'Alfa. Lupa sul sedile posteriore si leccava le zampe. Intorno il panorama era avvolto dal lattice. Una pioggerella gelata picchiettava il parabrezza e i tergicristalli la spalmavano sul vetro peggiorando la visuale. Incontrava pochissime macchine, come se paesaggio e uomini fossero spariti, inghiottiti da quella nuvola bianca d'ovatta e gesso e lui fosse uno dei pochi sopravvissuti. Tanti anni prima, un mattino d'inverno, camminava nella stradina che dai dormitori lo portava al circolo ufficiali a prestare servizio, corso uno otto nove, aviere Schiavone, laureato in giurisprudenza col minimo dei voti. Gli tornarono in mente i suoi passi, le gambe avvolte nei pantaloni blu della divisa e le scarpe coi lacci nere, leggere come cartone. Avvolto nella nebbia dell'aeroporto di Pratica di Mare, non un suono a parte i suoi passi, non una presenza. Passava accanto agli alberi scheletrici, guardava le foglie a terra coi colori sbiaditi e contava i mesi che mancavano al congedo. Respirava quell'aria umida e alzava gli occhi al cielo alla ricerca del disco del sole che pure da qualche parte doveva essere. Un uccello aveva sbattuto le ali, qualcosa alla sua destra era passata veloce sulle foglie morte. Poi arrivato al circolo degli ufficiali a cui da buon soldato stava regalando un anno della sua vita facendo il cameriere, davanti alla porta d'entrata si materializzarono sette generali sull'attenti, silenziosi come statue abbandonate. Impietriti aspettavano nella nebbia l'arrivo di qualcuno, che doveva essere molto importante per tenere quei pezzi grossi sull'attenti alle sei del mattino. Non sapeva cosa fare. Era restato lì per un po' nascosto nella nebbia, poi si era avviato verso la porta d'ingresso passando in mezzo a quei sette che lo osservavano con gli occhi sgranati, lui, aviere in pantaloni e giacca di lana sporca, la barba un po' lunga, che passava in rivista sette generali l'ultimo dei quali ondeggiava sotto il peso delle mostrine. Era entrato nell'immenso salone dove l'attendeva il servizio di accoglienza. La sala era ancora deserta. C'erano i tavoli pronti con taccuini e penne, bicchieri e caraffe e una lavagna lavabile. Non aveva resistito. Si era avvicinato e con un pennarello blu aveva scritto: «Ognuno sta solo sul cuor della terra: trafitto da un raggio di sole, ed è subito sera», poi sotto: «S. Quasimodo». Si era allontanato soddisfatto quando la voce di un capitano lo aveva richiamato. «Aviere Quasimodo!» aveva sentito urlare. Rocco si era voltato. Il capitano con la faccia scura indicava la lavagna. «Comprendo che lei crede di avere doti artistiche, ma qui stiamo per fare un briefing importante tra generali di tre paesi Nato. Cancelli subito quella scritta e si ritenga punito!». E lui ridendo l'aveva fatto. Perché gli era tornato in mente quell'episodio stupido e insulso? Era la memoria ogni tanto a tirare fuori odori e scene di tanti anni prima spinta forse dalla malinconia dell'inverno e dal freddo, oppure a Rocco in quei giorni per riempiere la sua solitudine non restava che aprire il rubinetto dei ricordi per farseli scorrere addosso come fosse sotto una doccia.

Dalla nebbia spuntarono le prime case di Ivrea meste, abbandonate. Aveva un solo nome, Totò, ma era pronto a rivoltare tutta la cittadina piemontese per trovarlo.

«Lei è Cecilia Porta?».

Era stato fortunato. Totò era ancora al bar vicino alla stazione e l'erba che aveva era buona davvero. Non aveva resistito, se n'era accesa una ancora prima di entrare in autostrada. La nebbia sulla campagna si era diradata, e anche quella nel cervello era magicamente sparita. Non splendeva il sole, le nuvole stese come una coperta rimboccavano il paesaggio, ma almeno la visuale era ottima e poteva lanciare l'Alfa a 160 chilometri all'ora. Doveva solo fare attenzione all'uso contemporaneo del cellulare.

«Sono io» rispose una voce di donna. «Con chi parlo?».

«Vicequestore Rocco Schiavone. Dov'è?».

Una breve pausa. «Polizia?».

«Di solito è lì che lavora un vicequestore».

«Che succede?».

«Lei ha un brutto vizio, signora Porta. Quello di fare domande. Che invece competono a me. Ripeto chiaro e determinato: dov'è?».

«In questo momento?».

Rocco fece l'ultimo tiro e aprì il finestrino per gettare fuori la cicca. «Signora, ma lei è ubriaca o semplicemente non capisce un cazzo? Certo ora, e quando sennò?».

«Sono a Torino».

«Lei prende una macchina e si scaraventa in questura fra, diciamo, verso le tre?».

«Verso le tre? Sono nel bel mezzo di una riunione di lavoro e...».

«Sticazzi».

«No, niente di che, mi creda, una riunione normalissima».

Solito problema dell'uso sbagliato dello sticazzi al nord. Cecilia Porta l'aveva interpretato come un'espressione di stupore e meraviglia. «Non volevo comunicare ammirazione, signora Porta, lo sticazzi si riferisce al fatto che al vicequestore non gliene frega nulla della sua riunione. L'aspetto in questura».

«Ma... ma almeno può anticiparmi qualcosa?».

«E che so' 'na banca?».

Parcheggiò l'auto in sosta vietata a poche decine di metri dal ristorante. Oriana Berardi era già dentro, l'aspettava al tavolo mordendo un grissino. La bella notizia era il trucco sapientemente applicato su bocca, guance e palpebre. La brutta la scelta del maglione a collo alto castigato bianco sul quale splendeva una collana di pietre marroni che ricordavano, almeno quella era l'intenzione, gli occhi scuri, meridionali. «Sono puntuale?».

«Perfetto, comincia ad abituarsi a queste latitudini». Oriana posò il grissino e gli strinse la mano. «Ma il suo abbigliamento invece mi dice il contrario. Veste leggerino. Cos'è, non sente il freddo?».

«No. Quello è un altro discorso. Ha già chiesto?» fece prendendo in mano il menu.

«Qui fanno cucina tradizionale ottima. Come si chiama?» e indicò la cucciola che s'era già acquattata sotto il tavolo.

«Si chiama Lupa...».

«L'ha trovata?».

«È lei che ha trovato me».

Ordinarono due primi al cameriere che aveva appena portato l'acqua, poi Oriana tirò fuori una cartellina dalla borsa. «Ecco, ho fatto i compiti a casa. Lei non me ne vorrà se di questo incontro ho avvertito i miei superiori».

«Ha avvertito anche suo marito?».

Oriana sorrise. «Ho detto superiori, commissario».

«Io invece non le avevo detto che sono vicequestore?».

«Pardon, dimenticanza. Ecco» aprì la busta trasparente e consegnò dei fogli a Rocco. «Queste sono le persone che hanno avuto a che fare con Romano, almeno sul lavoro, e comunque sono più di cento nomi».

Rocco leggeva le carte e impallidiva. Sentirli tutti? Un'impresa impossibile. Sempre che fosse sulla pista giusta. «Un po' troppi» osservò. «Allora parto da lei» la guardò negli occhi. «Che mi dice di Romano Favre?».

«E cosa vuole che le dica? Ci conoscevamo poco, un saluto ogni tanto, niente di più. Era un tipo piuttosto ordinario, tranquillo. Non beveva, non fumava, vedovo...».

«Era legato a qualcuno al casinò?».

«Qualche amico? Forse sì, vede? Se dà un'occhiata nella lista con gli evidenziatori ho marcato le quattro persone a cui teneva di più. Sono due ispettori e due croupier».

«Sì, un nome già lo conosco. Arturo Michelini. È quello che ha trovato il corpo...».

«Come è morto?».

«Mangiamo» rispose Rocco guardando il cameriere che s'era avvicinato al tavolo con gli gnocchi al Bleu d'Aosta. «Che dice? Lo digeriamo per domattina?».

«Non si preoccupi, vedrà che alle cinque farà merenda».

Le prime tre forchettate scesero nel silenzio più assoluto. Si sentiva solo un lieve mormorare dai tavoli accanto occupati da quattro clienti. «Perché a pranzo e non in ufficio?» chiese Oriana all'improvviso, si capiva che era una domanda che le girava per la testa già da un po'.

«Avrebbe preferito in questura?».

«No, direi che qui è più comodo».

«Allora non mi faccia domande di cui conosce già le risposte».

Oriana rimase con la forchetta a metà tragitto fra il piatto e la bocca.

«Mi pare evidente che vorrei portarla a letto, lei lo sa, io lo so, e ora stiamo qui a fare quelle scene inevitabili che la natura impone ogni volta che si affronta l'argomento. La mia non è solo maleducazione, Oriana, è che a quasi 50 anni non ho più voglia di orpelli».

La donna inclinò appena la testa di lato. «Però, non si può dire che lei non sia una persona diretta».

«Fa parte del mio mestiere».

«E cosa le fa pensare che io possa accettare?».

«Niente. Ma come lei converrà, giocare a carte scoperte fa guadagnare tempo. E per una che lavora al casinò non potevo trovare metafora più azzeccata!».

Scoppiarono a ridere. «Ascolti vicequestore...».

«Rocco».

«Ascolta Rocco. Sono una donna felicemente divorziata da sei anni. Amo la mia vita così com'è, l'estate vado a Fasano dove ho dei parenti, l'inverno ho una casetta a Cervinia. La mia è una vita tranquilla e desidero lasciarla così. Tu hai tutta l'aria di somigliare a una bora triestina, e non sono attrezzata né ho voglia di affrontarla».

«Chiaro e limpido come queste giornate di fine autunno. Ci prendiamo il caffè?».

«Sì grazie».

«Venendo alla questione principale che ci vede qui riuniti, posso tornare a cercarti? Non è una storia semplice».

«Tutte le volte che vuoi».

«E grazie per il lavoro» disse alzando i fogli. Poi attirò l'attenzione del cameriere. «Due caffè, il mio doppio».

«Pure oggi sei bianco come un cadavere. Cos'è? Non ti senti bene?» il vicequestore aveva incrociato Italo proprio davanti alle scale. Il ragazzo era pallido, gli occhi stanchi e il viso depresso. «Non mi sento un granché».

«Che ore sono?».

«Le tre» fece Italo indicando l'orologio appeso davanti alla guardiola d'ingresso.

«Vai su da me. Intrattieni una tale Cecilia Porta che ho convocato. Dev'essere già qui».

«Chi è?».

«Una che devo sentire per l'omicidio».

«Tu dove vai?».

«Dalla Gambino. Mi ha chiamato 54 volte».

«Sai dove andare? Ci sei mai stato?».

Dal giorno in cui il reparto scientifica aveva traslocato ai piani inferiori restituendo la stanza al vicequestore, Rocco non aveva mai messo il naso in quegli uffici. «Devi prendere la scala che va al seminterrato. Scendi una rampa, apri la porta antipanico, entri in un corridoio, l'ultima porta, gialla, è l'ufficio della Gambino. Buona fortuna» e si incamminò lungo il corridoio.

«Amore, vai con Italo» la cagnolona capì e seguì l'agente. Rocco invece scese le scale.

La rampa consisteva in una ventina di gradini e l'umidità già si faceva sentire e colorava il fiato. Faceva più freddo che all'esterno. Aprì la porta. Un rumore basso continuo, forse la centrale termica, riempiva il lungo corridoio sul quale si affacciavano doppie porte di ferro con il maniglione antipanico. Rocco percorse tutti e venti i metri, girò l'angolo del corridoio e si trovò davanti la porta gialla sopra la quale lampeggiava una strana luce rossa. Bussò. Non ebbe risposta. Rocco immaginava che dall'altra parte ci fosse un antro buio e umido, con un disordine pianificato, la stanza di un accumulatore seriale. Abbassò la maniglia ed entrò.

Tutto il contrario.

Uno spazio enorme meticolosamente ordinato con una temperatura buona per far crescere banani. Lungo i muri c'erano tavoli di alluminio ricolmi di oggetti. Schedari, due microscopi, buste di carta marrone, due borse metalliche chiuse, penne, aghi auricolari, compassi scorrevoli e una fila interminabile di mobiletti con cassetti etichettati. Al centro un enorme tavolo bianco sul quale si rifletteva una potente luce alogena che spandeva un chiarore lattiginoso tutt'intorno. Sulla sinistra un'altra porta gialla che in quel momento si aprì a svelare Michela Gambino. «Benvenuto nel mio regno».

Il rumore della caldaia era sparito. Solo un lontano ticchettio, poteva essere una bomba a orologeria come un rubinetto che perdeva. Michela portava un camice bianco e i capelli raccolti tenuti insieme da due bacchette cinesi. «Questa è la sala del lavoro. Il laboratorio vero e proprio è di là. Lo vuoi vedere? Abbiamo luminometri, un rifrattometro, un microscopio elettronico, un...».

«Alt. Non me ne frega una mazza. Dimmi che cosa vuoi».

«Ho novità. Importanti. Vieni» e si spostò dall'altra parte del camerone superando l'enorme tavolo centrale. Rocco ebbe la sensazione di essere nel bel mezzo di un film di fantascienza. «Ci sono parecchie cose interessanti. La prima è questa» aprì uno delle decine di microcassetti schierati sui ripiani di alluminio. Mostrò una busta, dentro c'era l'accendino bianco. «Allora, ne sei venuta a capo?».

«La vittima come saprai non fumava. Io ho trovato delle impronte ma non sono le sue...». Michela abbassò la voce. «Potrebbero essere dell'assassino?» azzardò.

«Ci vorrebbe una botta di culo. E che, non possono essere di un suo amico che è andato a trovarlo?» obiettò Rocco.

«Prendi le impronte a...».

«Centinaia di persone? Ma che cazzo dici, Michela? Che altro hai da mostrarmi?».

«La seconda cosa interessante. La chiave nella toppa, ricordi?».

«Certo che ricordo. Allora?».

«Ho rilevato tracce di sangue».

«Sangue?».

«Esatto. Curioso, no?».

«Direi di sì» fece Rocco. «Come c'è finito?».

«Mi sono fatta la stessa domanda. Ora risalgo al gruppo sanguigno, devo chiamare Alberto. Dici che mi concederà l'onore dell'informazione?».

«Penso di sì. Vedi che quello è un tipo strano, non che tu sia una persona normale, quindi fra fenomeni da baraccone dovreste intendervela».

Michela aggrottò le sopracciglia. «E veniamo alla terza cosa che ti devo dire che pure è importante. Il rubinetto...».

«Sì?».

«In giardino. L'acqua era aperta, gocciolava. È probabile che l'assassino per scavalcare la recinzione abbia poggiato il piede proprio lì sopra».

«E questo aiuta?» fece il vicequestore.

«Un po'».

«Come fai a dire che ha poggiato il piede proprio lì?».

«Indovina che ha trovato Michela Gambino tra la manopola e il tubo?».

«Non parlare di te in terza persona, mi dà ai nervi» disse Rocco, ma il sostituto parve non aver sentito. «Michela Gambino ha trovato un infinitesimo ma importante granello di etilenvinilacetato. Sai cos'è?» si spostò verso uno dei tanti cassetti di alluminio, lo aprì e prese un foglio che consegnò a Rocco.

«No».

«È una mescola sintetica. Vedi?». Rocco guardava quei disegni, formule chimiche e molecole, senza capirci nulla. «Si tratta di una materia plastica in cui sono presenti copolimeri di vinil acetato ed etilene. Il copolimero altro non è che una macromolecola in cui...».

«Tradotto?» chiese Rocco che poco sopportava le lezioncine di chimica applicata, di anatomia e anche di giurisprudenza.

«È una suola da scarpa di gomma, per capirci» concluse la Gambino recuperando il foglio.

«Bene, ottima notizia. Sempre che sia giusta la tua conclusione sappiamo più o meno che scarpe indossava l'assassino. Ora ti faccio io una domanda». Rocco restituì la busta con l'accendino a Michela che la rimise subito al suo posto con uno scatto felino. «Hai trovato orme, tracce sul pratino del giardinetto di Favre che confermino questa ipotesi?».

«La neve ancora non si è sciolta del tutto. Sul manto erboso finora controllato non ho rinvenuto niente».

«Quindi magari, che so? tre giorni fa il signor Favre ha chiuso l'acqua con un calcio e l'ipotesi muore lì?».

«Be', è possibile...».

«Fra l'altro Alberto mi ha detto di aver trovato una bella ernia in mezzo alle vertebre lombari... quindi difficoltà a piegarsi l'aveva». Michela annuì in silenzio. «Che altro c'è di interessante?».

«La finestra... è stata scassinata in malo modo. Con un oggetto grosso, insomma, non è lavoro da professionista. Hanno fatto semplicemente leva con un'asta di metallo o simili per far saltare la serratura».

«Bene» mugugnò il vicequestore, «insomma, l'intruso non è entrato di soppiatto».

«Ultima cosa». Michela sorridendo si spostò raggiungendo un altro casellario, questo tutto in legno, sembrava una reliquia di un ufficio del ventennio. «Ho prelevato tutte queste carte. Vuoi dargli un'occhiata? Magari qualcosa serve». Rocco prese la busta bianca. La aprì. «Però questa me la porto in ufficio» disse e notò le palpebre della Gambino sbattere nervosamente. «Che c'è?».

«Me le riporti però» gli disse strofinando le mani una contro l'altra come se faticasse a tenerle ferme.

«Certo, che ci faccio? Una volta analizzate...».

«Sì, ma non te le perdere».

Michela alle sue cose ci teneva.

«Tranquilla Michela, appena controllate te le faccio riportare da un agente».

«Non mandarmi Casella!» disse con un fiato.

«E perché?».

«Cose mie. Manda chi ti pare, D'Intino, Deruta, ma Casella no».

Rocco senza capire annuì e aprì la porta per uscire. «Ma come fai a stare qui sotto?».

«Qui i cellulari non prendono. E nessuno ha le chiavi. Non ci sono finestre, solo feritoie in alto, è un bunker di tranquillità e sicurezza. Qui io mi sento tranquilla, qui sono la regina».

Rocco osservò gli occhi spiritati del sostituto commissario. Risalì in superficie pensando di suggerire al questore l'aggiunta in quel laboratorio di pareti insonorizzate e di un letto di contenzione.

La prima cosa che colpiva del viso di Cecilia erano gli occhi. Verde bottiglia, grandi, tristi. La stessa tristezza disegnava le labbra, sottili, che sembravano scolpite in un sorriso amaro. Intorno qualche piega leggera denunciava parecchie sigarette al giorno. Pallida, portava i capelli pettinati e raccolti in una coda di cavallo. Italo l'aveva fatta accomodare nella stanza di Rocco e la donna se ne stava seduta, con la borsa poggiata sulle ginocchia mentre Lupa la fissava respirando con la lingua di fuori. «Schiavone, molto piacere».

Cecilia non si alzò dalla sedia, pareva che le forze l'avessero abbandonata. Cercò di abbozzare un sorriso senza riuscirci: «Cecilia Porta». Rocco passò davanti al divanetto, rapido carezzò Lupa, poi andò a sedersi dietro la scrivania. Si mise la mano nella tasca della giacca, in pugno teneva la bustina con la maria comprata a Ivrea. Veloce la nascose nel suo cassetto che poi richiuse a chiave. Cecilia non perdeva un gesto del poliziotto, il labbro le tremava. Quel silenzio la stava sfibrando. «Posso sapere perché...».

Rocco la interruppe con un gesto della mano. «Gliel'ho già detto al telefono, niente domande».

La donna annuì e si aggiustò meglio sulla sedia.

«Dunque, signora Porta, adesso le porrò un interrogativo che avrà sentito un milione di volte nei telefilm e al cinema. Può dirmi dove si trovava la notte fra domenica e lunedì scorso?».

Cecilia aggrottò un po' la fronte, si morse le labbra. «La notte fra domenica e lunedì...».

«Glielo dico io? Al casinò di Saint-Vincent».

La donna arrossì. «Sì. Giusto. Sono andata via alla chiusura del casinò. Ma non vedo come...».

Rocco la fermò di nuovo. «Dal casinò è andata direttamente a casa?».

«Io?».

«Siamo io e lei in questa stanza. Non penserà mica che l'ho chiesto al cane».

«No. Bellino...».

«Cosa?».

«Il cane dico, bellino».

«Bellina. È una femmina. Si chiama Lupa».

Cecilia osservò la cucciola che si era tirata su non appena il padrone aveva fatto il suo nome. «Che razza è?».

«Lei continua a fare domande. Ma a questa posso risponderle. Un Saint-Rhémy-en-Ardennes».

Cecilia fece una smorfia. «Mai sentito».

«Bene, ora che ha preso tempo e ha fatto mente locale vuole rispondermi? Dal casinò lei è tornata a casa?».

«No...».

«Dov'è andata?».

«Senta commissario».

«Vicequestore!» la corresse immediatamente Rocco.

«Vicequestore, io credo che lei già conosca la risposta e non capisco perché tutte queste domande che, francamente, mi fanno preoccupare. Lei ha parlato con Arturo, vero?».

«Aridaje con le domande. Avete litigato, vi hanno sentito, non era difficile risalire a lei».

«E allora sì, sono andata da Arturo Michelini, il croupier. Abbiamo litigato. Ho commesso un reato?». Gli occhi verdi erano diventati due frecce puntute.

«Me lo dica lei» e Rocco si accese una sigaretta.

«Si può fumare?» chiese speranzosa Cecilia.

«No» rispose Rocco sbuffando il fumo verso il soffitto. «Allora? Ha commesso qualche reato?».

La donna restò in silenzio a bocca aperta.

«Lei conosce Romano Favre?».

«Chi?».

«Romano Favre. Abita a via Mus, al numero 22».

«Via Mus? Quello è l'indirizzo di Arturo».

«E anche di Romano Favre. Lei conosce?».

«Mai sentito».

Il vicequestore si alzò in piedi. «Mi dice perché era lì fuori alle tre del mattino?» lentamente si portò alle spalle di Cecilia.

«Volevo parlare con Arturo. Volevo metterlo davanti alle sue responsabilità. Lui mi aveva promesso... Niente, una storia brutta».

«Sono abituato alle storie brutte».

«Tempo fa abbiamo avuto una liaison. Una sola notte. Lui mi aveva detto che un croupier può tirare i numeri e io ci avevo creduto. Vede, dottor Schiavone, io gioco.... e gioco pesante. Non so perché lo faccio, ma ormai sono più di cinque anni che...» si fermò. Rocco la vide mettere una mano nella borsa e tirare fuori dei fazzoletti di carta. Tornò alla scrivania. Cecilia stava piangendo. «... cinque anni che butto denaro e tempo. Mi creda, è sempre nella mia testa, la notte, il giorno. Mentalmente scommetto su tutto. Se il prossimo autobus che passerà sarà pieno o vuoto, se pioverà, se un cane abbaierà, tutto...» accartocciò il kleenex e lo tenne in mano. «E sto male. Penso alle partite che ho fatto e che sono andate male, spesso mi ritrovo al lavoro che sto riflettendo su come vincere la prossima volta. Mi creda. Non mi riconosco più, sono un'altra».

Rocco tornò a sedersi. «Perde molto?».

Alzò appena le spalle. «Farebbe meglio a dire tutto».

Italo guardò l'orologio. Erano quasi le tre e mezza. Uscì in corridoio. L'ufficio di Rocco era sempre chiuso, segno che stava ancora parlando con la teste convocata. A passi decisi si diresse alla stanza degli agenti. Ci trovò Antonio davanti al monitor del computer. «Uelà Italo. Vuoi dare la notizia a Schiavone? Il cellulare di Favre si è volatilizzato. L'ultima volta era attaccato alla cella di Saint-Vincent. Questo vuol dire che probabilmente l'ha preso l'assassino e l'ha fatto sparire».

«Glielo puoi dire tu?».

Antonio alzò il viso. «Che hai? Sembri a pezzi».

«Devo andare di corsa a fare una rottura di coglioni».

«Che livello?».

«Ottavo. Puoi stare tu con Rocco? Sta interrogando una tizia, tale Cecilia boh, il cognome non lo ricordo. Se gli serve qualcosa...».

«Vado io, d'accordo». Si alzò dalla sedia e si stirò le spalle. «Se chiede di te?».

«Ho problemi con il padrone di casa. Ma lo risolvo subito».

«Vai tranquillo».

Italo ringraziò il collega con un sorriso. Uscì dalla questura e salì in auto. In dieci minuti sarebbe arrivato a Pont d'Avisod.

«Torniamo per un momento a lunedì? Quanto tempo ha aspettato Arturo?». Rocco si accese la seconda sigaretta.

«Sapevo che smontava verso le due e mezza... sono stata in macchina, poi poco prima delle tre sono uscita e l'ho atteso davanti casa».

«Dove ha parcheggiato?».

«Mi pare giù all'incrocio, via Conte di qualcosa».

Rocco si grattò la testa. «Dall'auto lei vedeva il civico di Michelini?».

«Sì. L'ho messa lì apposta, magari arrivava prima, insomma controllavo, sì...».

«Controllava. Con attenzione. E durante quell'attesa a quell'ora del mattino cosa faceva in auto?».

«Non mi ricordo... ho fumato sicuramente... a proposito, posso?».

Rocco ci pensò un momento. Poi le allungò le sigarette. Cecilia afferrò il pacchetto. «Anch'io fumo queste». Le passò l'accendino, la donna lo poggiò sulla scrivania e si concesse la prima boccata di fumo.

«Allora torniamo a noi. Cosa ha fatto in macchina tutto quel tempo?».

«Avrò dato un'occhiata al cellulare per controllare le mail, poi sono scesa e...».

«E mentre era lì a fare la posta ad Arturo Michelini ha visto niente?».

«Che dovevo vedere?».

«A quell'ora del mattino ha visto qualcuno che passava? Ha notato qualche movimento?».

Cecilia si morse le labbra. «No, nessuno... non ho visto niente... non mi pare...».

«Un'ultima curiosità. Che scarpe indossava domenica notte?».

«Oh mio Dio... non lo so... aspetti. Avevo gli stivali, sì».

Rocco si sporse dalla sedia e le guardò i piedi. «Quelli che indossa ora?».

Cecilia li rimirò come se dovesse comprarseli. «Sì, sì, erano questi».

Neri, alti al ginocchio. «Può alzare il piede e mostrarmi la suola?».

Cecilia strinse gli occhi. «È... è un feticista?».

«Per favore».

Rocco osservò la suola di cuoio delle calzature. «Bene, può rimettere giù» e Cecilia eseguì.

«Mi faccia dire che trovo tutto molto strano».

«E sticazzi» rispose Rocco. «Bene signora, per ora abbiamo finito. Lasci per cortesia all'agente che l'ha accompagnata qui i suoi recapiti, lei vive ad Aosta, no?».

«Ci sto poco, sono sempre in giro per lavoro, ma sì, abito qui».

«Bene» il vicequestore si alzò, Cecilia lo imitò. Non le strinse la mano, solo le indicò la porta. La donna l'aprì, in corridoio apparve la figura di Antonio Scipioni. «Ecco, vada con l'agente... Scipioni sei tu?».

«Sì dottore» rispose quello affacciandosi.

«Ora la signora ti lascia i suoi recapiti. Dov'è Italo?».

«Un affare urgente col padrone di casa».

«Arrivederci Cecilia Porta, ma qualcosa mi dice che io e lei ci rivedremo».

Cecilia chinò appena la testa. «Ora me la concede una domanda?».

«Ne ha facoltà».

«Perché mi chiede se conosco Romano Favre?».

«Perché la notte fra domenica e lunedì, verso mezzanotte, è stato assassinato».

Cecilia sgranò gli occhi che diventarono enormi.

Rocco si grattò la barba di due giorni. «Già. Succede spesso quando qualche figlio di buona donna perde il controllo...». La donna, come colpita da un montante, si avviò per il corridoio. Rocco attese che sparisse, poi tornò alla scrivania. Stese un fazzoletto di cotone sul tavolo, prese due penne, sollevò l'accendino e ce lo depositò nel mezzo. Richiuse il fazzoletto e uscì dalla stanza diretto alla spelonca futurista di Michela Gambino.

«Ecco qua...» e Italo mollò le banconote a Kevin riprendendosi l'assegno.

Kevin contò i soldi. «Mancano 400 euro» fece serio.

«Lo so. Dammi un paio di giorni».

Kevin fece una smorfia. «Però i debiti di gioco si pagano, Italo».

«Lo so, è un momentaccio. Ti assicuro, due giorni e avrai i tuoi soldi». Poco convinto Kevin si mise in tasca le banconote. «E va bene. Voglio darti fiducia, sei un bravo ragazzo». Poi si alzò dalla poltrona. «Due giorni, Italo, va bene?». L'agente annuì. «Mi dispiace, ma lo sai com'è con la fortuna? Quella gira e l'altra notte ha sorriso a me, domani potrebbe farlo con Cristiano, oppure con Santino, oppure chissà? Con te?».

Italo guardò Kevin negli occhi. In mezzo alla barba bianca e nera spuntavano i denti giallastri del fumatore accanito. «Chissà...» disse.

«Se vuoi una risposta, fra mezz'ora cominciamo» e andò a sedersi al tavolo. Tirò fuori le carte e cominciò a fare un solitario. «E cominciamo presto, non vogliamo finire sempre a tarda notte».

«Tavolo da quattro?».

«Se giochi da quattro. Altrimenti ci facciamo il poker in tre, poker da re!».

Italo scosse la testa. «No, va bene così. Meglio non

spingere troppo. Se il periodo è nero, è nero» e si voltò per raggiungere la porta. Mise la mano sulla maniglia e l'avvertì di nuovo, un prurito leggero, dietro le scapole, che strisciava sulla colonna vertebrale e arrivava fino al collo.

Non può dirmi sempre male, no?, pensò. E poi lui ci sapeva fare. Se avesse visto la brutta serata si sarebbe ritirato e avrebbe limitato i danni. Ma se invece la serata avesse girato nel verso giusto, a Kevin Santino e Cristiano gli avrebbe tolto anche le mutande. Peggio di un poker d'assi massacrato da una scala reale non poteva andare. Non può cadere il fulmine due volte sullo stesso albero. E non può vincere due volte la stessa persona al SuperEnalotto. Si voltò, la mano ancora sulla maniglia, a guardare Kevin, seduto al tavolo da gioco ricoperto dal feltro verde appena illuminato dal lampadario basso. Mischiava le carte silenzioso. «Mazzo nuovo?» gli chiese.

«Come sempre» e stavolta la barba di Kevin si diradò per mostrare i denti tricolori. «Ti va un whisketto?».

L'agente Casella si affacciò solo nel tardo pomeriggio con l'aria distrutta, sudato, teneva in mano un taccuino e cercava il vicequestore come un rabdomante. Lo informarono che era in pieno svolgimento l'ennesima conferenza stampa del questore alla quale Schiavone adducendo scuse al limite del fantastico non aveva partecipato. Nel suo ufficio però c'era solo Lupa che sonnecchiava. Lo trovò finalmente nella stanza degli agenti, insieme ad Antonio. Guardavano il monitor di un computer. «Casella, qual buon vento?».

«Domani si alza la tramontana, dicono».

«Ottimo. Mi piace la tramontana. Spazza via tutto e porta un sole splendido».

«Però cala la temperatura» fece Antonio alzandosi per andare a prendere una stampata.

«Allora Antonio?».

«Allora, dai tabulati di Favre si scopre solo che domenica sera verso le 10 ha ricevuto una telefonata da questo numero» passò il foglio a Rocco.

«Che numero è?».

«Slovenia... numero che non ha mai chiamato prima e da cui non ha mai ricevuto telefonate, almeno negli ultimi sei mesi... come vede il traffico telefonico di Favre è piuttosto modesto».

«Ma li hai controllati tutti gli altri numeri segnati qui?».

«Sì. Due ristoranti, il vicino, il croupier...».

«Arturo?».

«Esatto... poi un laboratorio di analisi e numeri che ho già controllato, sono i suoi vecchi compagni di scuola...».

Rocco posò il foglio. «Slovenia... questo il giorno del suo assassinio riceve una telefonata da un numero sloveno... che vuol dire?».

«Chissà» fece Casella che era rimasto in piedi accanto alla porta.

«Case', non lo chiedo a te. Ci devo riflettere. Bel lavoro, Antonio... ora ti chiedo un'altra incombenza. Massima discrezione. Sulla lista che mi ha dato la Berardi ci sono niente di meno che 100 persone che al casinò hanno avuto a che fare con Favre».

«Ma li devo sentire tutti?».

«No, voglio sapere quando l'hanno visto l'ultima volta, cenni vaghi su quello che faceva negli ultimi giorni, non ti addentrare. Diciamo che se ne riesci a contattare una ventina per me basta e avanza».

Antonio si incupì. «Sì, lo so, Antonio, è una rottura di coglioni piuttosto importante, ma serve come il pane» l'agente annuì sconfitto, Rocco si girò verso Casella. «Tu che hai di bello da dire?».

«Allora, il club del '48 sono 18 persone. Le ho sentite tutte!».

«Bravo. E che ti hanno detto?».

«Più o meno la stessa cosa» disse Casella mentre guardava il suo taccuino rigirando le pagine. «Che era una brava persona, che non ha mai avuto guai con la legge, che dopo la morte di Adoración, la moglie, non s'è mai risposato eccetera eccetera. Solo uno, questo Guido Roversi, ha avuto una reazione strana, come se si fosse appena ingoiato una fetta di limone, e mi ha detto... ecco, leggo le sue parole: ogni tanto Romano però i fatti suoi se li faceva» chiuse il taccuino e guardò Rocco.

«E che vuol dire secondo te?».

«Forse ci può fare un salto, ho preso l'indirizzo. Vive qui ad Aosta, a rue Piave 6, si ricorda? Una volta ci abitava lei. Questo tizio gli amici lo chiamano Farinet».

«Farinet? E che vuol dire?».

«E che ne so? Boh...».

«E bravo Casella. Non lasciamo niente di intentato.

Notizie dei fratelli De Rege?» si riferiva al duo Deruta e D'Intino.

«Tutto tace».

«Sperduti, come sempre».

«Vabbè, che le importa» intervenne Antonio, «hanno gli evidenziatori!» e scoppiò a ridere. Rocco si alzò dalla sedia. «Speranze di beccare il cellulare di Romano Favre non ce ne sono. Tu insisti, chiedi anche alla postale, magari una botta di fortuna» guardò l'ora. «E andiamoci a fare due chiacchiere con questo... come si chiama l'amico del club del '48?».

«Guido Roversi detto Farinet».

Rocco si infilò il loden. «Dove è andato a finire Italo? Non lo vedo dalle tre».

«Mi ha detto problemi col padrone di casa...» rispose Antonio.

«E si assenta da più di tre ore? Ma roba da matti!».

A piedi fino a rue Piave poteva essere una passeggiata di piacere, a meno che la temperatura esterna non si fosse incaponita a voler somigliare a quella di Reykjavik. Battendo i denti e con le mani in tasca il vicequestore dovette prima fermarsi a prendere un caffè caldo a via Tillier, poi finalmente arrivò al civico di Roversi e citofonò guardando di sfuggita la sua vecchia casa. Aveva evitato di passarci davanti da mesi. «Sì?».

«Guido Roversi? Vicequestore Schiavone...».

«Venga pure, primo piano» e aprì il portone. Rocco si scaraventò dentro, un piccolo andito largo quanto la scala. Salì una rampa e si trovò davanti Roversi che lo attendeva sulla porta spalancata. «È arrivato il freddo» lo accolse con un sorriso. Non c'erano dubbi. Guido Roversi era una Martes foina, comunemente chiamata faina, appartenente alla famiglia dei Mustelidi, carnivora e predatrice notturna. Nonostante la statura dimessa doveva pesare oltre 90 chili, aveva gli occhi piccoli e distanti, scuri, la testa un po' schiacciata e due orecchie grandi che parevano partire direttamente dalle tempie. «Ho parlato con un ispettore...» disse mentre Rocco lo superava per entrare in casa. «Un tipo gentile, pugliese».

«Sì, vengo proprio per questo».

La casa odorava di naftalina. Si entrava subito in un salone enorme con le pareti rivestite di vecchie pubblicità. Tutti quei colori dentro le cornici erano in contrasto coi divani, bianchi come il tavolo e le sedie. Più che una casa Rocco aveva la sensazione di stare nella hall di un bed and breakfast. «Si accomodi... vicequestore».

«Ci conosciamo?» gli chiese. «Di solito sbagliano tutti e mi chiamano commissario».

«Io la conosco. Leggo molto la cronaca locale. Immagino sia qui per l'omicidio di Romano. Posso offrirle qualcosa?», poi mentre Rocco si sedeva gridò: «Lada!».

«No grazie, signor Roversi, ho appena preso un caffè. Lei ha detto al mio uomo una frase sibillina sul conto di Romano Favre...».

Guido si passò la mano sulla barba rada che era bianca, al contrario dei capelli neri come inchiostro con curiosi riflessi blu, segno inequivocabile che Roversi si tingeva. «Sì, be', insomma, diciamo che qualcosa sul suo passato io la conosco».

Dalla porta del salone entrò una donna di 30 anni per un metro e settanta di altezza. Gli occhi due pezzi di ghiaccio azzurri a mandorla, una chioma bionda e folta raccolta in uno chignon. Portava un maglione a collo alto e un paio di jeans aderenti. Una così, pensò Rocco, poteva fermare il traffico di via Cola di Rienzo sotto le festività natalizie. «Permette che le presenti Lada? La mia compagna. Lada, questo è il vicequestore Rocco Schiavone». Rocco si alzò constatando un formicolio dalle parti dell'inguine che si accentuò non appena le strinse la mano. Non era più lì. Era in bagno, nudo con Lada mentre la prendeva da dietro appoggiati al lavandino. Le leccava la schiena, le baciava i capelli... «Buonasera» disse la donna con un sentore di accento slavo.

«'Sera» rispose Rocco.

«Lada viene da lontano, vero Lada?».

La ragazza accennò un sorriso. «Roščino» rispose.

«Lei sa dov'è?» gli chiese il padrone di casa.

«Non ne ho la più pallida idea».

«In Russia, confine con la Finlandia. Se lei sente freddo qui è meglio che non vada da quelle parti» e Guido si fece una risata.

«Non era nei miei piani».

«Vuole qualcosa?» gli chiese Lada guardandolo dritto negli occhi.

«Vorrei te» avrebbe voluto risponderle, ma si limitò a un più semplice: «Un caffè?».

La ragazza sorrise e sparì dal salone. Rocco la studiò con attenzione mentre a passi da Valchiria lasciava la stanza.

«Eh?» e Guido gli fece l'occhiolino. «32 anni, e sta con me. Lei ci può credere?».

«No».

«E neanche io. Sei anni fa mi sono liberato di quella rompiballe di mia moglie, i figli sono grandi e hanno messo su famiglia, io con questa sono rinato. Certo costa, ma guadagno ancora benone».

«Consuma parecchio?» gli chiese Rocco, ma Guido non afferrò l'ironia.

«Normale. Ogni tanto un regalo, qualche soldo alla famiglia. Tutti danari ben spesi, mi creda. L'unica cosa è che mia moglie non mi dà il divorzio e lei vuole convolare a nozze. Sa per quale motivo?».

«Ne ho il sospetto» fece Schiavone.

«Ma perché vuole qualcosa di concreto nella vita! Dio mio, ha 32 anni, mica può buttare il suo tempo con un vecchio catorcio come me e non avere nulla in cambio! Quando me ne andrò cosa le rimane? Questa casa è dei miei figli. Ho una casetta in Spagna, niente di che, vorrei darle almeno quella. Rimarrebbe solo l'attività, ma fra poco chiudo. Se l'arpia, alias mia moglie, non cambia idea la intesto a Lada e buonanotte ai suonatori! Almeno posso assicurarle un futuro».

«Torniamo a Romano. Che intendeva quando ha detto che Favre i fatti suoi se li faceva? Può essere più preciso?».

«Che quando era al casinò... lei lo saprà, era lì che lavorava, aveva contatti coi prestasoldi».

«Può essere più specifico?».

Guido si zittì, era entrata Lada. Portava su un vassoio argentato una tazzina con la zuccheriera in tinta. Poggiò la guantiera sul mobiletto basso accanto a Rocco e con un sorriso lasciò i due uomini soli. Rocco sorseggiò il caffè. Era caldo ma sapeva di bruciato. «Prego» disse il vicequestore.

«Lei saprà che davanti alla sala da gioco ci sono degli uomini che danno in prestito soldi a chi ne ha bisogno».

«Non è una funzione che svolge già il casinò?».

«Sì, ma vede, ci sono imprenditori conosciuti, oppure gente importante o, che ne so?, mariti che non ne parlano a casa, persone che in quel momento e quel giorno non dovrebbero essere lì a giocare ma da tutt'altra parte. Insomma, gente che non vuol farlo sapere... al casinò i prestiti si registrano, e allora proprio lì fuori stanziavano, oggi un po' meno, questi prestasoldi. Bassi tassi di interesse, sia chiaro, cambio assegni al dieci per cento, roba tranquilla ma non proprio legale. Anni fa Romano ne conosceva un paio. Uno non c'è più da parecchio, non ricordo come si chiamava ma lo soprannominavano Seghetto, va' a sapere perché... l'altro invece è ancora attivo io credo. Si chiama Marcello Morin... abita a Saint-Vincent. Non ho l'indirizzo ma tanto lo conoscono tutti».

«Quando lei dice che Romano aveva a che fare con queste persone, cosa intende di preciso?».

Gonfiò appena le gote e emise una pernacchia con le labbra. «Bon...». Gli occhietti scuri si strinsero e un po' di rughe apparvero intorno alla bocca stirata in un sorriso. «Io non lo so. Però non è che Seghetto o Morin siano persone amabili. Se uno li frequenta io credo...».

«Capito, Guido, capito. A proposito di soprannomi, lei perché la chiamano Farinet?».

«Ah, l'ha saputo. Vecchia storia. Farinet era il più antico falsario della valle, mai sentito nominare?».

«Mai».

«Da piccolo, forse lei non ricorderà, in vasi di vetro vendevano le cingomme a 5 lire».

«Cingomme sarebbero le gomme americane?».

«Sì, erano delle piccole tavolette rosa, le commerciavano le salsamenterie. Dentro poteva esserci un biglietto con su scritto: hai vinto! e ti davano una cingomma gratis, oppure: non hai vinto. Io ero riuscito a falsificare le cartine buone e facevo incetta di cingomme. Da allora mi si è appiccicato questo nomignolo».

Rocco si alzò in piedi. Una coltellata di dolore alla base della colonna vertebrale. «La ringrazio per il tempo che mi ha dedicato».

«Si figuri, quando uno può dare una mano». Guido lo imitò.

«Posso chiederle che attività possiede?».

«Certo. Trasporti».

«Un po' vago... cosa trasporta cingomme oppure eroina?».

Guido scoppiò a ridere. «Lei è simpatico».

«Mi creda, non lo sono affatto».

«No, piccoli e grandi trasporti oppure movimento terra. Ho quattro camion e grazie a Dio lavorano sempre».

«Le va bene?».

«Che le devo dire? Ho tirato su due figli, ho comprato questa casa e il villino in Spagna».

«Ah, però, a saperlo...».

«E se lei andrà a controllare, perché credo che lo farà, non si faccia ingannare dal fatto che nel 2005 ho fatto qualche mese dentro».

«Com'è?».

«Una denuncia per possesso di un mezzo che risultava rubato, un po' dentro un po' a casa. Ma le giuro, io ero innocente».

«E chi dice il contrario?».

«Non scherzo. Poi venne fuori che c'era lo zampino della concorrenza. Comunque mi creda, a parte questo neo sono una persona onesta e ho sempre tirato dritto».

«Mi saluti Lada e la ringrazi per il caffè».

«Non mancherò».

S'era alzato un vento gelato. Da qualche parte sbatteva uno scuro e riempiva con il suo «toc» sincopato il silenzio della strada. La sua vecchia casa era lì, neanche cinquanta metri sulla destra. Si tirò su il bavero del loden per ripararsi dall'aggressione del vento, ma furono i ricordi a saltargli addosso. Gli tornò in mente Adele, la moglie di Sebastiano, nel suo letto, nella stanza al secondo piano, quella con la luce spenta, pallida, addosso i buchi delle pallottole che Enzo Baiocchi le aveva scaricato addosso e il sangue scurito sopra le lenzuola. Adele, che era sorriso, gioia di vivere, la sua amica Adele. Si chiedeva se le cicatrici di quelle colpe se ne sarebbero mai andate. Erano ancora lì e ogni tanto i punti saltavano e ricominciavano a sanguinare. Per quanto tempo?, si chiedeva. C'è un giorno, una data certa in cui il dolore finalmente si attenua? Ma una risposta ancora non l'aveva trovata. Invidiava chi ce la faceva a superare quegli ostacoli, a guardare avanti, a rimboccarsi le maniche per seguitare a camminare sulla propria strada, lunga o breve che fosse. Tu non ci riesci Rocco, si disse sorridendo. Ti sei creato un mondo che esiste solo nella tua testa e non vivi più in quello reale. Staccò gli occhi dal suo vecchio appartamento. Si accese una sigaretta. Sentì come una puntura sul collo, una sensazione strana, un pizzicorino appena percettibile. Si voltò. Alla finestra del primo piano c'era Lada che lo guardava da dietro il vetro. Appena Rocco le sorrise quella sparì dietro la tenda. Di tornare a casa non aveva nessuna voglia. Collo e schiena facevano male, una rabbia curiosa mista a impotenza pesava sulle spalle. Si ricordò che il questore andava a farsi dei massaggi a suo dire miracolosi a via Carrel dove da poco avevano aperto un centro thailandese. A grandi falcate si diresse verso la stazione.

«Lo sai qual è il problema, Italo?». Santino sgranocchiava una nocciolina americana sporcando il copritavolo verde con le bucce fibrose. «È che giochi sempre allo stesso modo. Voglio dire, sei forte, ma si capisce subito la tua tattica».

«Vero» aggiunse Kevin, «noi ci studiamo, tu invece? Saresti capace di dire come gioca ognuno di noi?».

Italo non rispondeva. Se ne stava seduto a fumare, abbandonato sulla sedia.

«No, non lo sai perché non ci pensi» continuò, «sei concentrato solo sulle tue carte, sui tuoi passo e apro e scarto ma non ti sei mai posto la domanda: come giocano 'sti tre? Io faccio una pasta». Kevin si alzò e andò in cucina.

«Il poker è dieci per cento fortuna, cinquanta tattica e quaranta osservazione» pontificò Santino.

«Va bene ragazzi» si aggiunse Cristiano, che invece osservava il whisky ambrato agitando il bicchiere in circolo. «Io credo che per un po' faresti meglio a smettere...».

Dalla cucina si sentivano rumori di stoviglie. «Va bene sugo semplice?» urlò Kevin. Italo pensò che sarebbe stato il piatto di spaghetti al sugo più caro che avesse mai pagato. Più di 600 euro che non sapeva proprio dove andare a prendere. Soprattutto se a quelli appena perduti ne doveva aggiungere altri 400 del vecchio debito. Facile l'addizione: mille euro tondi tondi. Distrattamente allungò una mano e afferrò le carte. Cominciò a mischiarle. «In fondo a me dispiace» riprese Santino, «prendere soldi agli amici è una cosa brutta, vero Cristiano?» quello annuì portando il bicchiere alle labbra. «Invece io sai cosa penso? Che tu, Italo, sei un ottimo giocatore, sicuramente migliore di me, ma sei sfortunato. Come se ci fosse un alone di sfiga che ti circonda. Dovresti provare al casinò coi numeri. Guarda, per me la roulette è un gioco da scemi, però lo vedi subito dopo dieci minuti se hai fortuna o no. Punti senza troppe tecniche e controlli se quelli sono numeri fortunati».

«Ma che dici Cristiano?» intervenne Kevin affacciandosi sulla porta della cucina. «La fortuna non è scienza, non è prevedibile, non è dimostrabile. O c'è o non c'è».

«Io dico che la fortuna col poker c'entra poco o niente» fece Santino mentre Italo cominciava a sistemare le carte per il solitario. «Guardate stasera. Mi sono entrati in tutto tre punti, niente di che, una scala e due tris. E per tre volte ho preso piatto. Italo invece? Ho visto un paio di full, sei o sette scale e di piatti ne ha fatto solo uno».

«Embè? Non è sfortuna?» disse Cristiano.

«No» disse Santino. «È tutto nell'abilità del giocatore. Nella mia vita ho visto gente con una scala lasciare piatti ricchissimi a giocatori con una doppia coppia. La tecnica al poker c'è».

Italo alzò la testa abbandonando il mazzo di carte. «Non lo so. Con oggi mi sono convinto che hai ragione tu Santino, ma ha anche ragione Cristiano. La disposizione delle carte favorisce a caso un giocatore o un altro. Un fatto però è certo: non favorisce mai me!». Si alzò stiracchiandosi. «Io salto la cena, me ne vado a casa».

Cristiano e Santino lo guardarono. «Sono scappato alle tre dalla questura e sicuro domani il vice mi fa il culo. Vado a dormire. Buon appetito».

«Peccato. Non hai mai mangiato la mia pasta al sugo» urlò Kevin dalla cucina.

«Sarà per la prossima volta».

«Rivincita?» fece Santino.

«Ci puoi giurare!».

«Italo?» lo richiamò Kevin. «Mi dispiace dovertelo ricordare...».

«Sì lo so. 400 a te, 300 a Santino e 300 a Cristiano».

«Diciamo venerdì?».

«Diciamo venerdì» e Italo con la coda fra le gambe si congedò.

Nonostante l'ora il nuovo centro massaggi era aperto. Rocco spalancò la porta ed entrò. Contrariamente a quanto si aspettava, l'arredamento non era thailandese ma pareva più un ristorante cinese, con le boiserie di legno intagliato, le lanterne rosse che diffondevano una luce rasserenante, una tavola di legno piena di ideogrammi misteriosi e una decina di incensi che bruciavano agli angoli spandendo un odore di fiori dolciastro. Gli andò incontro una donna cinese, sui 30 anni, piccola e carina, con un bel vestito rosso avvitato ricamato col filo d'oro. Si inchinò e lo salutò.

«'Sera a lei. Sono venuto per un bel massaggio».

«Bene molto» rispose la donna e allungò un braccio indicando la porta. «Lei segue me?».

«Seguo, seguo».

Dietro l'anta con un dragone in rilievo che soffiava fuoco c'era un corridoio dipinto di rosso nel quale si aprivano quattro porte blu.

«Vuole stanza Tiantang, stanza Tsang wang, stanza Sampo? Stanza Jiao non si può ora. Occupata».

«Qual è la differenza?».

Inchinandosi la donna rispose: «Nessuna».

«Allora scelgo... boh, questa!» e indicò la prima porta.

«Scelta bella, camera Tsang wang» e facendo un ennesimo inchino lasciò solo il vicequestore.

Era una stanza tre per due, spoglia, un lettino di bambù e una stampa di un dipinto che raffigurava alberi rocce e ruscelli. Solo in quel momento si accorse che in sottofondo suonava una musichetta di violini che a lui parevano scordati, piccoli gong e vocine leggere che accompagnavano gli strumenti. Non seppe che fare e allora si sedette sul letto ad aspettare. C'era odore di pomata alla menta. Neanche tre minuti e si aprì la porta. Apparve la donna ora vestita con pantaloni e camice di cotone bianco. Non era sicuro fosse la stessa che l'aveva accolto, non era mai stato bravo a distinguere i tratti somatici orientali.

«Salve».

Quella non rispose e si inchinò.

«Senta, ma i massaggi non erano thailandesi?».

«Massaggi thai sì».

«Ah, però li fate voi?».

«Facciamo noi, è lo stesso».

«Ho capito. Che devo...?».

«Togli vestiti» e accompagnò l'ordine con un gesto della mano.

Rocco cominciò a spogliarsi. Sentì una lama alla cervicale. «Ho un dolore forte qui...».

«Cervicale, anche schiena bassa?».

«Già, e mi è arrivato alle tempie» e si indicò la parte superiore del cranio.

La donna annuì. Rocco si tolse i pantaloni.

«Ogni passo che faccio mi rimbomba dentro».

La massaggiatrice ripiegava i vestiti con lo sguardo sereno, poi li appoggiò sull'unica sedia presente. «Voi fate i massaggi Rachasamnak?» chiese Rocco.

La donna lo guardava tenendo le mani davanti al pube con la testa leggermente piegata. Non aveva capito o non aveva voglia di rispondere.

«Vabbè» e si tolse i calzini. «Che faccio mi stendo?».

«Stendi, prego».

«Stendi, prego, è ovvio. La maglietta la tolgo?» e anticipò la risposta. «Togli, prego...» e se la sfilò. «Mutande tengo? Prego? Tengo» si stese pancia all'aria. La donna alzò le braccia e se le rigirò davanti al petto come se stesse avvolgendo una corda. «Schiena, prego».

«Sì, schiena» e si girò. Attese. Sentì un rumore liquido, poi lo sfregamento delle mani. All'improvviso percepì il contatto. La donna aveva cominciato a lavorare la schiena. Faceva dei cerchi sempre più larghi, dalle scapole ai lombari, che davano al vicequestore un brivido gradevole.

«Piace?».

Rocco mugugnò un paio di parole incomprensibili. La donna proseguì il massaggio usando dita e palmi delle mani, i gomiti ma con leggere pressioni, appena accennate.

Che bello, pensava Rocco. Non sapeva dire se quello fosse un vero e proprio massaggio thai, ma andava benissimo. Iniziò a lavorare sul collo. Altri brividi. Gli parve addirittura che il dolore si stesse attenuando.

«Fianco».

«Come?» chiese Rocco come se si risvegliasse da un breve sonnellino.

«Lei su fianco».

«Capito» e si girò sul fianco destro. La donna minuta salì sul lettino di bambù, si mise a cavalcioni e cominciò a spremere il corpo del vicequestore con le ginocchia e con le cosce. Profumava di lavanda. La pressione delle gambe sul corpo gli stimolò un leggero tremolio, come quando uno si getta nell'acqua troppo fredda.

«Pancia sopra, prego?».

Sì, pancia sopra. Ormai obbediva come un cagnolino alle dolci indicazioni della ragazza. Non riusciva a darle un'età precisa. Poteva avere 30 come 40 anni.

Si mise a pancia all'aria. Solo in quel momento guardando i boxer si accorse di essere preda di un'erezione esagerata, ma la cinese sembrava non dare peso al dettaglio. Proseguiva il lavoro energico sulle gambe, e più gliele toccava più i boxer si trasformavano in una tenda canadese.

L'apice del godimento lo toccò quando la massaggiatrice passò a frizionare la pianta dei piedi. Una volta aveva visto un disegno cinese della riflessologia plantare. Aveva imparato che sotto il piede passavano decine di terminazioni nervose che si connettevano a organi del corpo umano, testa, seni, duodeno, pancreas e anche i genitali.

«Likai, Duanlian, Likai, Duanlian...» mormorava la donna toccando ora il centro ora la parte superiore del piede. Il dolore alla cervicale era sparito, anche quello alla testa, ora l'unica preoccupazione era quell'erezione.

Lenta la massaggiatrice salì ancora sul lettino e si mise a cavalcioni sopra il vicequestore che aprì gli occhi. Sorrideva. «Piace?».

«Piace, sì. Bellissimo».

«Ora pippa?».

Rocco strabuzzò gli occhi: «Non ho capito».

«No, dico, pippa?».

«Pippa?».

«Tu vuoi pippa, prego?».

«E non lo so. C'è una maggiorazione di prezzo?».

«No, stesso prezzo».

«Be', allora... vada per la pippa, prego!».

La donna si passò una pomata sulle mani. Rocco chiuse gli occhi. Hai capito il questore, pensò. Poi si lasciò andare godendosi il servizio. E il problema della serata era risolto.

Italo aveva trovato il benzinaio col turno serale. Gli ultimi euro stavano sgocciolando nel serbatoio. «Allora capo sono venti» fece il ragazzo. Italo gli allungò la banconota che quello mise insieme alle altre nel portafogli gonfio di carte.

Guarda là, pensò. Ci saranno almeno duemila euro, forse tre. Una botta in testa e via! Ho risolto i problemi. Ci saranno telecamere? Sono un poliziotto, quando mai sospetteranno di me? Si faceva quelle domande leccandosi appena le labbra e non si era reso conto che stava fissando il benzinaio negli occhi.

«C'è qualche problema?».

«Eh?» fece Italo quasi risvegliandosi.

«Dico, c'è qualche problema? Mi ha chiesto qualcosa e non ho capito?».

«Ah, no no, mi scusi. Mi ero distratto. Grazie». Accese l'auto e ripartì.

Dove li trovava mille euro entro venerdì? O anche un acconto, tanto da far vedere la sua buona volontà? Passò sotto casa e non si fermò. Che ci andava a fare? Puntò dritto verso Nus, a via Martinet, casa di sua zia. Neanche venti minuti di auto. Che avrebbe potuto fare con i suoi 800 euro di pensione? Niente, e Italo lo sapeva, ma non aveva nessun altro a cui rivolgersi, soprattutto nessuno dei suoi colleghi. Come avrebbe reagito Antonio alla richiesta? «Sai, mi servono mille euro!» l'avrebbe tempestato di domande. E poi Antonio non navigava certo nell'oro. Come Deruta o Casella. Andare da Rocco? Chiedergli se c'era qualche possibilità, uno di quei mille traffici? Entro venerdì? Impossibile. E poi il vicequestore avrebbe capito che qualcosa non andava, ci avrebbe messo dieci secondi a scoprirlo. Scartata dunque la questura, cosa restava? Il suo amico Umberto della polstrada? Quello aveva due figli ed era anche vicino al divorzio. Basta, non c'era nessun altro. Questo era il recinto delle conoscenze di Italo Pierron, tutto lì. E due giorni scarsi per rimediare i mille euro che aveva perso con un maledetto tris di donne che aveva massacrato i suoi tre dieci.

Jella, jella nera, pensava. Una serata che si era aperta bene, poi tutto era girato male. Le mani di pastafrolla, le carte che non si volevano abbinare, le fiches che diminuivano, i bluff che non andavano a segno. Uno dei pochi punti rimediati, uno squallido tris svestito, s'era andato a scontrare con quello di Cristiano che invece i vestiti li aveva pure belli e colorati.

Trovò parcheggio proprio sotto casa della zia e rapido arrivò al portoncino di legno e suonò. «Chi... chi è?».

«Zia, sono Italo!».

«Italo! Sali, sali...».

Nell'androne la solita puzza di muffa e legna bruciata, i muri scrostati. Zia Emma era sulla porta che l'aspettava chiusa nella vestaglietta di lana blu. «Italo! Che bello! E com'è che sei venuto?».

Si scambiarono i baci di rito sulle guance. «Hai cenato?».

«No zia, passavo e volevo vedere se ti serviva qualcosa».

«Vieni vieni, fa un freddo...» la casa puzzava di brodo. «Io ho già mangiato, ti posso preparare qualcosa? Ti va il minestrone?» e se ne andò in cucina, un angolo nella camera che serviva anche per mangiare e per guardare la televisione. «Quando mi cucino una cosa la faccio sempre abbondante, perché mi dico: magari passa Italo».

Il piccolo televisore era acceso, trasmetteva un programma di Rai 1, un gruppo di persone stava discutendo sull'aumento dei casi di prostituzione minorile. «Eh... roba da matti» fece zia Emma dal cucinino, «io non ci posso pensare. Ma a voi capita?».

«Cosa?» sulla tavola c'era ancora la bottiglia d'acqua e un pezzo di pane sbocconcellato.
«Dico alla questura, minori che si prostituiscono...».
Italo si sedette. «Eh? No, non ci è capitato...».
«Ma questo mondo dove sta andando, Italo?».
L'agente Pierron non ascoltava. Guardava i quadri impolverati appesi alle pareti, la tovaglia di plastica, Gesù senza una mano sulla croce, la credenza con un vetro incrinato e le scatole delle medicine poggiate sul piano rivestito da un merletto ingiallito. Accanto c'era il portafogli. Si mise le mani sul viso.
«A cosa pensi che non mi rispondi?».
«A niente, sono solo un po' stanco» la donna poggiò il piatto fumante davanti a Italo.
«C'è qualche problema? Niente che possa fare per te?».
«Hai per caso mille euro da darmi che me li sono appena giocati?» stava per dirle. Invece prese in mano il cucchiaio. «Ma no, solita vita, un po' di problemi al lavoro...».
Zia Emma si sedette davanti al nipote. «C'è una ragazza?».
«No, quale ragazza» il minestrone era caldo e saporito.
«Allora hai litigato con qualche collega?».
«Nemmeno... non è niente, te l'ho detto».
Il lampadario di madreperla blu e rosso stampava delle macchie colorate sul volto pallido della donna che abbassò un po' il mento e guardò il nipote negli occhi. «Italo, io ti conosco da sempre. Problemi di soldi?».

Mandò giù la minestra senza dire niente. Ingoiò. «Ma quali soldi! No, lo stipendio basta e avanza. Ora ho anche trovato uno con cui dividere l'appartamento, così rientro un po' con le spese. No figurati, va tutto bene...».

«Io sono stata dal medico. Lo sai? La pressione pare si sia calmata. Insomma non fa più i capricci. Ma è un problema di famiglia, anche tua nonna e tua madre ne soffrivano. Tu fumi ancora?».

«Sì...».

«Devi smettere! Fa malissimo. Ho letto su "Cronaca Vera" che ci sono centinaia e centinaia di cose che fanno venire il tumore nelle sigarette e fanno male alla pressione e al cuore».

«Sì, hai ragione... devo smettere. Questo minestrone era buonissimo».

«Ti va un po' di formaggio? Ho preso una fontina da leccarsi i baffi» si alzò dalla sedia e tornò in cucina.

«Ma no, basta così, davvero non ho fame!» e lo sguardo di Italo tornò sul portafogli accanto alle medicine.

«Senti, alla tua età bisogna mangiare» tornò con un pacchetto e un coltello. «Non hai una moglie che pensa a te, allora almeno quando vieni qui fammi fare... tieni».

Aprì l'involto. Il profumo forte e penetrante del formaggio gli mise appetito. «Tagliane una bella fetta. E a proposito di moglie, che fine ha fatto quella... come si chiamava? Caterina?».

«Ah, non lo so. S'è trasferita. Ma non andava, lo sai. Troppo diversi... buono!» e alzò un pezzo di fontina davanti al viso.

«Te l'ho detto. Ti va del vino?».

«Non posso, devo guidare fino a casa. Che figura ci farei? Un poliziotto fermato alla guida di un'auto con alcol nel sangue?».

Zia Emma sorrise. «Mi fa piacere vederti ogni tanto».

«Sì... adesso devo andare. S'è fatto tardi, domani sono al lavoro alle sei...» si alzò dalla tavola. «Grazie, buonissimo!».

«Figurati, figlio mio...» lo accompagnò alla porta mentre Italo si rimetteva il giubbotto. «Io sono qui, lo sai, per qualsiasi cosa...».

«Lo so zia, a proposito, ti serve niente? Sei a posto?».

«Oh, io sì, sono a posto, non pensarci neanche...».

Italo aprì la porta. «Vieni qui e fatti dare un bacio».

Si chinò e gliene mollò due, uno per guancia. Poi Italo sentì scivolare qualcosa nella tasca. «E niente proteste. Ora vai che entra freddo!» e con un lieve movimento del capo chiuse la porta. Italo scese le scale. Uscì fuori dal portoncino, mise la mano in tasca. Zia Emma gli aveva regalato 50 euro. Si sedette sull'ultimo gradino e scoppiò a piangere.

Rocco aprì il frigorifero. Conteneva mezzo limone che tendeva all'arancione, un involto di carta misterioso nel quale ebbe la sensazione che qualcosa si stesse muovendo, una vecchia scatola di tonno aperta e consumata a metà, mezza bottiglia di Campari, una bustina di olive dal colore incerto e due uova che a memoria del vicequestore erano lì da prima del suo trasloco. Chiuse lo sportello e guardò invidioso Lupa. Sarebbe più facile, pensò, alimentarsi con i croccantini, come fa lei, basta ricordare di comprare una busta ogni tanto, svuotare due bicchierate in un piatto e mangiare. Gli vennero in mente i cereali che Gabriele aveva comprato qualche giorno prima. Poteva masticare quelli. Ma nelle tre scansie della cucina non c'era traccia né di cereali né di latte a lunga conservazione. Solo un pacchetto di polvere di caffè e dei biscotti al cacao. Ne addentò uno. Era molle come uno straccio bagnato e sapeva di muffa. Lo risputò nella pattumiera. Di uscire per cenare non aveva voglia, faceva troppo freddo. Si stava alzando una tramontana da tagliare gli alberi. Non c'era alternativa, doveva chiamare la pizza a domicilio. Almeno una cosa edibile, al limite dell'edibile, l'avrebbe messa sotto i denti. «Buonasera, sono Schiavone. Mi porti una margherita?».

«La vuo' co l'alici?».

«Ahmed, se la volevo co l'alici te dicevo una Napoli. Margherita, semplice, rossa con la mozzarella nun ce mette quegli intrugli tuoi».

«Va bene dotto'» rispose il direttore, cuoco e cameriere della pizzeria Mizraim, che aveva spiegato una volta a Rocco che era il nome con cui gli ebrei chiamavano l'Egitto. Ahmed ne andava fiero: «Siamo tutti frateli» era il suo mantra.

«Fra quanto arriva?».

«Vuo' pure felafel?».

«Mi fanno schifo».

«Du' supplì?».

«Quelli te li magni te, li friggi con il paraflu».

«E no vuoi antipasto?».

«Ahmed, già col pasto sto a rischia' la salute, non sfiderei troppo la sorte mettendoci pure l'antipasto».

Ahmed fece esplodere la sua risata gutturale. «Vabbè mo' ariva Nagib, porta lui pizza margherita».

«Dopo dieci anni che stai in Italia mettilo 'n articolo ogni tanto!».

«Parla lui che non si capisce niente. Statti bene dotto'».

Avere a che fare con Ahmed gli faceva tornare sempre il sorriso. Forse, in fondo in fondo, loro due si somigliavano. C'entravano con quella città quanto Halloween con l'Italia.

«*If I were a train, I'd be late again, If I were a good man, I'd talk to you more often than I do*». Gabriele aveva messo un disco.

«Bravo!» fece Rocco e si stravaccò sul divano. Si accese una sigaretta deciso a godersi in silenzio *If* dei Pink Floyd che Gabriele gli stava forse dedicando. Ascoltava e traduceva mentalmente le parole di quella canzone che aveva sentito migliaia di volte. Se fossi un brav'uomo ti parlerei più spesso.

Se fossi un treno arriverei in ritardo, se avessi paura, mi nasconderei, se fossi con te sarei sicuro e all'asciutto...

«*If I were a rule, I would bend*».

Se fossi una legge sarei permissivo, e se fossi un brav'uomo comprenderei la distanza che separa gli amici.

Ormai non aveva dubbi. Gabriele capiva l'inglese e gli parlava così, mandando dischi a volume esagerato come a volergli dedicare un pensiero.

«È vero, Gabriele, se fossi un brav'uomo capirei la distanza che separa gli amici...».

Improvvisamente il disco si interruppe. Sentì delle urla provenire dall'appartamento. «Che cazzo è!» si alzò di scatto scaraventandosi fuori. Andò a bussare alla porta di Gabriele. «Gabriele! Gabriele!».

Dopo qualche secondo il ragazzo aprì. «Buonasera» aveva il viso tranquillo e sorridente.

«Ho sentito urlare...».

«No, non è niente» poi abbassò la voce. «M'ero dimenticato che c'è mia madre, a lei lo stereo ad alto volume dà fastidio».

«Chi è?» sentì una voce di donna dall'appartamento.

«È il vicino, mamma, s'era preoccupato» rispose il ragazzo voltando il capo, poi tornò a guardare il vicequestore. «Siccome non c'è quasi mai, allora ho perso l'abitudine...».

«Il vicino?» gridò ancora la madre. «Ma io lo voglio conoscere!».

«Mi sa che stavolta le tocca conoscere mamma. Da un pezzo lo voleva. Io non le ho mai detto niente, né che lavoro fa né altro».

«Perché?».

«Perché sono affari miei, lei con noi non c'entra. E poi le ho creato il campo, un bell'alone di mistero, l'ho incuriosita» e Gabriele gli fece l'occhiolino.

«Gabrie', tu ti sei messo in testa cose strane...».

«Senta a me, la conosca. Mamma è bellissima».

«Se proprio non se ne può fare a meno...» e si controllò l'abito. Pantaloni di velluto, maglione a girocollo pulito e senza patacche, poteva andare bene. «E allora presentami mamma».

«Mamma, arrivi o no? Qui fuori fa freddo» gridò ancora Gabriele divertito, forse anche dal crescente imbarazzo che notava sul viso di Schiavone.

«Eccomi, eccomi» la voce della donna era agile e allegra, «arrivo! Mi scusi ma ho le mani bagnate...». Gabriele aprì la porta introducendo finalmente sua madre.

Rocco sgranò gli occhi.

Davanti a lui c'era Cecilia Porta.

«Vice... questore?» balbettò la donna.

Rimasero lì a guardarsi senza parlare. Cecilia con uno straccio in mano, Rocco paralizzato. Le ossa erano diventate dei rami ghiacciati.

«Vi... vi conoscete?» chiese Gabriele.

«Sì...» disse Cecilia.

«La signora è venuta a fare una denuncia in questura...». Rocco si aggiustò i capelli. «Gabriele, ma te di cognome non fai Dalmasso?».

«È il cognome di papà».

Rocco si morse le labbra. «Capito... Piacere signora Porta, come va, tutto bene?». Cecilia si limitò ad annuire. «Bene, è tardi» proseguì Rocco, «vi lascio ai fatti vostri. Stai con mamma Gabriele, non vi vedete mai...».

Cecilia non riusciva a muovere un muscolo. Gabriele la guardava curioso. «Vada Cecilia, mi ero solo preoccupato, avevo sentito delle grida, non pensavo lei fosse a casa. Buonasera... ciao Gabriele».

«Buonasera Rocco» lo salutò deluso. S'aspettava un po' più di calore da parte del vicequestore, invece percepiva il gelo di imbarazzo che si era creato fra i due adulti.

«Andiamo Lupa» richiamò la cucciola che intanto si stava sgranchendo le zampe sul pianerottolo.

«A presto» disse Cecilia. Rocco si richiuse la porta alle spalle.

«Porca troia!» ringhiò appena dentro casa. Si mise le mani sul viso. Cecilia Porta era la madre di Gabriele. «Un casino» disse mentre percorreva in su e in giù il salone, «un casino infernale. Che palle! Che palle, che palle!» e mollò un calcio a una sedia che andò a sbattere contro lo sportello del forno, elettrodomestico il cui uso a Rocco era sconosciuto. «Bella sorpresa del cazzo!». Rocco detestava le sorprese, nella scala delle rotture di scatole le aveva annoverate all'ottavo livello. La sorpresa per lui era sempre una brutta notizia. Anche un regalo, da tutti considerato una sorpresa piacevole, per Rocco era una rottura di coglioni. Perché doveva ringraziare, perché il regalo ti costringe a sentirti in obbligo e sai che prima o poi dovrai sdebitarti, ricambiarlo. Il che significa girare per negozi raschiando la mente alla ricerca di un oggetto il più delle volte inutile o sbagliato per taglia, colore e misura. Spesso poi la sorpresa era incinta, nel senso che se ne portava dentro qualcun'altra. Come in questo caso. La mamma di Gabriele, sorpresa!, era Cecilia Porta e Cecilia Porta, sorpresa!, era una donna sulla quale lui stava indagando per omicidio. E se non bastasse, sorpresissima!, s'era appena rovinata al gioco, notizia che sicuramente Gabriele non conosceva e che da sola sarebbe bastata a disintegrare qualsiasi serenità.

«Due priorità» stava parlando a Lupa che lo osservava col muso poggiato sul bracciolo della poltrona. «Uno, il ragazzo non deve sapere niente. Due, io non posso restare qui. Non è possibile. Finché non si chiarisce 'sta storia non è possibile. Non lo reggo, proprio non lo reggo. Ma che palle!» e rialzò la sedia sbattendola sul pavimento. Si lanciò in camera da letto. Aprì l'armadio e tirò fuori la sacca che usava come valigia. A casaccio cominciò a buttarci dentro le cose che trovava nei cassetti. «Per un po' ti devi abituare a stare in un altro posto, amore mio». Lupa l'aveva raggiunto e s'era stesa sul letto. «Ora io e te tranquilli ce ne andiamo all'hotel in centro, quello che accetta gli animali» appallottolò un paio di golf e dei pantaloni. «Ci portiamo ciotole e tutto il resto. Non se ne parla che restiamo qui» si infilò in bagno. In un piccolo beauty lanciò spazzolino, dentifricio e un'acqua di Colonia. «Ora non c'è bisogno di caricarsi troppo, tanto possiamo tornare quando vogliamo, no?». Rientrò in camera da letto. Buttò i vestiti nella valigia e la chiuse. «Ecco fatto. Ora la roba per te». Trascinando la sacca andò in cucina. In un bustone di plastica infilò le due ciotole e i croccantini. «Bene, abbiamo preso tutto? Mi pare di sì». Aprì la porta e fece uscire il cane sul pianerottolo. Poi in silenzio la richiuse e in punta di piedi, neanche fosse un ladro di appartamenti, scese le scale. Fuori il freddo lo azzannò alla gola. «Puttana Eva...» stroppiò fra i denti guardando il cielo, «speriamo che all'albergo abbiano posto» e con le due sacche e Lupa al fianco si incamminò per via Croix de Ville sotto un cielo pieno di stelle freddo come una lastra di marmo. La luna splendeva accoccolata fra i tetti.

Girò l'angolo e per poco non andò a cozzare contro il motorino di Nagib. «Oh! Mettile le luci, no?».

«Dottore... ho portato la pizza, dove va a quest'ora?» gli chiese il ragazzo sorridente.

«Dove vai te in motorino!».

Sistemato il mezzo sul cavalletto Nagib era sceso ad aprire il portapacchi montato sul sedile posteriore. «Ma non senti freddo?».

«No, sono coperto. Noi egiziani abbiamo il sangue caldo».

«Voi egiziani sul motorino ad Aosta in inverno rischiate la broncopolmonite...».

Nagib rise coi suoi denti bianchissimi. Sotto il casco giallo spuntavano le falde di una pezza o di un berretto di lana. «Ecco, papà mi ha detto... margherita, no?».

«Sì, margherita». Lupa all'odore del cibo caldo si era messa a cuccia proprio accanto a Nagib che aveva preso una scatola di cartone e l'aveva consegnata a Rocco. «Ecco margherita per lei».

«Grazie Nagib, quant'è?».

«Sono sei euro».

Rocco posò la sacca e prese il portafogli. C'era solo una banconota da dieci. La dette al ragazzo. «Ok, aspetti le do il resto».

«Ma quale resto? Senti che freddo... Il resto dice... ma vattene va', te e 'sto motorino sgangherato!».

Nagib sorrise felice, rimise in moto e accelerò. La ruota girò a vuoto, poi abbassò il cavalletto e con un'impennata e un pezzo di copertone sull'asfalto partì verso la sua prossima consegna. Rocco si mise la sacca a tracolla, ci legò la busta di Lupa e camminando aprì il cartone della pizza. Era bollente e almeno quello fu un piacere. Al primo morso il piacere svanì. Guardò il cane che non perdeva un movimento del padrone. «Ce poi fa' i palloncini co' 'sta gomma...». Mangiava e camminava e ogni tanto buttava un pezzo di crosta a Lupa che lo ingoiava direttamente senza masticare. «Fai bene, così non senti il sapore. Mamma mia che schifo!». Si pulì le mani e al primo cestino ci infilò dentro il cartone con i resti della pizza. «Annamo Lupa, è roba brutta. L'unico egiziano che non sa fa' 'na pizza doveva veni' ad Aosta!».

Arrivò a piazza Chanoux con passo frettoloso richiamando ogni tanto la cucciola che approfittava di quell'uscita non programmata per perdersi dietro i suoi odori. Dall'altra parte della strada con le mani in tasca e la sigaretta in bocca vide l'agente Italo Pierron che camminava a passo spedito, testa bassa, immerso nei suoi pensieri malinconici. Gli fischiò. Quello non si accorse della presenza di Rocco. Tirò dritto, gettò la sigaretta nel tombino, voltò l'angolo verso via del Collegio. Rocco lo chiamò: «Italo!», la voce rimbombò fra le strade deserte del centro. Attese. L'agente fece capolino dall'angolo del palazzo. «Rocco?».

«Dove vai a 'st'ora?».

Italo si avvicinò. «Me ne torno a casa. Ho parcheggiato al tribunale, per il tabaccaio. Avevo finito le sigarette». Sotto la luce del lampione Rocco studiava il viso del poliziotto. «E da quando ti svegli la notte per andare a comprare le sigarette? Fumi ma non sei un tabagista come me... vieni, accompagnami fino all'hotel, ci pigliamo una cosa da bere».

«All'hotel? Non ce l'hai una casa?».

«Ora ti spiego».

Lupa s'era già sistemata in camera e dormiva da un pezzo, Rocco e Italo invece stravaccati sulle bergère della hall sorseggiavano una grappa. Il portiere di notte in piedi dietro la reception era impegnato a risolvere il sudoku. «Cioè la donna che hai interrogato oggi pomeriggio in questura è la madre di Gabriele?».

«Capito il casino?».

«E allora che fai, vieni a vivere in albergo fino a...?».

«Fino a quando non si chiariscono le cose. E a proposito, ora mi dici che hai».

«Niente». Italo finì la grappa. «Perché me lo chiedi?».

«Sono molto lontano dall'essere un genio ma sono uno che osserva, e osserva molto. E tu non stai bene».

«Periodo un po' così. Alti e bassi».

«Che durano da mesi» annotò Rocco. «Prima pensavo ce l'avessi con me per via di Caterina».

«Chi, io? Ma figurati».

«E allora? Si può sapere che hai?».

«Ma niente Rocco. Non mi piace la mia vita, non mi piace il lavoro che faccio, non mi piaccio io che non so prendere delle decisioni» poggiò il bicchiere sul tavolino. «Lo sai? Io una volta lavoravo qui» e con uno sguardo abbracciò la hall.

«Al Duca d'Aosta?».

«Già... ero primo cameriere in sala» e con il naso indicò una porta di vetro e legno chiusa.

«E poi? Che è successo?». Rocco versò la grappa nel bicchiere di Italo.

«Una coppia di ospiti di Newcastle, in vacanza premio per un concorso del Bingo. Capricciosi e rompiballe, insomma questa coppia continuava a mandare indietro i piatti in cucina. Troppo crudo, troppo cotto, poco sale, non sapevano più che scuse trovare pur di rompere. Te lo giuro, un calvario a ogni pasto. Il terzo giorno all'ennesima protesta per un risotto al barolo secondo loro crudo rientro in cucina. Lo dico allo chef Alberto, quello allarga le braccia e tira una bestemmia contro metà calendario, perché il risotto al barolo era il piatto che gli aveva fatto vincere il mestolo d'argento due anni prima al concorso nazionale a Ivrea. L'hai mai sentito?».

«Odio tutto ciò che ha a che fare con i cuochi. E allora?».

Italo bevve un sorso di liquore. «E allora io e Alberto decidiamo di vendicarci. Riscaldiamo i piatti al microonde, ci sputo dentro, una girata col cucchiaio e voilà!, il gioco è fatto. I due inglesi mangiano contenti e sorridenti. Sarebbe andato tutto liscio ma c'era Ruben Gutierrez».

«Mo' chi è Ruben Gutierrez?».

«Il lavapiatti peruviano. Un nanerottolo che voleva fare carriera, diventare cameriere di sala per capirci, e allora va a fare la spia a Carlo Morabito, il direttore e proprietario di questo albergo...».

«Che t'ha cacciato».

«Solo a me. Capirai, lo chef Alberto stava per prendere il cappello sulla guida dell'Espresso, insomma pagai io il conto».

Rocco si versò la grappa e scolò metà bicchiere. La pizza gli risalì l'esofago. Soppresse un rutto. «E non ti fa strano entrare qui dentro?».

«No, di notte no. Difficile incontrare Carlo Morabito o Ruben Gutierrez. Di giorno invece evito 'sta strada come la peste».

«Quanti anni fa?».

«Ne sono passati sei. Ora Gutierrez è caposala. Ma prima o poi gliela faccio pagare, mica me lo sono dimenticato».

Rocco annuì. «E mi hai raccontato un pezzo della tua vita, mi fa piacere, ma non hai risposto ancora alla mia domanda: che cazzo hai? Sei sparito alle tre e non sei più tornato in ufficio. Al di là che non si può fare, perché non mi hai avvertito?».

«Avevo lasciato detto ad Antonio».

«Ma la questura mica è un albergo, Italo!».

Italo sbuffò e con la faccia impertinente disse: «Problemi col padrone di casa».

Rocco si sporse in avanti, picchiò il bicchiere sul tavolino: «Basta con le cazzate! Ora vattene a dormire. Domattina alle sette in ufficio mi dici qual è il problema. Altrimenti fa' come Caterina, cambia questura e levati dai coglioni. Io a te non ho mai nascosto niente».

«Bum!» fece Italo. «Sono partiti i fuochi d'artificio».
Rocco si alzò e lo guardò con gli occhi duri, delusi. «Domattina, Italo. Altrimenti non ti voglio più vedere».

Mercoledì

Tutta la città dormiva tranne Italo Pierron, sebbene a guardarlo supino con gli occhi chiusi si poteva scommettere sull'esatto contrario. Pensava. Niente di profondo, nessuna fantasia erotica. Accompagnato dal gocciolio del rubinetto del bagno stava facendo due conti e non riusciva a pareggiarli.

Pensava a quelli che avevano rapinato una gioielleria a Vercelli il mese scorso. Trecentomila euro per una notte di lavoro. Perché era in polizia? Con uno stipendio da fame, un lavoro duro e senza soddisfazioni, nottate all'addiaccio, pranzi e cene saltati come fossero intrusi nella sua esistenza, senza dimenticare banditi con armi da taglio, a scoppio, a detonazione immediata. Poteva trovarsi a un posto di blocco, fermare la macchina sbagliata e rimetterci la pelle. Per quei pochi spicci. E invece quelli, una notte per trecentomila euro! Avrebbe voluto essere al posto loro. Nessuno li avrebbe mai scoperti. Potevano anche lasciare il paese e finire i propri giorni su qualche spiaggia di Ibiza. C'era l'estradizione in Spagna? Forse sì. Meglio a Tamarindo allora, in Costa Rica. Invece lui inchiodato fino alla pensione per passare una vecchiaia di merda probabilmente da solo a rubare la carne nei supermercati.

Si stava piangendo addosso.

Coglione!, si disse.

Se quei quattro soldi dello stipendio li avesse usati per campare invece di buttarli su un tavolo da gioco le cose sarebbero andate meglio, questo è certo. Smettere di giocare. Se lo diceva ogni volta che si alzava dal tavolo, ma non ce la faceva. Bastava un Gratta e Vinci appeso in tabaccheria e si ritrovava a fare i conti delle probabilità. Ci pensava sempre al gioco, alle possibilità, alle carte. Quando si sedeva voleva vincere, è normale, è umano, ma poi si rendeva conto che era il rischio che cercava, la sfida con la casualità, un salto nel vuoto che può essere mortale oppure salvarti fino alla prossima sfida.

Da quanto sto così?, pensava.

Il cuore pompava sangue nelle vene durante il gioco e poi dopo l'ultima mano la pressione precipitava. I soldi che se ne andavano, i punti che non entravano. Ma appena il mazzo era di nuovo pronto per un altro giro, tutto si azzerava, tutto tornava possibile. Il prurito che sentiva dietro la nuca quando stringeva le carte appena distribuite pronte per essere lette, i tonfi nel petto quando scorgeva un asso di cuori seguito da uno di picche. Tre quarti di scala era meglio di una donna nuda sul letto che ti si concede.

Da quanto sto così?

Gli era entrato dentro piano piano, prima con quelle macchinette dei bar, poi s'era messo a seguire i tornei di Texas Hold'em in televisione. Una volta giocava solo a Natale. A sette e mezzo, a piattino, mercante in fiera. Con i parenti, gli amici, più per farsi quattro risate, bere liquori e ingolfarsi di panettone. Una volta ogni tre mesi una partitella con gli ex compagni dell'alberghiero la faceva, cento euro di posta che già gli sembrava un'assurdità. E ora?

Da quanto sto così?

Da almeno un paio di anni.

Sono un tossico? Ho una dipendenza?

«All'alba a un tavolo da gioco per tornarci il pomeriggio con la scusa di portare i soldi a Kevin come la vuoi chiamare?» disse ad alta voce al soffitto.

Cazzo, sono un tossico. E neanche se lo poteva permettere.

In due sere aveva lasciato una montagna di euro su quel tavolo.

Di colpo gli venne un pensiero luminoso come un fulmine: e se quei figli di puttana baravano? Era una cosa possibile. Aprì gli occhi e saltò sul letto. Ora che ci pensava era la quinta volta che ci giocava e lui aveva vinto settanta euro solo al primo appuntamento a casa di Kevin. Ricordando si rese conto che nelle quattro volte successive avevano vinto a turno. Prima Santino, poi due volte Kevin e quella sera Cristiano. Gli avevano spennato millenovecento euro! Un brivido lo percorse per tutto il corpo. Gli venne in mente una frase, non ricordava chi l'avesse pronunciata, forse era in un film: se non riesci a individuare il pollo nella prima mezz'ora, allora il pollo sei tu! E lui ci aveva impiegato settimane. «Sono io il pollo!» disse a mezza voce, come se si stesse confidando con un amico. «O forse sono solo uno dei polli!». E se quei tre giocavano ogni sera mettendo sempre in mezzo qualcuno c'era di che guadagnare abbastanza bene per tutto il mese. Come aveva fatto a non accorgersene? Si sedette sul letto. Doveva accendersi una sigaretta. «Sì, ma io li devo scoprire» disse. «E mica possono prendermi per il culo così» diceva alla notte ancora lungi dal colorarsi di chiaro. Doveva escogitare un piano, un modo per farli uscire allo scoperto e punirli. «Brutti figli di puttana» sibilò fra i denti.

Alle sette meno un quarto la sala per le colazioni del Duca d'Aosta era ancora chiusa. Rocco e Lupa se ne andarono da Ettore. Tirava una tramontana spietata che però aveva cacciato le nuvole. Il sole che fra poco sarebbe sorto avrebbe abbracciato la Valle. A Rocco la tramontana piaceva. Quando soffiava a Roma gli metteva allegria. Spazzava via tutto, ripuliva il cielo e lasciava solo il sole a sbattere contro i muri colorati della città. Gli pareva, in quei giorni, che le persone, gli animali e anche le cose trovassero un rifugio temporaneo dove respirare, correre e vivere. Come gente di trincea che esce dai fossi per una tregua momentanea ai bombardamenti e si fa una partita a calcio. Lupa si andò subito a nascondere sotto il primo tavolino, Rocco invece tirò dritto verso il bancone. Sul piano di marmo c'era una tazza con una brioche su un piattino. «Sono per me?».

«Non oserei mai anticipare i suoi desideri» fece Ettore. «Cosa prende stamattina?».

«Mi fai un caffè molto lungo e mi dai un cornetto».

«Una brioche».

«Un cornetto».

«Ad Aosta si chiama brioche. Quando lei se ne va a Roma la chiami come vuole» e sorridendo si mise a lavorare alla macchina dell'espresso.

«Allora damme una fetta di crostata. Se po' di' crostata ad Aosta?».

Dalla porta della toilette spuntò Sandra Buccellato, la giornalista, la donna che lo aveva massacrato dalle pagine del giornale per mesi ai tempi dell'omicidio di Adele e che poi era diventata se non un'amica almeno un'alleata. «Buongiorno. Speravo di incontrarla».

Rocco alzò gli occhi al cielo. «Senta, mi fa male la schiena, non ho digerito la pizza di ieri sera...».

«La pizza la sera è un errore» disse la donna e sorridendo raggiunse il cappuccino e la brioche preparati da Ettore. Elegante, pantaloni e giacca neri, sotto un maglione panna e due semplici orecchini di perle. «Allora, vuole sapere perché sono felice di vederla?».

«No...».

Ettore sorridendo depositò il caffè triplo di Rocco sul bancone insieme a una fetta di crostata. «Ecco a lei la sua tarte».

«Vaffanculo Ettore».

«Copia conforme, dottore» rispose il barman con un inchino gentile.

«In realtà avrei sperato di vederla alla conferenza stampa...».

«Non frequento».

«Lo so. Lascia sempre da solo il mio ex marito. Chissà quando la smetterà di avercela con noi giornalisti».

«Vi chiama giornalai. E lei ha la responsabilità in toto di quest'odio, lo sa?» il caffè era caldo, buono e Rocco avrebbe voluto abbracciare Ettore per quel regalo quotidiano.

«Lasciamo stare». Sandra si pulì la bocca col tovagliolino di carta. «Volevo solo commentare con lei la quantità di arresti della Roma bene grazie alla cantata che quell'Enzo Baiocchi si sta facendo. Insomma, pezzi della politica capitolina, imprenditori, criminalità organizzata... una bella ragnatela».

«La cosa mi fa felice».

«Un po' è anche merito suo. Perché ho saputo che anni fa lei aveva indagato su quel traffico».

Avrebbe voluto risponderle: «Vero, e ci ho rimesso mia moglie», ma non aveva voglia di aprire la botola dei ricordi di prima mattina. «Avevo indagato, sì. Ma non ne ero venuto a capo. Ora mi fa mangiare?».

«Certo, si figuri» posò la tazza, lasciò delle monete sul banco e guardò Rocco. «Lei non ha paura?».

«E di che?».

«Enzo Baiocchi è diventato un collaboratore di giustizia».

«Semmai un pentito. Non era incensurato quel figlio di puttana».

«Ha ragione. Solo che ora sarà protetto, insomma scappare risulterà più semplice, no?».

«Per vendicarsi?».

«Per vendicarsi, certo. Di cosa non lo so, ma secondo me ce l'ha ancora con lei. È la natura stessa della vendetta, che percepisce il tempo al contrario: più ne passa più il desiderio aumenta».

Alla parola desiderio Rocco era sicuro di aver visto una scheggia di luce negli occhi chiari di Sandra Buccellato che aveva aperto un po' le labbra e accennato un sorriso.

Si era eccitato.

Alle sette di un freddo mattino di inizio dicembre decise che prima o poi se la sarebbe portata a letto.

La fotografia della moglie di Baldi era di nuovo sparita dalla scrivania. «Quindi l'omicida è entrato dal giardino?».

«Probabile, dottor Baldi, ho un dubbio però».

«Sarebbe?».

«Ha scassinato malamente la porta, come se non si preoccupasse di farsi sentire. E questo vuol dire due cose: o la vittima al momento dell'intrusione non era in casa oppure non è entrato dalla finestra».

«E allora chi l'avrebbe forzata?».

«Ci sto lavorando».

Baldi fece il giro della scrivania e andò alla libreria a prendere un tomo con la copertina blu. Lupa se ne stava buona accucciata senza alcun interesse verso il tappeto del magistrato. «È la prima volta che la vedo tranquilla».

«Mi vede tranquillo, dottore?».

«Non mi riferivo a lei, parlo del cane». Lupa si sentì al centro dell'attenzione e sollevò le orecchie. «Sembra che si disinteressi del mio tappeto. Buon segno. Ora veniamo a questo ragioniere. Cos'abbiamo?». Poggiò il libro e andò ad affacciarsi alla finestra.

«Vedovo di Adoración Onetti, nativa di Buenos Aires, lavorava al casinò, controllo di sala, fino a qualche anno fa quando è andato in pensione».

«Beato lui. A lei piacerebbe andare in pensione?».

Rocco non ci aveva mai pensato. «Non ci ho mai pensato».

«A me no, mi piace il mio lavoro. Quasi quanto a lei piace il suo» tornò alla scrivania. Il magistrato aveva ripreso il solito viavai scrivania-finestra che costringeva Rocco a voltare continuamente la testa come se seguisse una mosca. «Favre si incontrava spesso con un gruppo di amici, quelli del '48».

«Immagino si riferisca all'anno di nascita».

«Già, nessun riferimento al '48 francese».

«Sarebbero un po' vecchiotti per quello».

«Sì, fracichi direi».

«Fracichi vuol dire?».

«Fradici. Allora, tornando a quelli del '48, perché mi pare dottore che io e lei abbiamo la brutta abitudine di divagare».

«Vero... questo del '48?».

«Sì, tale Guido Roversi azzarda qualche ombra su Favre e cioè che lui conosceva e un po' frequentava un paio di prestasoldi. Un tale soprannominato Seghetto ora portato all'alberi pizzuti».

«Che vuol dire alberi pizzuti?» il magistrato cominciava a perdere la pazienza.

«Cimitero... è morto. E poi un altro... aspetti...» il vicequestore si mise la mano in tasca e tirò fuori un appunto. «Ecco qua... Marcello Morin».

«Questo Roversi è attendibile?» chiese Baldi.

«Non lo so. S'è fatto qualche giorno dietro le sbarre, ovviamente lui dice che è innocente».

«Oltre il carcere altre amenità?».

«La moglie».

«La moglie?».

«Sì. Si chiama Lada».

«Come la jeep russa?» fece Baldi.

«Sì, infatti è di un paese al confine con la Finlandia».

«E lei mi dice che questa Lada sarebbe... amena?».

«Amena? Dottor Baldi, è un monumento alla gnocca di un metro e settanta bionda con gli occhi freddi come un freezer e un corpo da far stare male, a malapena trent'anni».

«Cioè mi faccia capire, una specie di giovane dea russa sta con Guido Roversi detto Farinet del 1948?».

«Esatto».

«Non c'è giustizia!».

«Detto da lei poi...».

Baldi divenne pensieroso: «Lada... Lada... L'avrò mai incontrata ad Aosta?».

«Non credo. Lo ricorderebbe perché sarebbe andato a sbattere contro un muro. Le dispiace se torniamo al caso?».

«Certo Schiavone, torniamo al caso, è lei che mi distrae».

«Io?».

«Eh sì, con queste slave... sono un magistrato ma in fondo anche io sono un uomo. Andiamo avanti».

«E andiamo avanti. Ora, davanti casa della vittima tre ore dopo l'omicidio c'era una donna. Cecilia Porta, giocatrice accanita».

«Ludopatica?».

«Io credo di sì, dottore. Ha scazzato con Michelini, il croupier che ha trovato il cadavere, e poi se n'è andata a casa. Dice che non ha visto o notato niente di strano».

«Scazzato vuol dire litigato?».

«Esatto».

«Lei sospetta la donna?» e tornò di nuovo alla finestra. Rocco fu ancora costretto ad allungare il collo: «No. Forse mente su qualcosa, ma non ce la vedo come assassina».

Il magistrato fece un gesto con la mano per invitare Rocco ad andare avanti. «L'assassino però, dopo le ricerche e le supposizioni dell'esimio Fumagalli sostenute dalla geniale Michela Gambino...».

«Non faccia ironia sui suoi colleghi» lo interruppe Baldi.

«Perché non li conosce... dicevo, l'assassino è più o meno della stessa altezza del cadavere. Sul metro e settanta o giù di lì. Più o meno, ripeto, perché questa informazione l'hanno ricavata dalla direzione delle due coltellate inferte. A essere più precisi dalla prima, quella al fegato».

Baldi tornò alla scrivania. «Ha fatto un controllo del cellulare della vittima?».

«Sparito. L'assassino l'ha portato via. Abbiamo richiesto i tabulati ma niente di interessante a parte una telefonata che il poveraccio ha ricevuto la notte dell'omicidio, un numero di un cellulare sloveno».

«Sloveno? Questa cosa puzza».

«Parecchio».

«Lei cosa ne pensa?».

«Ancora presto. Voglio sentire questo cravattaro, Marcello Morin».

«Cravattaro vuol dire strozzino?».

«Sì».

«E caspita, parli italiano! Allora vuol sentire questo strozzino e dopo?».

«E cercare di capire l'attività degli ultimi giorni di Romano Favre. Secondo me il nocciolo del mistero è lì».

«Lei pensa che il problema stia dalle parti del casinò?».

«Ne sono convinto».

Baldi si passò le mani sul viso. «Ci vada coi piedi di piombo, la situazione al casinò è delicata. Sta attraversando un'ennesima crisi e alla regione stanno col fiato sospeso. Si parla di una nuova immissione di denaro pubblico».

Rocco scosse la testa. «E questa è una cosa che mi fa impazzire, dottore, ma non la vorrei commentare».

«Che un casinò invece di produrre guadagni per lo Stato richieda i soldi e diventi una spesa? Sì, un'anomalia molto curiosa. Secca immaginare che parte della mia dichiarazione dei redditi finisca in gettoni di plastica».

«Io ci vado coi piedi di piombo, ma quello che scopro scopro».

Baldi diventò serio. «Non le ho mai fatto mancare l'appoggio sulle cose importanti, Schiavone. Se lo ricordi. E senza sapere né leggere né scrivere io mi faccio un bel controllo patrimoniale del fu Romano Favre». Cominciò a scartabellare fra carte e faldoni che teneva sulla scrivania. Prese un foglio e lo consegnò a Rocco.

«Cos'è?».

«Legga, legga».

C'erano una serie di nomi. Rocco cominciò a leggerli. «Mario Brunati...».

«Ex assessore alla regione» fece coro Baldi.

«Francesco Bardati».

«Noto imprenditore della capitale» aggiunse il magistrato.

«Fulvio e Flavio Comini».

«Ah sì, i fratelli Comini, rispettivamente al comune di Roma e dirigente dell'azienda municipale dei trasporti».

«Juan Gonzalez Barrio...».

«E questo Schiavone lo conosce, ex collaboratore dell'ambasciata dell'Honduras...».

Rocco posò il foglio: «Cos'è 'sta lista?».

Il magistrato si morse appena le labbra. «Ventisette nomi. Tutta gente che è andata in galera per il traffico di cocaina nella capitale grazie alla gola profonda che lei conosce benissimo».

«Enzo Baiocchi?».

«Bravo. E dopo mesi di carcere e di collaborazione mai, dico mai, un accenno, un apostrofo, un sospiro su di lei». Baldi recuperò il foglio, sbatté il dorso del mucchio di carte sul tavolo e le rimise nella cartellina. «Come mai?».

Rocco alzò gli occhi al cielo: «Ancora? Non è possibile. Non ci credo. Che cosa le devo dire per convincerla che mi voleva uccidere perché mi ritiene responsabile della fine ingloriosa di suo fratello? Si ricorda? Lei mi minacciava. Diceva: ora che è in galera sentiremo cos'ha da dire su di lei. Se lo ricorda?».

Baldi tentennò, poi annuì.

«Bene, se dopo tutto 'sto tempo su di me non ha detto niente, vuole cominciare a fidarsi? Ci conosciamo da un anno e mezzo!».

«Continua a stonarmi, io da quelle parti vedo del fumo, Schiavone, che ancora non si è diradato».

«Il fumo semmai è persecutorio, contro di me!» intervenne Rocco.

«A proposito di fumo». Baldi guardò il vicequestore negli occhi. «Girano voci...».

«Sì?».

«Che lei ogni tanto sarebbe dedito all'uso di sostanze stupefacenti».

Rocco aggrottò la fronte. «Può essere più preciso? Per esempio ogni tanto prendo l'En per dormire».

«Parlavamo di fumo».

«Hashish? No dottore, lo provai una volta al liceo e mi mise in uno stato di depressione assoluta».

«Lei già è un allegrone al naturale, figuriamoci dopo l'hashish. No, allora marijuana?».

«Niente, neanche quella. E escluderei coca, ero o anfetamine, ketamine, lsd e...».

Baldi alzò una mano per fermare l'elenco degli stupefacenti.

«E, dottor Baldi, posso sapere chi dice 'sta cazzata?».

«Voci di corridoio. E, sempre voci di corridoio, che lei lo fa in questura».

Rocco si alzò dalla sedia. «Come no, certo. Poi organizzo rapine a furgoni postali, spaccio, controllo un giro di prostituzione e ricetto gioielli».

Baldi non perse il sorriso. «Tutte cose che con lei non stonerebbero».

«Vero? Ha altro da sputarmi in faccia o chiudiamo qui la riunione?».

Un elegante perlage di sudore adornava la fronte e i peli dei baffetti di Deruta. «Allora dottore, buco nell'acqua. Nessuno dei vicini ha visto né sentito niente». D'Intino per avvalorare la tesi del collega mostrava il taccuino tutto scarabocchiato e pieno di segni di evidenziatore. «Avemo fatto lu giro della strada e pure di quelli che abitano alle spalle».

«Alle spalle di chi, D'Intino?» chiese Rocco.

«Del morto. Ha visto lu giardino? Ci sta un vicolo, no?, alle spalle della casa del ragioniere. Be', mo' lì ci abitano due famiglie. E niente...».

«Sì, siamo andati a casa loro e hanno le finestre dei bagni che danno sul vicoletto dove c'è il giardino di Favre. Anche loro dottore non hanno sentito niente» finì di spiegare Deruta.

«Bene ragazzi, ottimo lavoro!».

«Dice?».

«Siete tornati vivi e per me questo è già un risultato». Rocco si accese la sigaretta. Poi fece un gesto per scacciare il duo dalla sua stanza che uscì rinculando. Antonio e Italo erano appollaiati sul divanetto. «Immagino che non ci siano novità col cellulare».

«Niente... ma qualcosa dagli ex colleghi del casinò l'ho trovata. Magari non serve».

«Tu dimmela, decido io se serve».

«Un paio di croupier e una segretaria hanno visto la vittima ogni tanto negli ultimi tempi. Proprio al casinò».

«Ah sì?». Rocco spense la sigaretta e si appoggiò coi gomiti alla scrivania.

«Così pare. Salutava un po' gli amici, ma la cosa strana è che s'era messo a giocare».

Rocco si alzò e fece due passi. Arrivò alla finestra, poi dietro front e di nuovo alla scrivania. «Pesante?».

«Questo non me l'hanno saputo dire. Più che altro slot machine e saliva alle sale con la roulette nonostante fosse residente in Valle. Insomma chiudevano un occhio. Ma non mi hanno saputo dire se vincesse o meno, però giocava».

«Dici che l'ha preso il demone?» sorrise Schiavone.

«E perché no? Magari dopo una vita a guardare gli altri gli sarà venuta voglia anche a lui...» fece Italo.

«Tu Italo ne sai qualcosa sull'argomento?».

L'agente arrossì. «No, solo quello che vedo in tv».

«Allora io e Italo andiamo a rintracciare questo Marcello Morin. Forza, muoviamoci».

Sul piazzale del parcheggio il vento freddo schiaffeggiava ancora la Valle e il cielo era terso come una giornata di agosto. Il sole splendeva sul panorama innevato e l'aria pungeva. «Che giornata» fece Rocco inspirando a pieni polmoni, ma a metà tragitto la tosse gli squassò il petto. Italo si mise alla guida. «Direzione Saint-Vincent!» disse. Prima che Italo accendesse l'auto Rocco sentì bussare al finestrino. Michela Gambino, coperta dal suo colbacco russo, che lo guardava al di là del vetro. Il vicequestore premette il pulsante e lo tirò giù. «Dimmi, Michela».

«L'accendino che mi hai dato, quello verde».

«Sì. Allora?».

«L'ho controllato. Le impronte appartengono alla stessa persona che ha maneggiato l'accendino bianco ritrovato a casa di Favre».

Rocco si sentì gelare il sangue. Michela sorrideva. «Abbiamo trovato l'assassino?».

«Non lo so, Michela» riuscì a dire. «Grazie, ottimo lavoro...». Chiuse il finestrino mentre il sostituto a passo veloce tornava in ufficio. «Andiamo?» chiese Italo. Rocco annuì.

Peggio non poteva andare. Cecilia, la mamma di Gabriele, era stata in casa di Favre, quell'accendino parlava chiaro. Che doveva fare? Aveva pregato, a modo suo, che non ci fosse alcun riscontro. Invece i fatti gli davano torto e disegnavano un panorama orribile davanti ai suoi occhi. Come l'avrebbe detto alla madre di Gabriele?

Sei una merda, pensò. Se fosse una tizia qualunque saresti già andato dal magistrato a portare i primi sospetti. Invece era la mamma di Gabriele e la cosa si complicava. Poteva aver ucciso Romano Favre? Disperata sì, ma dopo quella chiacchiera nella sua stanza Cecilia gli era parsa una persona che il male, se mai lo avesse potuto infliggere a qualcuno, quel qualcuno sarebbe stata lei. Anche se a Rocco la vita aveva insegnato che le sorprese non finiscono mai, che apparenze tranquille e serene poi si scopre nascondono mostri terrificanti, che persone pacate possono risultare capaci delle peggiori nefandezze, Cecilia che uccideva con due pugnalate Romano Favre era un'immagine che non riusciva neanche a figurarsi. Però la donna era stata in quella casa. Quando? Perché?

Il flusso di pensieri fu interrotto dall'agente Pierron mentre imboccava l'autostrada. «Che hai? Stai pensando a quello che ti ha detto la Gambino?».

«Già...».

«Di chi sono le impronte sull'accendino verde?».

«Di Cecilia Porta» fece con un fiato Rocco, poi gli mise una mano in tasca.

«Nell'altra...» suggerì Italo e mollò il volante per afferrare il pacchetto di sigarette che allungò a Rocco. «Allora abbiamo trovato l'assassino?».

«Non la farei così semplice». Rocco sorrise. «Come mai oggi le Camel?».

«Prese per te» rispose Italo.

Il vicequestore ne accese una e aprì un dito di finestrino. Il freddo penetrò come una lama di coltello ma non ci fece caso. «La signora conosceva Favre, è stata a casa sua, il motivo però non lo conosco. A dirtela non ce la vedo che ammazza un uomo con due coltellate». Il tabacco aveva un gusto amarognolo.

«Non ce la vedo neanche io, Rocco. Capisco perché sei triste, è la madre di Gabriele. Il ragazzo lo sa?».

«No, e non bisogna dirgli niente».

«Posso solo dirti di non farti influenzare da quel rapporto, Rocco. Pensa a freddo, ho imparato che le apparenze non significano niente. Molti nascondono e molto bene la propria natura!».

«Orca se hai ragione». Rocco fece un altro tiro alla sigaretta. «E infatti adesso tu mi dici che cazzo succede, Italo, e mi dici la verità perché ne ho le palle piene».

«Ancora con questa storia? Non succede niente, Rocco, è un periodo che mi girano e che...».

«Quanto ci hai fatto con l'erba?».

Italo non rispose.

«Italo, non mi dire cazzate. Non solo non me le merito ma mi fai incazzare. Ti ho chiesto quanto ci hai fatto con l'erba?».

«Pensi che te l'abbia rubata io?».

«Sei l'unico che sa dove la tengo. Io il cassetto lo chiudo sempre e l'ho trovato aperto. Quindi, dal momento che non la fumi ti chiedo per l'ultima volta, e ti suggerisco di cogliere l'occasione al volo: quanto ci hai fatto?».

«Centocinquanta» bofonchiò Italo.

«Con il computer portatile e il drone?».

Italo si morse le labbra.

«Mi dici che cazzo succede o vuoi continuare a fare l'imbecille?».

«Ho dei debiti».

«Con?».

«Delle persone». Italo accelerò.

«Inutile che corri, pure se arriviamo prima a Saint-Vincent da 'st'auto non scendi finché non mi hai detto tutto. Persone chi? Perché sei in debito?».

«Poker».

Rocco buttò la sigaretta fuori dal finestrino. «Giochi pesante?».

«Un po'».

«Coglione...». Rocco si passò la mano sul viso. «Ora come stai messo?».

«Sotto di mille...».

«E non li hai».

«Non li ho...».

«Ti devo tirare fuori tutto piano piano? E parla, cazzo!».

Italo strinse il volante. «Sto giocando con tre tizi. Ci ho fatto un po' di partite. Ho perso in tutto millenovecento euro».

Rocco fischiò. «Dove li hai conosciuti?».

«Cristiano in palestra, quando ogni tanto andavo ad allenarmi. Gli altri al tavolo da gioco. Uno si chiama Kevin, l'altro Santino».

«Che lavoro fanno?».

«Cristiano ha un negozio, cibo per cani fuori Aosta. Kevin non lo so, e l'altro, Santino, sta sempre in montagna».

«Da quanto stai messo così?».

«È un po'... non ricordo bene...».

«Ora mi spiego... Stai sempre lì a chiedere soldi... ti chiedevo come li spendevi e ora lo so. Come ti è venuto in mente di rubare in questura?».

«Non avevo alternative. Tu che avresti fatto?».

«Primo non avrei giocato e poi rubare in questura è da poracci. Sei un poraccio, Italo. E quello che è peggio è che ti stanno mettendo in mezzo».

«Pure io ho il sospetto».

«Ci sei arrivato? Bravo. Sei sveglio. Talmente sveglio che hai appena saltato l'uscita di Saint-Vincent!». Italo decelerò. Ora dovevano arrivare fino a Verrès e tornare indietro. «Che hai intenzione di fare?».

«Fargliela pagare!».

«E come?».

«Non lo so. Qualcosa mi verrà in mente. Intanto devo rimediare mille euro».

«Accosta» disse Rocco. Italo lo guardò senza capire. «Ho detto accosta!». Mise la freccia e si fermò nella corsia d'emergenza. Un camion gli sfrecciò accanto alzando una nuvola d'acqua. «Ora io e te facciamo un patto, ma da uomini che mantengono la parola».

Italo annuì. Aveva gli occhi stanchi, sembravano privi di vita, e nessuna voglia di opporsi. «I soldi te li presto io. Me li ridai un tot al mese dallo stipendio. Tu però lasci perdere 'sta cazzata del poker».

Italo respirò profondo, guardò la strada, poi di nuovo Rocco. «Non posso accettare. Li rimedio, stai tranquillo».

«Io non...».

«Ho detto che li rimedio, non sono un ragazzino!».

«Dici?».

Italo abbassò la testa. «Non sei mio padre! E ci penso da me».

«Se eri mio figlio ti avrei preso a calci nel culo direttamente in questura».

«Ne fai una questione di morale? Tu a me? Senti da che pulpito viene la predica».

«Ci sono delle regole, imbecille, e te non le conosci, questo è chiaro. E adesso ti dico il decalogo Schiavone, apri bene le orecchie e metti a memoria. Non si ruba sul luogo di lavoro, non si ruba negli spogliatoi di una palestra, non si ruba ai ragazzini, alle mamme, ai vecchi e si ruba ai ladri, ai corrotti, ai figli di puttana e ai mercenari. Non si ruba alle mignotte, si ruba ai papponi, non si rubano le pensioni, si svaligiano le banche, ammesso che hai i coglioni e sai fare un lavoro pulito. Non si ruba al tossico, si ruba al fornitore. Non si ruba il portafogli del cadavere, ma quello dell'omicida. E soprattutto, quando si ruba, se si vuole rubare, non ci si fa beccare. Come vedi è piuttosto semplice. Ora devi lasciare perdere 'sta storia».

«Io ci provo Rocco, ma è più forte di me. È dentro di me e cacciarla non è una cosa semplice. Quindi io non so se sono in grado».

«No, tu sei in grado! E sai come? Te ne vai da un medico, uno bravo, sta all'ospedale, si chiama Sara Tombolotti. Vai da lei e cominci a curarti perché sei malato. E io un agente malato in squadra non lo voglio. Ora rimetti la prima, la freccia, torniamo in autostrada e andiamo a cercare Marcello Morin».

Bastarono un paio di domande al bar di via Chanoux e a un postino per sapere che Morin abitava a casa della compagna, Elena Pindaro, a via IV Novembre vicino alle terme. Fu proprio Elena ad aprire ai poliziotti, una donna sui 60 anni un po' sovrappeso coi capelli tinti di biondo e ricci. Indossava una vestaglia a fiori che riluceva d'oro e d'argento. «Prego, prego, accomodatevi, cosa posso fare per voi?».

«Stiamo cercando Marcello» disse Rocco entrando in casa seguito da Italo. «È qui?».

La donna sorrise appena. «Vado subito ad avvertirlo. Si sveglia un po' tardi. Scusate...» e rinculando sparì dietro la porta lasciando i poliziotti in salone. Le pareti erano rivestite di carta da parati a righe bianche e blu adornate da stampe di caccia alla volpe, cani e cavalli. Due cassettiere di mogano e i divani anche quelli a righe stile vittoriano, i tappeti persiani. Argenteria su ogni ripiano e nel camino in una stufa di ghisa nera ardevano due ciocchi di legno. Era chiaro che la coppia fosse sicura di soggiornare nelle Cotswolds. A confermare l'ipotesi di Rocco si fece avanti baldanzoso un corgi, il cane tanto amato dalla regina Elisabetta, saltellava e cercava di farsi accarezzare dal vicequestore che non resisté. Era poco più di un cucciolo e nonostante le zampette corte spiccava balzi invidiabili anche per un levriero.

«Che cane è?».

«Un corgi, Italo. Li hai mai visti?».

«È buffo. Sembra che non gli si sono sviluppate le zampe».

«Se non sai una mazza di cani evita i commenti. È una razza meravigliosa. Come si chiama?». Rocco afferrò la medaglietta e lesse il nome: «Elizabeth the second... diciamo che hanno un po' esagerato...».

«Che cosa posso fare per voi?». Marcello Morin era apparso sulla porta del corridoio. In giacca da camera a scacchi bianchi e blu e un paio di pantofole di pelle, era alto, magro, i capelli bianchi pettinati all'indietro e un anello enorme al medio della mano destra.

«Vicequestore Schiavone. Lui è l'agente Italo Pierron».

«Vedo che avete conosciuto già Elizabeth... Betty? Forza, va' a cuccia» ovviamente il cane non gli obbedì e continuò a zompettare intorno ai due poliziotti. «Non si preoccupi, amo i cani» fece Rocco.

«Io no» mormorò Italo, ma nessuno lo ascoltò.

«Prego, accomodatevi. Posso offrirvi qualcosa? Un caffè? Un tè?» andarono a sedersi sulle scomodissime poltrone stile vittoriano.

«Per me nulla, signor Morin...».

«Copia conforme» aggiunse Italo.

«Allora ditemi, cosa posso fare per voi?». Solo ora Rocco notò gli occhi azzurri e vivaci di Marcello Morin.

«Romano Favre... avrà letto sul giornale».

«Non me ne parli...».

«E invece gliene parlo. So che lei lo conosceva».

«Sì, io frequentavo il casinò... lui lavorava lì, ogni tanto due chiacchiere, bravissima persona. Conoscevo anche sua moglie. Fu una perdita terribile per Romano. Il suo più grande rammarico? Non aver avuto figli. Sicuri che non volete nulla? Mia moglie prepara un tè delizioso».

Di quelle riverenze Rocco ne aveva già le palle piene. «Morin, lei continua a prestare soldi fuori dal casinò?».

Sgranò gli occhi. «Io? Ma no...».

«A me non frega niente se lo fa. Voglio solo sapere che rapporti aveva con Romano. Guardi, glielo dico sinceramente, mi parli, perché se lo scopro da solo è peggio».

Con la mano si lisciò i capelli. «Una volta sì, prestavo dei soldi, ma le assicuro che non facevo tassi da capogiro. Quelli normali di una banca. Insomma, non mi sono mai approfittato della sfortuna degli altri. I miei clienti erano tutte persone rispettabili e mai, dico mai, ho avuto problemi né loro da me».

«Benissimo, questo è il suo curriculum. Ora mi dica di Romano Favre».

«Diciamo che a prestare i soldi eravamo un po' di persone, insomma non ero solo».

«E Romano le mandava i clienti?».

Marcello annuì.

«Perché parliamo al passato?» chiese Italo, che riuscì a intercettare il pensiero di Rocco, «lei non lavora più?».

«Ormai poco... il casinò è in declino, giocatori forti ce ne sono sempre meno, lì fuori è una babele di prestasoldi senza scrupoli».

«Non c'è più dignità». Marcello colse l'ironia di Rocco. «Lo so, il mio non è mai stato un lavoro di cui andare fieri, ma era l'unico che potessi fare. Non ho studiato, non ho mai intrapreso una carriera. Ero uno scansafatiche e se non ci fosse stata l'eredità di babbo a quest'ora chissà dov'ero. Vede? Sono sincero con lei».

Da una porta alle spalle di Rocco apparve la compagna di Morin. «Marcello, hai offerto qualcosa ai signori? Posso portarvi un tè?».

«No grazie signora, sono a posto così!» fecero in coro Italo e Rocco.

Quella abbozzò un sorriso e si chiuse la porta alle spalle. Elizabeth s'era accucciata ai piedi del padrone.

«Allora visto che è sincero mi dica di più. Chi aveva interessi a uccidere un uomo in pensione?».

«Me lo sono chiesto, sa? Da un po' io e Romano non ci frequentavamo più. Non so cosa stesse facendo. Però le posso dire una cosa: Romano è sempre stato un uomo integerrimo. Pensi, mi mandava i clienti mica per guadagnare, ma solo perché di me si fidava, sulla piazza ero il più pulito e onesto».

«Sentito Italo? Mi riferisco a quello che ci siamo detti in macchina» fece Rocco sorridendo all'agente.

«Poi oggi mi è venuta in mente una cosa».

«Dica, signor Morin».

«Romano è stato ucciso nella notte tra domenica e lunedì, giusto? Almeno così riportava il giornale. Io lì per lì non ci ho pensato, m'è venuto in mente dopo».

«Dica...».

«Io domenica sera sono andato a cena con mia moglie, festeggiavamo 40 anni di matrimonio».

«Complimenti!» fece Italo. Rocco lo bruciò con lo sguardo. «Va bene, e allora?».

«Eravamo a un agriturismo a via Ponte Romano. E ho visto il ragioniere camminare da solo sulla strada».

Rocco si morse le labbra. «È sicuro fosse lui?».

«Al cento per cento, tanto che io e mia moglie ci siamo detti: ma che ci fa da queste parti? Gli ho suonato il clacson, lui ci ha salutato e noi abbiamo tirato dritto».

«Lei si rende conto che è una notizia importantissima? E se ne esce solo ora?».

«Ma non avevo fatto bene i calcoli» si scusò Morin.

«Che ore saranno state?».

«Mezzanotte o giù di lì».

Rocco guardò Italo. «Bene. Molto bene. Anzi no, male, molto male» si portò le mani ai capelli. «Questo incasina un po' le cose, vero agente Pierron?».

Italo lo guardò senza rispondere. Rocco si mise una sigaretta in bocca. Marcello alzò la mano per fermarlo: «Se può evitare di fumare gliene sarei grato».

«La tengo solo in bocca. Mi dica, ricorda il punto preciso in cui l'ha visto?».

«Certo, a una ventina di metri dal distributore della IP...».

«Lei sa per caso cosa avesse a che fare Romano Favre con il casinò di Sanremo?».

Morin sorrise dietro i ricordi. «Cominciò a lavorare lì, tanti anni fa. Pensi che in tasca portava sempre una fiche da 100.000 lire di quel casinò, era il suo portafortuna...».

«Grazie signor Morin, se avessi ancora bisogno di lei?».

«Mi trova qui, con la mia compagna ed Elizabeth. Ma torni solo se stavolta si lascerà offrire qualcosa» poi aggiunse sottovoce: «Elena ci tiene al suo tè!». I poliziotti si alzarono imitati dall'ospite. «Spero di non doverla disturbare Morin, e grazie per la sincerità, è una cosa che apprezzo molto, e sa perché?».

«Perché le evita un sacco di lavoro».

«Esatto. Una curiosità, è mai venuta da lei una tale Cecilia Porta? Occhi verdi, bella donna?».

Marcello scuoteva il capo e pensava. «No, questo nome non mi dice niente».

«Un figlio di buona donna con le maniere di un lord?» chiese Italo tornando all'auto.

Rocco si accese la sigaretta e lo guardò. «Quello stava a 3 chilometri da casa sua una mezz'oretta prima di essere ucciso. Che ti fa pensare?».

«Che l'abbiano ammazzato lì e poi portato nell'appartamento?».

«No Italo, Favre è morto a casa sua. No, io comincio a vedere l'alba, tu?».

«Notte fonda. Che facciamo?».

«Portami a via Ponte Romano e aspettami a casa di Favre».

«Rischio di incontrare la Gambino».

«È quello che voglio».

Si fece lasciare al distributore per camminare fino a casa Favre. Le macchine gli sfrecciavano accanto alzando pulviscolo nevoso dall'asfalto. Cercava di tenere il passo più simile possibile a quello del ragioniere, un uomo di 65 anni poco dedito allo sport. Si rese conto con infinita tristezza che quello sarebbe stato anche il suo ritmo naturale. Evitò di accendersi una sigaretta. Superò l'Hotel Alla Posta, entrò in via Roma fino all'incrocio sovrastato dall'Hotel Olimpic e finalmente arrivò a via Mus. Italo lo aspettava sulla porta del civico. «Venti minuti scarsi» gli disse.

«E se aveva l'auto?».

«No, Favre non possedeva la patente» quella passeggiata lo aveva fatto sudare. «Ora aspettami pure in auto. Mi serve la Gambino» e indicò il ferrovecchio del sostituto della scientifica parcheggiato come sempre sul marciapiede. Si incamminò verso il portone e vide arrivare Arturo Michelini dall'altra parte della strada carico come un mulo. Sulla destra portava due buste della spesa, sotto l'ascella il pacco della tintoria, alla sinistra sei bottiglie di acqua minerale. «Arturo!». Rocco gli andò incontro. «Le do una mano?».

«No dottore, grazie, ce la faccio da solo. Approfitto del mercoledì, giorno libero, per fare la spesa che sono più tranquillo...».

«Come si sente?».

«Come dopo aver preso una botta in testa. Veniva da me?».

«No, dal ragioniere... se mi dice dove tiene le chiavi».

«Tasca destra del giubbotto...».

Rocco le prese e aprì. «Prego».

Arturo sorridendo lo precedette. «Dottore, io sono sempre a disposizione» gli disse mettendo il piede sul primo gradino. «Non ci sono novità, vero?».

«No, signor Michelini, ancora niente...».

Il croupier posò le bottiglie d'acqua e riagguantò il pacco della tintoria che scivolava da sotto l'ascella.

«Aspetti!». Rocco lo recuperò e glielo agganciò all'avambraccio. «Altrimenti la stiratura dello smoking se ne va a farsi benedire!».

«Grazie dottore. Lo sa? Ci penso e non ci posso credere. Sotto casa mia, un uomo che conoscevo...» scosse la testa. «Me lo sogno la notte».

«Le credo».

«Lei che, insomma, magari è abituato a cose simili, come fa? C'è qualcosa che mi può aiutare a togliere quelle immagini?».

Rocco si appoggiò alla ringhiera. «No, non c'è niente da fare. Mi creda, le può provare tutte ma 'ste cose si attaccano come lo scotch alla pelle e se pure vanno via lasciano un segno indelebile».

Arturo abbassò gli occhi, sorrise appena, recuperò le sei bottiglie e cominciò a salire le scale. «Buona giornata, vicequestore».

«Anche a lei». Schiavone si voltò verso l'appartamento di Favre. La porta era accostata. La spinse appena e mise dentro la testa. «Michela? Sei qui?» chiese senza entrare. Non avrebbe retto l'ennesima sfuriata della collega sulla metodologia di ingresso in un luogo del delitto.

«Quaggiù!» sentì gridare. Era in giardino, con un'enorme macchina fotografica inquadrava il prato e scattava istantanee. «Per favore non uscire, resta in casa. Che ti serve?».

«Mi servi tu. Vieni...».

La Gambino sbuffando tornò indietro stando ben attenta a non camminare sul prato, poi con un saltino atletico entrò in casa. «Che mi dici?».

«Seguimi... di là».

Andarono nella camera da letto. Per terra macchie rosso scuro. Rocco si fermò a mezzo metro dalle tracce. «La prima domanda è: una coltellata alla giugulare spruzza un sacco di sangue... ed è facile inzaccheri anche l'assassino. Però non c'è impronta, che so? di una mano, di una scarpa, niente».

«Niente... l'abbiamo cercata ma evidentemente l'assassino era in piedi, s'è chinato, ha colpito e si è ritirato indietro...».

«Ricostruzione un po' azzardata ma plausibile. Certo i vestiti se li è sporcati».

«Già, e si sarà allontanato mentre quello moriva».

«Allora diciamo che l'assassino è entrato dal giardino. Fammi vedere la porta-finestra».

Si avvicinarono. «Vedi? L'hanno proprio manomessa».

Rocco chino sullo stipite osservava le ammaccature sul pvc. Era semidistrutto. «Un piede di porco?» suggerì Michela.

«No, il piede di porco fa più danni. Qualcosa di più sottile. Esco in giardino».

«Ti prego, cammina solo sulla plastica azzurra» gli chiese il sostituto.

Sull'erba erano state posizionate delle lettere dell'alfabeto, dalla A alla F. «Cosa segnalano?».

«Piccole orme, ma niente di rilevante. Sto impazzendo. Tu cosa cerchi?».

«Vieni...» si mossero verso una piattaforma di mattoni che sorreggeva una grata per le grigliate, appoggiata a un muro del giardino, sormontata da una cappa nera di fuliggine. Rocco si chinò. «Prendi quell'affare con estrema cautela» fece a Michela. Il sostituto indossò un guanto di lattice e sollevò un treppiede di ferro sul quale erano ancorate due spade lunghe una settantina di centimetri. «Questi si chiamano espeto, servono a fare il churrasco, lo sai cos'è?» le chiese Rocco mentre osservava quelle curiose lame con il manico di legno.

«Sì, l'ho mangiato una volta a Roma. È una grigliata di carne, cos'è brasiliana?».

«E pure argentina. E lo sai? Il numero ottimale delle spade per il churrasco è tre. Come suggeriscono i tre ganci della grata alla quale sono appesi. Tre, ma qui sono due. Che vuol dire?».

«Che abbiamo trovato l'arma dello scasso?».

«Esatto».

«E magari ha sempre usato questo spadone per accoltellare Favre?».

«Questo ce lo può dire solo Fumagalli. Porta uno di questi da lui e vedi se combacia con le ferite».

Michela sbuffò.

«Sì lo so, ma ve l'ho già detto. Dovete collaborare».

«È difficile... però pensa a una cosa, Rocco. Se questo spadone è l'arma del delitto, l'assassino non era venuto per uccidere. La decisione l'ha presa in un secondo momento?».

«Giusto Michela. Un litigio, una frase di troppo e gli è partito l'embolo».

«Minchia!» disse la Gambino, afferrò Rocco per un braccio e si congelò.

«Che c'è?».

«Questo vuol dire che forse la prima coltellata Romano l'ha presa qui in giardino, accanto a questa griglia!».

Lentamente abbassarono gli occhi. Tracce di sangue non se ne vedevano. «Ci ha nevicato sopra... un po' ne avrà assorbito, ma io ho la soluzione!» e un sorriso di gioia si accese negli occhi di Michela. «Il sangue non lo puoi cancellare, il sangue resta sempre, il sangue è la traccia. Ora io e te a passi molto lenti torniamo indietro. Fa' come se fossi su un campo minato». Ripercorsero il sentiero segnato dalla plastica azzurra fino a tornare in salone. «Che hai intenzione di fare?».

«Aspetto la notte. Poi piazzo una macchina fotografica a lunga esposizione, perché la chemiluminescenza dura solo una ventina di secondi, spargo il luminol, sai cos'è?».

«Fai prima a dirmi: mi metto al lavoro e cerco le tracce».

«E quello faccio. Ma parlo per aprirti la mente, Rocco, il luminol in primis è pericoloso per la salute, va usato con estrema cautela. Poi può reagire anche con la ruggine, le feci, la candeggina. Qui c'era un gatto. E feci ce ne saranno» guardò intensamente Rocco. «Ma non preoccuparti, il sangue non mente. Mai!».

«Mi fai avere novità?».

Michela strizzò gli occhi. «Certo capitano».

«Lavori da sola?».

Michela scosse la testa. Guardò verso il cielo. «Io non sono mai sola!».

Rocco perplesso uscì dall'appartamento.

Appena sulle scale la porta della dirimpettaia si aprì e apparve Bianca Martini. «Dottore. Le posso offrire qualcosa?».

«No signora grazie, stavo andando via».

«Ci sono novità?» gli occhi chiari e curiosi sembravano scintillare di luce propria.

«Non glielo posso dire... ma le giuro che sarà la prima a saperlo, quando prenderemo quel figlio di buona donna che ha fatto tutto questo».

«Lo spero proprio. Se serve sono sempre a disposizione» e sparì richiudendo la porta. Quello spioncino basso continuava a far sorridere Rocco. La luce che proveniva dal portone ci batteva proprio sopra. Qualcosa attirò la sua attenzione. Si chinò per osservare meglio. La porta era di legno lucido ma intorno allo spioncino c'era un curioso alone, appena visibile. Si rialzò e suonò il campanello di casa Favre.

«Che ti sei scordato?». Michela aveva indossato un paio di occhialoni di plastica.

«Vieni un po' qui» la fece chinare a guardare lo spioncino.

«E controlliamo subito... sembrano i resti di una pellicola adesiva...».

«Dammi notizie...».

Calata la notte il vento aveva smesso di correre per le strade di Aosta. Rocco seduto in silenzio alla scrivania guardava le carte di Favre. Bollette, una pubblicità di un prodotto per la calvizie, una busta intestata a una banca che conteneva un foglietto ripiegato in quattro. Era un vecchio scontrino, carta chimica un po' ossidata tanto da aver preso delle venature viola sui bordi. Appunti incomprensibili. In alto a destra due lettere, una «A» e una «C». In basso al centro una «B». Due linee univano la C alla B e la B alla A. Sul retro del foglio una decina di numeri, virgole e frazioni e una scritta indecifrabile. «Che cazzo vuol dire?» fece a bassa voce. Mise da parte lo scontrino e continuò a spulciare i fogli che gli aveva consegnato Michela. Ormai s'era convinto, Romano Favre era un morto che parlava, come aveva detto D'Intino senza sapere quanto fosse andato vicino alla verità. Il telefono squillò. «Schiavone».

«Come sta oggi?».

«Vedi ieri dottor Baldi».

«È già qualcosa. La chiamo perché ho fatto indagini sul povero Favre. Tutto tranquillo tranne un dettaglio. Sul suo conto in banca, all'agenzia San Paolo di Saint-Vincent, ho trovato un po' di rosso».

«Quanto?».

«Niente di che, poche centinaia di euro. Il direttore continuava a chiamarlo, ma sembra avesse difficoltà a rientrare dal debito. In più era in ritardo di una rata del mutuo per la casa che abitava».

Rocco si alzò per sgranchirsi la schiena. «La pensione gli veniva accreditata lì?».

«Sì, ma non bastava a correggere l'ammanco. Altro non ho trovato».

«Ordinaria amministrazione».

«Lei pensa che...» un rumore dall'altra parte del filo. Baldi digrignò un'imprecazione, poi tornò all'apparecchio. «Che è successo, dottore?».

«Niente, è caduta e s'è rotto il vetro».

«E posso sapere cosa?».

«Lo può immaginare». Era sicuramente la foto della moglie. «Stavo dicendo, lei pensa che il nostro giocasse?».

«È un dettaglio che devo capire. Il vicino, quello che ha scoperto il cadavere, Arturo Michelini, non l'ha mai visto puntare un euro. E io ci credo».

«Lei cosa pensa?».

«Cosa penso? Solo un'intuizione, ma di quella sono ormai piuttosto sicuro. Romano Favre è un morto che parla».

Ci fu un silenzio breve e denso. «Non la seguo, Schiavone».

«No, lei non mi segue ma io un'idea comincio a farmela. Poca roba, sia chiaro, ma qualcosa all'orizzonte c'è».

«Mi dirà se ha visto giusto. Buona serata».

Rocco chiuse la telefonata. Riguardò lo scontrino con tutte quelle strane lettere e lo poggiò accanto alla lista delle persone che erano state in contatto con il ragioniere al casinò. Troppi nomi, tutte piste che magari poi si sarebbero rivelate inutili se non addirittura fuorvianti. Ma un dettaglio doveva appurarlo. Alla porta risuonarono tre colpi in rapida successione. «Avanti Italo».

Pierron si affacciò. «C'è la signora Porta... faccio entrare?».

«Sì. Poi ti devo dire una cosa... non andare dal padrone di casa stasera, sta' nei paraggi». Italo sparì e fece spazio a Cecilia che tremante entrò nell'ufficio. Lupa si tirò su per stirarsi la schiena, poi decise che non aveva dove andare e si riacciambellò sul divanetto. «Venga, si segga». La donna obbedì. «Lei non ha detto niente a mio figlio, vero?».

«Certo che non gli ho detto niente. E visto che lei introduce l'argomento, vorrei tenere il ragazzo fuori da questo schifo». Cecilia annuì. «Vede signora Porta, il mio lavoro non mi piace, soprattutto quando succedono cose simili. Non mi piace gettarmi in mezzo al fango, assaggiare i liquami delle fogne, nuotare in mezzo a tutto questo schifo. Ma è quello che un poliziotto deve fare per capire chi e perché ha commesso un delitto». Si sporse sulla scrivania e puntò gli occhi in quelli di Cecilia. «Devo entrare nella testa malata di uno psicopatico, di uno stronzo per capire come ha agito. E tutta questa sporcizia mi si attacca alla pelle e non va più via. Si accumula nel fegato, mese dopo mese, anno dopo anno. E questo sto facendo, da giorni, da quando una testa di cazzo mi ha regalato un cadavere in una casa a Saint-Vincent».

Cecilia deglutì. «Perché mi dice questo?».

«Voglio sapere quando è stata a casa di Romano. E mi dica la verità perché lei rischia pesante».

A Rocco parve di vedere la maschera che Cecilia Porta aveva indossato fino a quel momento crollare lasciando il campo al viso spaventato, disperato. «Io? Io non ci sono mai stata!».

«Lei c'è stata. Ora mi dica quando e tenga conto che non glielo chiederò più».

«Le ripeto: io non ci sono mai stata. Aspetti!» le mani in avanti come a fermare un treno merci in arrivo, poi proseguì: «Mi faccia finire. Lo conoscevo, sì, ma a casa sua non sono mai andata, glielo giuro».

«Mente».

«No, è la verità!».

«E quando lo avrebbe conosciuto?».

«L'anno scorso. Avevo bisogno di un aiuto e qualcuno, ora non ricordo chi, me lo indicò come persona capace e sensibile».

Rocco si accese una sigaretta. «Capace e sensibile per cosa?».

«Avevo... bisogno di soldi» e guardò in terra. «Lui mi indicò a chi rivolgermi, una persona fidata, discreta, insomma un uomo per bene».

«Che sarebbe?».

«Posso fumare?».

«No».

«Si chiama Morin. Marcello Morin. Lui...».

«Lo so chi è. Quanto le ha prestato?».

«Ottomila».

«Li ha restituiti?».

«Non tutti. L'altra sera speravo di vincere, consideri che non vinco da settimane, insomma, prima o poi la ruota gira, no?».

«Di che ruota parla? Mi stia a sentire, signora Porta. Faccia la cortesia di trovarsi un avvocato, non è in una bella situazione».

Una lacrima scese sulla guancia di Cecilia. «Non sono...» infilò la mano nella borsetta e prese un fazzoletto di carta. «Glielo giuro, commissario».

«Vicequestore».

«Ecco, le giuro, io non sono mai stata a casa di Favre».

«Però mi ha mentito. E mi ha detto di non conoscerlo quando invece lo conosceva eccome!».

«Avevo paura!» gridò la donna. «Lei non ha mai avuto paura?».

Le nuvole si erano rimpossessate del cielo. La temperatura era scesa e Rocco si avviò verso l'albergo. Doveva mangiare qualcosa che non fosse una pizza. Si fermò al Grottino. Per festeggiare un momento così triste decise che anche Lupa avrebbe avuto pesce per cena. Sbocconcellava un pezzo di pane in attesa della spigola per lui e una pasta al branzino per Lupa e guardava gli altri avventori. C'era una coppia sui trenta proprio in fondo alla sala. Dal modo in cui erano seduti si capiva che erano alla prima uscita. Troppo rigidi, troppo attenti ad apparire, sempre sorridenti, la donna mangiava appena, l'uomo tirava su ogni boccone dedicandogli un'attenzione esagerata. Tutto il contrario di quello che accadeva al tavolo accanto al suo dove un'altra coppia sui quaranta era seduta rilassata, sbracata quasi. Ridevano a denti scoperti, lei appallottolava una mollica di pane, lui invece stava coi gomiti sulla tavola. A letto c'erano già stati, da un pezzo, e dall'allegria che mostravano ci sarebbero anche tornati. Misterioso invece il tavolo a destra. Quattro uomini coi capelli bianchi mangiavano seri, silenziosi, non un sorriso, non una parola. Cena di lavoro, sentenziò Rocco. Poi al tavolo sotto alla finestra era seduto Farinet, al secolo Guido Roversi. E quella di spalle con i capelli biondi e sciolti doveva essere Lada. L'uomo lo scorse e garbato lo salutò. Rocco ricambiò chinando appena il capo. La donna si voltò inchiodandogli addosso i suoi occhi glaciali. Sorrise appena e tornò a mangiare. «Allora la pasta con il branzino qui» e il cameriere depositò a terra una ciotola di plastica che Lupa attaccò. «E la spigola per lei... vuole vino?».

«No, grazie, va bene così».

Il pesce era meglio della pizza di Ahmed, su questo non c'erano dubbi. Finì il piatto, si asciugò le labbra, poi prese il cellulare. Cercò fra le fotografie quella che gli aveva mandato Brizio. La ingrandì un poco. Guardò Caterina Rispoli. Lo sguardo della donna sembrava perso, quegli occhi così spenti lui non glieli aveva mai visti, solo quando il viceispettore aveva la febbre. Poi si concentrò sull'uomo accanto alla ragazza. I capelli bianchi, il giaccone di lana blu. Un dettaglio che gli era sfuggito. Portava un orologio al polso, colore metallico, acciaio. E nella mano che teneva lungo il corpo una sigaretta. Un po' poco. Non riusciva a capire chi fosse. L'unica cosa certa era che il negozio di abbigliamento femminile alle loro spalle praticava sconti dal 10 al 25 per cento. Ripose il telefonino in tasca e alzò gli occhi. Roversi e Lada erano in piedi davanti al suo tavolo. «Dottore, posso offrirle qualcosa da bere?» fece l'uomo. Rocco con un gesto li invitò a sedersi. «Allora, come vanno le indagini?» chiese Guido alzando un braccio per attirare l'attenzione del cameriere. Rocco doveva sforzarsi per non guardare Lada. «Non ne posso parlare, signor Roversi, lei non è un magistrato...».

«Ha ragione, ha ragione. Mi chiami Guido. Un bel-l'amaro per me... sa, fra dieci minuti parto, Torino!».

«Beve e guida? Non è una bella idea spifferare la cosa a un vicequestore della polizia». Lada represse una risata.

«Non guido io, ho qualcuno che lo fa per me» e col pollice indicò la finestra alle sue spalle che dava sulla strada.

Il cameriere abbassò appena il capo. «Per lei?».

«Grappa» fece Rocco.

«Lada?».

La donna si aggiustò meglio sulla sedia. Portava un golf azzurro che richiamava il colore dei suoi occhi. «Anche io una grappa. Fredda, se possibile». Il cameriere lasciò il tavolo. «È andato poi da quel Morin?» chiese Roversi.

«Oh sì, grazie per l'informazione, ma qualcosa mi dice, mi corregga se sbaglio, che lei ne sa molto più di quanto voglia far vedere».

Guido Roversi si aprì il primo bottone della sua giacca di lana blu. «E cosa glielo fa pensare?».

«Non lo so. Me lo dica lei».

L'uomo allargò le braccia. «Ma non so nulla. Nulla più di quanto le abbia già detto. M'è testimone Lada. Io sono completamente a disposizione e di me può fidarsi».

L'attenzione di Rocco si spostò sulla donna: «È così come dice suo marito?».

Lada sorrise. I denti li aveva bianchi, un po' storti ma curati. «Non è mio marito, ma si può fidare di Guido» e con un gesto tenero e di confidenza carezzò la mano che il compagno teneva poggiata sul tavolo. «È così, dottor Schiavone, Lada ha ragione. Di me si può fidare...».

«E io mi voglio fidare. Mi scusi» fece Rocco e si chinò per raccogliere la scodella di plastica di Lupa e restituirla al cameriere che aveva appena portato i liquori. La cucciola se ne stava accucciata e buona sotto il tavolo. «Ma c'è un cane qui sotto?» fece la donna sporgendosi anche lei sotto la tovaglia.

«Si chiama Lupa» rispose Rocco. Anche Guido dette una sbirciatina.

«Bella. Che razza è?» a Rocco parve che gli occhi della donna gli entrassero dentro fino al cervello.

«Se ne intende?» le chiese il vicequestore.

«Non molto».

«È un Saint-Rhémy-en-Ardennes. Cane rarissimo, di buona indole ma pronto all'aggressione se richiamato ai suoi doveri». Tolse il collare a Lupa e lo posò sul tavolo. «Le si rovina il pelo a portarlo sempre...».

«Si trova bene dove abita adesso? Meglio che a rue Piave?» gli chiese Lada.

«Ah, non potrei dirlo. Per ora sto al Duca d'Aosta... problemi idraulici».

«Ottimo albergo» fece Guido. «Però una cosa gliela posso dire» proseguì, «alle ultime cene di noi del '48 Romano mi accennava a una donna che gli dava il tormento...».

«Una donna?».

«Già, una bella signora, pare, che si era complicata la vita con il gioco d'azzardo».

Rocco assaporò un goccio di grappa. Era secca e potente. «Le ha per caso detto come si chiamava questa signora?».

«No, solo che abitava ad Aosta».

«Capisco. E Favre le ha riferito qualcosa di più?».

«Non che io ricordi».

«Però una cosa sì...» intervenne Lada corrucciando un poco la fronte. «Forse era solo un modo di dire...».

«E lei me lo comunichi, magari serve» disse Rocco guardandola ancora negli occhi e cercando di non caderci dentro ma di leggerci il più possibile.

«Disse...» si morse le labbra, «che doveva ringraziare che era vecchio. In altri tempi sarebbe stato meno gentiluomo».

«È vero, disse così». Roversi si fece una risatina. «Un paio di settimane fa, al nostro ultimo incontro al ristorante. Io lo presi in giro, gli dissi: Romano, ma neanche a vent'anni avresti mosso un dito!, e lui si arrabbiò e mi rispose...».

«... un uomo può cambiare» finì la frase Lada. «Disse proprio così. Un uomo può cambiare».

Un uomo può cambiare, pensava Rocco scuotendo la testa uscendo dal ristorante. Quasi andò a scontrarsi con un tizio altissimo, pelato, che se ne stava fuori in attesa poggiato a una macchina grigia.

«Se aspetta Guido Roversi sta arrivando» gli fece Rocco. Quello sparò un sorriso dolce, stonato con il viso spigoloso e l'orecchino d'oro da gangster di borgata. «Grazie. Con questo freddo non ce la faccio più...».

«'Notte».

Se uno si può permettere un autista, pensò Rocco, gli affari con i trasporti vanno benone. La notte era gelida, le strade deserte e il gusto amarognolo della grappa si era appiccicato al palato.

Un uomo può cambiare. Alzò gli occhi al cielo, la luna era ancora una striscia di luce fra due nuvoloni. Riacciuffò il filo dei suoi pensieri. Si cambia perché nella vita succede qualcosa che non dipende da te, oppure perché ti convinci che è arrivata l'ora di voltare pagina. Di cose nella sua vita ne erano successe, anche troppe, ora stava a lui decidere se era arrivato il momento di un cambiamento, anche minimo. Sapeva di non averne la forza, continuava a trascinare i passi, uno dopo l'altro, tutto lì. Cambiare era un progetto impossibile da affrontare, per ora a Rocco bastava dividere il letto con qualcuno, anche per una sola notte, anche per poche ore. Quello voleva, solo quello cercava.

Colpa della stronza?, si chiese attraversando la strada. Caterina Rispoli, al secolo agente di qualcuno al Viminale, l'unica che era riuscita a penetrare nelle difese del vicequestore, a lasciargli un segno. «Sto così per colpa di quella stronza?» stavolta lo chiese a Lupa, impegnata nelle sue ricerche olfattive. «Non credo proprio lupacchio'... intanto vediamo come va stasera, che ne dici?» aveva fatto un tentativo al ristorante, stupido e ingenuo. Qualche anno prima sarebbe stato un gioco da ragazzi, ma s'era arrugginito. Guardò Lupa senza collare. «Se non ci casca domani ne compriamo uno nuovo oppure lo andiamo a recuperare al Grottino».

Fece il giro più largo che poté nonostante il freddo e le scarpe ridotte a due cenci. La temperatura era scesa e non era una bella notizia. Nelle narici sentiva già la neve. Di nuovo il dolore alla schiena. I massaggi, cinesi o thailandesi che fossero, a parte il finale pirotecnico non avevano avuto altra utilità. Finalmente raggiunse l'albergo. Entrò accolto dalle luci e da un bell'odore di cannella. Il concierge lo guardò dritto negli occhi. «Di là c'è una persona che l'aspetta...».

«Me?» poi si diresse al salone. Seduto su una delle tre poltroncine c'era Gabriele. Aveva il viso stanco e non s'era tolto la giacca a vento. Il ragazzo lo guardò negli occhi. Ce li aveva umidi. Lupa gli andò incontro per fargli le feste. Gabriele la carezzò appena. «S'è persa il collare» disse, poi alzò lo sguardo su Rocco. «Perché lei è qui? Perché non è a casa?».

«È una storia lunga» fece Rocco, che rapido cercava una scusa decente da raccontargli.

«Provi a dirmela».

«È una questione di lavoro» si sedette sulla poltrona accanto. «Devo dormire qui perché in questo momento in albergo c'è una persona che devo tenere d'occhio...» poi aggiunse sottovoce: «... non sa che sono un poliziotto, crede che io sia un rappresentante di commercio».

Gabriele strinse le labbra. «Non lo sa nessuno?».

«A parte te? No... Adesso per piacere vai a casa, sta' con tua madre e non ti preoccupare. Io torno presto».

«Mamma non c'è. È di nuovo a Torino. Posso restare qui stanotte?».

Rocco buttò fuori tutta l'aria che aveva trattenuto nei polmoni. «No Gabriele, mi fai saltare la copertura. Domattina ti chiamo e ti sveglio io, dài...».

Gabriele si alzò poco convinto. «Insomma lei è qui in incognito?».

«Più o meno» si sentiva una merda, ma la verità sarebbe stata peggio. «Torna a casa e mettiti a dormire».

Quello annuì un paio di volte. «Ciao Lupa... a presto, Rocco».

«A prestissimo, Gabriele. Te lo prometto».

Uscì dalla porta girevole con la testa incassata nelle spalle, poi lo vide sparire nel buio attraverso i vetri del salone che davano sulla via. E mentre il ragazzo veniva inghiottito dalla strada dall'altra parte apparve Lada. Camminava a capo chino, veloce, tenendo le braccia conserte, schiacciate sul piumino argentato. Entrò carica di freddo e si avvicinò alla portineria. L'uomo le indicò Rocco. Lada si voltò e lo raggiunse sorridendo. In mano aveva il collare di Lupa. «Guardi cos'ha dimenticato al ristorante?».

«Porca miseria, ormai comincio ad avere un'età... grazie!» e si alzò. Prese il collare. «Come posso sdebitarmi?».

«Mi offra qualcosa da bere».

«Volentieri. Va bene una grappa?».

«Passerei volentieri al whisky».

Rocco andò a fare l'ordinazione in portineria, poi tornò dalla donna che intanto si era tolta il giubbetto e aveva preso posto sul divanetto. «Non doveva darsi il disturbo per il collare. Poteva lasciarlo lì al ristorante, sarei passato con calma...».

«Saltiamo direttamente al tu?» fece Lada.

«Lada, io salterei tutta la sarabanda e salirei direttamente in stanza con te, ma capisco che può risultare un po' affrettato».

«E... che facciamo col whisky?».

«Te ne frega qualcosa?».

«No...» e sorrise. Per la prima volta la durezza del suo volto si appianò, tornò una ragazza di poco più di 30 anni e non una donna che faceva a botte con la vita ogni santo giorno. Rocco le si avvicinò e la baciò. Lada lo lasciò fare.

Fuori aveva ripreso a nevicare. Dalla finestra che dava nel salone dell'albergo, Gabriele osservava la coppia. «Un lavoro sotto copertura» mugugnò. Lo aveva capito che si trattava di una donna, altro che scemate. Aveva solo sperato fosse sua madre. Sarebbe stato bellissimo. Avrebbero potuto unire i due appartamenti e vivere insieme, tipo una famiglia. Certo poteva scordarsi di dormire nel letto con lui, ma probabilmente non ne avrebbe sentito il bisogno. Si sarebbe accucciato con Lupa nella sua stanza aspettando di sentire sua madre e Rocco russare sotto la stessa coperta per poi addormentarsi anche lui. Indossò il cappellino di lana e sotto la neve che aumentava d'intensità se ne tornò a casa.

Si sfilò il golfino azzurro con un solo movimento e l'elettrostatica prodotta dal gesto le fece esplodere i capelli biondi e sottili in tanti ciuffi ribelli, sparati in aria come fuochi d'artificio. Erano diventati una stella, il controluce tenue dell'abat-jour le regalava una corona bionda intorno al viso. Sotto portava solo il reggiseno. Armeggiò con le mani dietro la schiena per sganciarlo e farlo cadere a terra. Rocco la guardava, con il tallone sfilò la prima scarpa, scalciò via la seconda che si schiantò sul frigobar. Lada non disse niente. Si sedette sul letto per sbottonarsi i jeans. Rocco si avvicinò, le slacciò gli scarponcini, poi afferrò i pantaloni e li fece scivolare sulle gambe bianche come la neve. Sui piedi lunghi e magri vedeva le vene azzurre correre sotto la pelle. Veloce si tolse i calzoni, quasi si strappò la camicia. Lada sorrideva. Tese le braccia verso di lui che non si fece attendere. Cominciò a baciarla dietro l'orecchio, a respirare i suoi capelli così sottili da sembrare fili di seta. Nelle mutande sentiva un'erezione quasi adolescenziale. Stava per esplodere. Scese con le labbra sul collo, sul petto, sui capezzoli di Lada che erano diventati duri e dritti. Le morse l'ombelico e Lada lanciò un piccolo grido. Rocco dovette chiudere gli occhi, pensare al cadavere di Favre sul lettino autoptico altrimenti la festa sarebbe finita lì. «Ti dà fastidio il cane?» le chiese. «Shhh, non parlare» gli rispose. Scese con la lingua fra le cosce della donna. Le tolse le mutandine, poi per almeno mezz'ora non capì più niente.

Giovedì

Alle sette e mezza aprì un occhio. La stanza era calda, un nitore lattiginoso penetrava dalla finestra. Lada dormiva accanto a lui. Il viso sereno, le labbra socchiuse, i capelli morbidi sul cuscino. Lupa se ne stava sotto alla finestra accanto al termosifone e dormiva. Non era saltata sul letto, aveva capito che quella mattina il suo posto non era vicino al padrone. Lento si alzò, prese il cellulare e si chiuse in bagno.

«Gabriele? Sono le sette e mezza e ti devi svegliare, c'è scuola».

«Mmpf».

«No, niente mmpf, apri gli occhi, lavati e vestiti. Forza!».

«Dormivo...».

«Sticazzi. Forza un po'! Dimmi il programma di oggi».

«Mat... ginnastica... italiano...».

«Bellissimo! È una grande giornata quella che devi affrontare! Voglio che mi chiami fra esattamente venti minuti, sveglio, agile, scattante e che mi dica che stai andando a scuola. Comprì?».

«Oui monsieur... lasci perdere il francese Rocco, su quello la distruggo...».

«In piedi!» e attaccò il telefono. Lo specchio gli rimandava la sua faccia di sempre. I capelli che si stavano imbiancando alle tempie, sui lati e nelle basette, la barba di qualche giorno piena di chiazze bianche. Scoprì che erano aumentate le rughe intorno agli occhi, così come quelle ai lati della bocca. Aveva la sensazione che anche le labbra si fossero un po' ritirate. Aprì il rubinetto e si sciacquò il viso. Restò in piedi davanti al lavandino grondante acqua.

«Ci sono cose che non devono emergere, ce ne vergogniamo. È così?».

È lei, ma non la vedo. «Sei qui?».

«Meglio lasciarle chiuse nel pozzo, no? Non devi aver paura Rocco...».

«Di che parli? Di cosa ho paura? Cosa non deve emergere?» aspetto e non risponde. Nello specchio non c'è. E certo, non è il momento, la luna è ancora in cielo, non è il suo turno. «Di che mi dovrei vergognare, Mari'?» ma non mi risponde. «Io non mi vergogno, lo so di cosa stai parlando, non ho paura di dire le cose come le sento. E se ti riferisci alla stronza, sai che ti dico? Che di me non hai capito niente!».

«Sempre la stessa storia. Prima o poi ti dovrai decidere a uscire. Tutti gli animali escono dal letargo» mi sta canzonando.

«Me stai a cojona', Marina?».

«Ma che aspetti?».

«Che aspetto? Non c'è niente da aspettare».

«Sei sicuro?».

«Sicurissimo».

«Come del fatto che parli con me?».
«Esatto!».
Ride. Ora non la sento più. Se n'è andata e forse è meglio se m'asciugo la faccia e mi vado a prendere un caffè.

Tornò in camera. Lada aveva aperto gli occhi che parevano illuminati da dentro. «Buongiorno...» gli disse.
«Dormito bene?».
«Sì...» si stiracchiò. «Ma con chi parlavi in bagno?».
«Con un ragazzino che deve andare a scuola...».
«Stai uscendo?».
«Vado a lavorare. Tu fa' con comodo. La colazione qui è buonissima».
Lada saltò fuori dalle lenzuola nuda e senza un brivido di freddo. Gli passò accanto mollandogli un piccolo bacio sulla guancia. «Ti dispiace se la chiudiamo qui?».
«Figurati, non posso offrirti le certezze che ti regala Guido».
«Sei uno stronzo».
«Appunto, buona giornata anche a te».

Doveva riordinare le idee. Allungò i piedi sulla scrivania, si rollò una canna e l'accese tirando come un mantice. Spalle alla finestra, non voleva vedere la neve che continuava a cadere e i mezzi della pulizia stradale darsi da fare per ammucchiarla ai lati delle carreggiate. L'erba di Totò non era neanche una lontana parente di quella che gli procurava Brizio. Prese in mano il vecchio scontrino con gli appunti di Romano Favre. Guardava le lettere, le frecce, i numeri sul retro, la scritta incomprensibile, ma non ne veniva a capo. Magari non significavano niente, erano solo un gioco, un promemoria per delle incombenze quotidiane. Però il foglietto ripiegato in quattro e custodito in una busta qualche importanza doveva averla.

«Cos'abbiamo?» chiese a Lupa che si avvicinò annusando. Rocco spense la canna nel portacenere, si dette una pacca sulle cosce e la cagnolona gli saltò in grembo. Si mise a carezzarla. «Un foglio indecifrabile, abbiamo una donna che la notte del delitto era davanti casa della vittima, le sue impronte digitali sono sull'accendino, conosceva la vittima, anzi gli aveva chiesto aiuto per i soldi, ma il cravattaro nega di conoscerla, poi abbiamo un morto che parla ma non sappiamo cosa ci dice. Abbiamo scoperto che negli ultimi tempi il ragioniere s'era messo a giocare e che quella notte, prima di rientrare nel suo appartamento, era a venti minuti da casa sua. A fare che? Doveva dei soldi a qualcuno? Poi abbiamo un vecchio compagno di liceo che sembra volerci raccontare un sacco di cose e invece non ci racconta un cazzo. Risultato? Rocco tuo ha la sensazione che lo vogliono portare un po' a spasso, lo sai Lupa? E non è una sensazione piacevole». Fece scendere Lupa dal grembo e si alzò, infilò il loden e uscì dall'ufficio.

«Schiavone!» una voce di donna. Si voltò. La Gambino con ancora il colbacco in testa stava ai piedi delle scale. «Una parola!». Rocco la raggiunse. «Allora... non qui» disse guardandosi le spalle.

«E dove?».

«Vieni» lo portò nella stanza dei passaporti, a quell'ora deserta. «Tracce in giardino di sangue non ce n'erano. C'erano due cacche di gatto e altro materiale umano che sto analizzando, credo saliva, ma sicuro la prima coltellata non l'ha presa in giardino».

«Ma perché 'st'aria da cospirazione? Non me lo potevi di' in mezzo al corridoio?».

«Meno si sa e meglio è» rispose la Gambino. «Hai capito Rocco? La prima coltellata non l'ha presa in giardino!».

Rocco rimase pensieroso. «Abbiamo notizie da Fumagalli sull'arma del delitto? Può essere quella specie di spiedo?».

«Lo chiamo ma non risponde».

«Testa di cazzo» mormorò Rocco e prese il telefono. «E adesso lo convochiamo!» disse con gli occhi di chi sta per fare un dispetto. Sapeva quanto Fumagalli detestasse le convocazioni in questura.

Arrivò neanche mezz'ora dopo. Entrò nel laboratorio sotterraneo di Michela con la faccia tesa, mezzo viso sprofondato in una sciarpa e un passamontagna arrotolato che fungeva da cappello. «Ti hanno messa qui sotto per tenerti lontana dal consesso civile?».

«Sono io che l'ho voluto» gli rispose Michela. «Benvenuto nel mio laboratorio...». Rocco non diceva una parola. Osservava il patologo che si mangiava con gli occhi l'ordine e le attrezzature della Gambino. Si avvicinò al tavolo centrale carico di strumenti. «Orca... questo è un microscopio con schermo e videocamera...».

«Niente male, eh?».

«E guarda quest'altro! Da petrografia a luce trasmessa!».

«Ha la testata trinoculare a trenta gradi e ruotabile a 360».

«Che condensatore ha?».

«Polarizing a iride regolabile e...».

«Stop!». Rocco interruppe la visita guidata. «Parlate con me, poi vi fate il giro turistico».

Alberto si tolse il cappello. «Comunque complimenti Michela, hai delle belle robine qua sotto...».

«Grazie» rispose il sostituto arrossendo.

«Dobbiamo risolvere una questione. Primo, l'arma del delitto, può essere quello spiedone di ferro che t'ha mandato Michela?».

«No, nel modo più assoluto» rispose prontamente Alberto.

«Allora è stato usato solo per lo scasso».

«Già» concordò la Gambino.

«L'omicidio è stato perpetrato con un coltello a lama singola, preso probabilmente in cucina» rettificò Alberto.

«L'assassino è entrato, ha cercato, è stato sorpreso e ha accoltellato Favre in casa, sembra la ricostruzione più plausibile».

«Però...». Michela alzò la mano come a scuola. «Lo spioncino della vicina».

«Embè?».

«Polimeri a base di polivinil acetato e resine di esteri carbammici con...».

«Tradotto?».

«Madonna mia l'ignoranza» sbottò Fumagalli. «Scotch!».

«Cioè ci sono tracce di nastro adesivo sullo spioncino della Martini?».

«Direi proprio di sì».

«E cazzo! Questo cambia tutto... cambia tutto...» il vicequestore cominciò a girare in tondo per il laboratorio. Gambino e Fumagalli lo osservavano in silenzio. «Favre verso le undici di sera era a due chilometri da casa».

«A fare che?».

Rocco non rispose e proseguì nel ragionamento. «Intanto l'assassino è nel suo appartamento e cerca qualcosa. Qualcosa che ha trovato poi nella cassaforte che era aperta e vuota?».

«Oppure nel cellulare di Favre» suggerì Gambino. «Dopo il suo rientro, è ovvio, dubito che uno esca senza portarsi dietro il cellulare».

Rocco e Alberto annuivano.

«Qualcuno aveva dato un appuntamento al ragioniere» proseguì il vicequestore, «quindi l'assassino sapeva che lui sarebbe rimasto fuori casa per un po' e invece...».

«E invece è rientrato prima» concluse Alberto.

«Dobbiamo capire chi gli ha dato quest'appuntamento, l'unica traccia che ho è un numero di telefono sloveno». Rocco si appoggiò al tavolo. «Rientra in casa all'improvviso, il bastardo non se l'aspetta. Lo uccide e scappa».

«Dalla finestra?» chiese Alberto.

«E non lo so... a dirtela tutta? Non so neanche se sia mai entrato dalla finestra».

«Scusa Rocco, mi avete appena detto che c'è stata effrazione con uno spiedo da barbecue».

«Esatto. Però, che cazzo ci fanno tracce di adesivo sullo spioncino della dirimpettaia?».

Michela e Fumagalli lo guardavano in attesa di una conclusione che però non arrivò.

«Io devo capire perché Favre s'era messo a giocare. La risposta è lì...». Rocco si avviò verso la porta antipanico. «Vado da Baldi, mi serve un'autorizzazione. Intanto vi ringrazio per il lavoro che fate».

«Cos'è tutta 'sta gentilezza?» gli chiese Alberto.

«Ero ironico».

«Aspettate, io non ho detto la cosa più importante!».

«Vai Michela».

«Alberto, puoi gentilmente dirmi il gruppo sanguigno di Favre?».

«Certo» fece il patologo. «Zero rh positivo».

«Ops...».

«Cosa, Michela?» chiese Rocco.

«La traccia di sangue sulla chiave nella toppa è zero rh positivo...».

Rocco prese un respiro profondo. «E come c'è finito?» chiese Fumagalli.

«Appunto» rispose Rocco, e sorrise.

Baldi si era raccomandato più di una volta: usare i piedi di piombo, andarci cauti, l'avrebbe fatta lui una telefonata alla direzione del casinò prima che il vicequestore piombasse con il tatto di un elefante. Quando Rocco arrivò all'ufficio di Oriana, quella era già preparata. Sorridente, teneva le mani su due cartelline rosa poggiate sulla scrivania. «Qui dentro c'è quello che le serve. Cosa ci deve fare?».

«Qualche ricerca. Queste sono le presenze al casinò nell'ultimo mese?».

«Giorno per giorno e i turni. È un documento riservato, lei lo capisce. Mai sentito parlare di privacy? Io ora la lascio qui nel mio ufficio, lei ci dia pure un'occhiata. Torno quando ha finito».

«E mi porta un caffè?» le chiese sorridendo. Oriana aveva cambiato taglio. L'ultima volta che erano stati al ristorante era riccia. Ora portava i capelli a caschetto di due toni più scuri. «Le stavano meglio castani» le disse.

«Trova?» si toccò la chioma e sorrise. I denti grazie al cielo erano ancora bianchi e dritti. «Una mia amica sostiene che mi tolgono qualche anno».

«La sua amica ha ragione. Ma farle i complimenti sta diventando stucchevole, non pensa?».

Oriana arricciò le labbra. «Lei non si arrende mai?».

«Dovrei?».

La donna scosse la testa. «Allora il caffè?».

«Se non la disturba».

Oriana uscì dal suo squallido ufficetto e Rocco tirò fuori i fogli dalle due cartelline. Centinaia di nomi. Non poteva mettersi lì a controllare tutta la lista. Prese una decisione repentina: fotografò col cellulare l'elenco dei visitatori, fronte e retro, poi i turni. Solo alla fine dell'operazione si accorse che aveva un messaggio. Era di Lada. «Ti ricordi di me? Stasera sono ancora sola. Ci vediamo?».

«Non la volevi chiudere lì?» digitò Rocco. Si mise in tasca il cellulare proprio quando Oriana rientrò in ufficio. Portava una tazzina in mano. «Ecco il suo caffè. Ha già finito?».

«Gliel'ho detto, solo una curiosità, niente di che». Prese la tazzina e lo bevve con una sola sorsata. «Ammazza che schifo».

«Terribile, vero?».

«Che ha messo dentro? Cicuta?».

«Due cucchiaini».

«No, non ho dubbi. Lei sta meglio riccia. Anzi, se posso esprimere un giudizio, lo prenda con le pinze mi raccomando, se li faccia crescere. Ha il viso tondo, i capelli lunghi alle spalle starebbero meglio, questione di equilibri».

Oriana scoppiò a ridere. «Abbiamo un vicequestore esteta?».

«Abbiamo un vicequestore che qualcosa di donne ci capisce. Poi non carichi così tanto l'ombretto. Lei ha degli occhi bellissimi, così li appesantisce».

«Poi che altro?».

«Le labbra... quelle le lasci così...».

«Proprio non le entra in testa che con me sta perdendo tempo?» lo guardò seria.

«Le sto solo dando dei consigli che lei può ascoltare o meno...».

«Posso darle io un consiglio?».

«Non vedo l'ora».

«Visto che parliamo solo di estetica e lasciamo poco o nessuno spazio allo spirito, si faccia la barba, si pettini, fumi di meno e sorrida di più».

«Colpito e affondato. Buona giornata, Oriana».

«A lei, vicequestore...».

Morin accolse i poliziotti in salone, come sempre vestito in modo impeccabile, cravatta e giacca di lana, ai piedi un paio di Church's. Moglie e cane erano fuori per una passeggiata, così Rocco e Italo evitarono la litania delle offerte di tè o caffè. «Cosa succede?» chiese Morin sedendosi alla sua poltrona.

«Lei pensa che io sia un coglione?» fece Rocco serio in volto, tanto che il padrone di casa si preoccupò. «No... non l'ho mai pensato».

«Bene. Allora pensa che io faccia il mio lavoro a cazzo di cane solo perché sono un tipo sostanzialmente gentile?».

Marcello Morin guardava ora Rocco ora Italo sperando in una spiegazione.

«Lei Cecilia Porta la conosceva. Le ha prestato ottomila euro. Come mai non me l'ha detto?».

«È venuta da me, è vero, tempo fa. Le ho fatto un primo prestito. Lei lo ha onorato per metà. Poi è tornata, aveva bisogno di soldi, gliene ho dati ancora, ne avevo pena, mi creda. Non me li ha mai restituiti».

Rocco era restato in piedi dietro il divano Chesterfield. Si sedette sul bracciolo. «Non ha risposto alla mia domanda: perché non me l'ha detto?».

«Io volevo tenerla fuori. È una brava donna, non è una persona sana, ma oggi chi può dire di esserlo? Speravo con tutto il cuore che riuscisse ad aggiustare le cose. Invece so che ha ipotecato casa, che deve quattrini a un mucchio di persone e che... insomma...».

«È nella merda fino al collo» concluse Schiavone. «Quanta gente è a conoscenza della situazione di Cecilia Porta?».

«A parte me, Favre, sicuramente Michelini, il croupier, e tutti i suoi creditori».

«Le dico una cosa, signor Morin: mi avete rotto il cazzo, un po' tutti. Dite mezze verità, fate supposizioni, falsi movimenti. E questo a uno della polizia dà molto fastidio. Ora colga l'occasione per dirmi tutto il resto, se ne ha. Perché la prossima volta che scopro che lei ha omesso qualche dettaglio la porto dentro».

Morin cambiò espressione. La bonomia sparì dal volto che si trasformò in una maschera di risentimento. «Non si preoccupi, non ho altro da dirle, dottor Schiavone. Le assicuro che di questa faccenda ne ho piene le tasche anche io, e se lei metterà mai le mani sull'omicida di Romano andrò a festeggiare con mia moglie nel migliore ristorante di Saint-Vincent...».

«E se il lord avesse capito che i soldi non li avrebbe più rivisti e fosse andato a parlare con Favre, che tutto sommato è stato lui a presentargli Cecilia, avessero litigato e...».

«Per poco più di ottomila euro? Non ce lo vedo. Poi è alto un metro e ottanta. E non è stato lui ad accoltellare Romano Favre, stanne certo...».

«Pensi veramente che Cecilia, la madre di Gabriele...».

«Italo, se lo pensassi l'avrei già sbattuta dentro. No, s'è messa in questo casino... anzi per come la vedo io, ce l'ha messa qualcuno. Torniamo in questura...».

Mezz'ora dopo la squadra era riunita nell'ufficio di Rocco. Il vicequestore consegnò in silenzio il cellulare ad Antonio. «Le ultime fotografie, Anto', sono liste di nomi. Stampale».

Antonio prese il telefonino. «Di che si tratta?».

«Ascoltatemi bene».

«Faccio un caffè per tutti?» propose Casella.

«Non ora. Ognuno di voi prende una copia di quelle liste. Vi mettete seduti tranquilli e controllate i nomi e fate dei riscontri».

Deruta alzò una mano: «Tutti?».

«Sono le presenze al casinò e la lista dei lavoratori. Io voglio sapere ogni volta che appare Favre se c'è qualche nominativo ricorrente».

D'Intino guardava il vicequestore con gli occhi a mezz'asta. Italo e Antonio invece sui visi avevano stampato un punto interrogativo. Casella aveva assunto l'aria seria di chi ha capito, ma Rocco sapeva che era una posa. «Trovate Favre. E controllate il resto della lista. Se c'è qualche nome ripetuto insieme al suo lo segnate. Cercate fra i giocatori ma anche fra i croupier».

«Cioè, se ho capito bene» intervenne Antonio Scipioni, «dobbiamo vedere se Favre andava lì per incontrare qualcuno?».

«Non per incontrare, per controllare».

Gli agenti si guardarono. «Non ho capito» fece Antonio.

«Favre non ha mai giocato. Eppure negli ultimi tempi frequentava il casinò. Spendendo qualche lira. Io sono convinto che andasse lì per un altro motivo».

«Quale?» chiese Italo.

«E questo ancora non lo so. Adesso mettetevi al lavoro».

Mentre gli agenti lasciavano la stanza, Rocco alzò il telefono, compose un numero. Attese. «Pronto?» la voce di Cecilia Porta era stanca, sconfitta.

«Dov'è?».

«Chi parla?».

«Vicequestore Schiavone. Dov'è?».

«Sono... a casa. Qui, ad Aosta».

«Gabriele è lì?».

«No, è da un amico. A studiare».

«Mi aspetti!».

Quando arrivò al pianerottolo la porta era aperta. La spinse. Cecilia stava appoggiata al grande tavolo bianco del salone con le braccia conserte, in attesa. Rocco si guardò intorno: «Il ragazzo?».

«Le ho detto che non c'è...» gli fece cenno di seguirla e si diresse verso la cucina. «Venga, prendiamoci almeno una cosa da bere...». Appena dentro la donna fece scivolare la porta scorrevole, poi andò verso il lavello: «Le va un caffè?».

«No, voglio sapere che cazzo le dice la testa!» gridò Rocco. «Lei mi ha preso in giro raccontandomi le cose un pezzo alla volta. E mi dice che ha paura! Lei non ha paura, lei non pensa!».

«Io... non capisco a che cosa si riferisce».

Rocco afferrò la sedia e ci si appoggiò. Doveva tenere ferme le mani, aveva una voglia di spaccare quei mobili lucidi, imbrattare i muri bianchi e fracassare le tazze di porcellana in bella vista in una vetrinetta. «Prima mi dice che non conosceva Romano Favre. Poi invece vengo a scoprire che Romano Favre lo conosceva ma, come mi ha detto piagnucolando, aveva paura».

Cecilia sentiva la rabbia di Rocco montare. Arretrò fino a toccare col fianco il lavello di marmo. «Sì... e mi dispiace, è solo che...».

«E perché non mi ha detto che la notte dell'omicidio lei Romano Favre l'ha visto? Anzi, addirittura, che era a casa sua?».

«Io non ero...».

«Basta!» il vicequestore mollò un pugno sul tavolo che fece tremare l'oliera. Cecilia stava con gli occhi spalancati, congelata. «Voglio sapere che cazzo ci faceva in casa di Romano Favre».

«Come glielo devo dire? Io a casa di Favre non ci sono stata!».

«La sera dell'omicidio a che ora è arrivata al casinò? E niente bugie, si risale facilmente».

«Non ricordo. Dopo cena, sì, saranno state le dieci, le dieci e mezza».

«Perché il suo accendino l'abbiamo ritrovato in casa della vittima?».

Gli occhi di Cecilia si gonfiarono di lacrime. «Il mio accendino?».

«Un bic bianco... era in casa di Favre».

Cecilia tremava appena, si portò le mani alla bocca. «Io non ho... come fa a dire che è mio? Non sono stata da lui, glielo giuro! Perché mi tratta così?».

«Perché lei è nei guai e finché non ho la certezza matematica che lei mi sta dicendo la verità sono costretto a trattarla così!».

«Non capisco... perché il mio accendino... io...».

«Ora mi ascolti e risponda bene. Qui c'è di mezzo un omicidio. Chi era al corrente dei suoi rapporti con Favre?».

Cecilia si passò la mano sulla bocca. «Morin...».

«E questo è accertato».

«Sicuramente Arturo».

«Il croupier».

«Esatto. E forse qualcun altro al casinò. Tempo fa l'ho incontrato proprio lì Romano. S'era messo a giocare».

«Avanti, mi dica tutto, mi sono rotto il cazzo di tirarle fuori le cose».

«Ma niente, abbiamo parlato e...».

«L'ultima volta che l'ha visto?».

«Due settimane fa. Quando sono tornata da Morin per il prestito. Passai da Romano prima, per farmi aiutare, magari mettere una buona parola con lui o con altri... io devo soldi a un sacco di gente».

«Quanti?» chiese Rocco ancora in piedi.

«Tanti... ho ipotecato casa e...».

«Vada avanti».

Cecilia annuì. «Ma Romano non poteva fare più niente per me, le sue conoscenze erano tutte lì. Cercò di farmi coraggio...». Rocco si mise una mano in tasca. Allungò il pacchetto di sigarette a Cecilia che ne prese una. Gliel'accese.

«È stata l'ultima volta che l'ho visto, glielo giuro».

«A casa sua?».

«No, al bar dell'Hotel Billia, quello dell'albergo».

«Perché non mi ha detto subito tutte queste cose?».

La donna si asciugò una lacrima. «Una cosa è dovere soldi a qualcuno, altro è uccidere. E io con quella storia non c'entro niente, stavolta mi deve credere».

Si sentì il rumore di una porta sbattuta. Rocco si congelò, si mise l'indice davanti al naso. «Shhh...» poi lento uscì dalla cucina e guardò in salone. «Gabriele?» chiamò. Ma non rispose nessuno. Sul pavimento notò lo zainetto del ragazzo gettato a terra. S'era aperto e aveva vomitato fuori i libri. «Oh porca...». Rocco corse al pianerottolo. Si affacciò alla rampa delle scale ma non sentì nulla. Rientrò e andò alla finestra. La strada sporca di neve era deserta. Vide un giubbotto blu girare veloce l'angolo di via Tourneuve. A seguire le orme sulla neve di quell'ombra veloce si risaliva proprio al portone di casa.

Non c'erano dubbi, Gabriele aveva ascoltato il dialogo.

Rocco chiuse la finestra e si voltò verso Cecilia. «Abbiamo fatto la frittata».

«Cosa?».

«Gabriele ha sentito tutto...».

Cecilia chiuse gli occhi. Rocco rimase in mezzo alla stanza e di nuovo avvertì una sensazione terribile di impotenza, e il senso di colpa cadde nello stomaco, pesante come una promessa non mantenuta.

Dove lo andava a cercare adesso? Inutile proseguire per via Tourneuve, la neve gli aveva dilaniato le scarpe e il freddo se lo sentiva già dentro le vene. Il ragazzo era sparito. Mancava solo questo a Gabriele, ora non si fidava più di lui e quello che è peggio non si sarebbe fidato più di sua madre. «Porca troia!» sibilò fra i denti. Dovette passare per via Tillier, ormai le Clarks erano due topi putrefatti.

«Oh oh, buonasera dottor Schiavone. Le guardo i piedi e capisco il motivo della sua presenza. Stesso colore?».

Rocco neanche le rispose. La signora Dujardin era la sua fornitrice ufficiale di Clarks. Appena sparì dietro la porta del magazzino, Rocco si sedette sulla panca e cominciò a slacciarsi la prima. Pensava a Gabriele, a come aveva scoperto la verità, a cosa dirgli una volta rintracciatolo. La scarpa destra volò nel cestino. Il calzino era fradicio. Attaccò la sinistra.

Cosa dirgli?

Guarda che tua madre non c'entra con l'omicidio? Guarda che tua madre ha avuto solo un po' di problemi con... con? Guarda che tua madre ti vuole bene? Non gli veniva in mente nulla di meno banale. Anche la seconda scarpa finì nella pattumiera proprio mentre la signora Dujardin, rossa in viso e sorridente, arrivava con la scatola. «Ecco qui, dottor Schiavone. Solo un paio?».

«Per ora sì».

Prese le scarpe e se le infilò.

«Ma almeno in inverno cambi calzature!».

Rocco, impegnato ad annodarsi le stringhe, neanche alzò il viso. «Io coi ragazzini non ci so fare!» disse. La signora non capì. «Non ci so fare».

«Che c'entrano i ragazzini? Le stavo dicendo di comprarsi delle scarpe più pesanti».

«Io 'ste betoniere che portate non le metto, mi fanno schifo e il giorno che dovessi acquistare 'sti carri armati vuol dire che è finita, che sono un uomo al capolinea». Si alzò in piedi. Si mise la mano in tasca e allungò la carta di credito alla padrona del negozio. «Ecco a lei».

«Risparmierebbe però» fece quella andando verso la cassa.

«E coi soldi che ce devo fa', signora mia? La lapide d'oro?».

I suoi uomini stavano lavorando, gli occhi sprofondati nelle carte. Solo Italo alzò il naso. «Qui ci sono almeno 500 cognomi al giorno». Ma Rocco non diede seguito alla lamentela. «D'altronde...» rispose.

«D'altronde che?».

«È una maniera elegante Italo per dire: e sticazzi... fattela bastare per ora».

«Sarà, ma qui ci vogliono giorni».

«Quello che ci vuole ci vuole, Italo» si avvicinò al

tavolo di Antonio e recuperò il cellulare. «Ti serve ancora?».

«No, le foto le ho prese tutte...» e con l'evidenziatore tirò una striscia su un cognome. «Ecco qui, guardi. Per esempio io ho già fatto due giorni e un po' di coincidenze ci sono... insieme a Favre ci sono Mieli Giovanni e Sbardella Rosanna... alla fine li confronto con gli altri, stiamo facendo un lavoro di squadra, ognuno s'è preso una settimana...».

«Ottimo lavoro Anto', continuate» si avvicinò alla finestra e provò a telefonare a Gabriele, ma teneva il cellulare staccato. Guardò gli agenti. Deruta e D'Intino, eccitati, lavoravano con la lingua di fuori e tre evidenziatori per mano. Casella si asciugava il sudore con la manica della divisa. Antonio era concentrato. Chi sembrava un pesce in un acquario era Italo, stravaccato sulla sedia si stropicciava gli occhi. Non reggeva, non teneva la concentrazione, lasciarlo lì era inutile. Gli venne un'idea: «Italo, passa il lavoro a D'Intino e Deruta, prendi il giubbotto e seguimi».

Quello saltò sulla sedia, felice allungò i fogli che Deruta e D'Intino incamerarono come fossero oggetti preziosi e ripresero la ricerca.

«Che c'è?» gli chiese Italo una volta fuori dalla stanza.

«Inutile che stai qui dentro. Non è per te, poi hai la testa chissà dove. Invece vai in giro a cercare Gabriele».

«Gabriele?».

«Sì. È scappato di casa» scesero le scale e aprirono la porta della questura. «Vai dalla madre, fatti dare gli indirizzi dei suoi amici, se ne ha, fatti tutti i bar, soprattutto le pasticcerie, e vedi di trovarmelo».

«Ricevuto» sorrise appena a Rocco e chiudendosi il giubbotto si avviò verso la macchina di servizio.

Fu proprio allora che il suo cellulare suonò. Guardò il display sperando di veder comparire il nome di Gabriele. Purtroppo era Costa che Rocco aveva memorizzato con il nome «scassacazzi 1», lo «scassacazzi 2» invece era Baldi.

«Dottor Costa, dica pure».

«Abbiamo novità?».

«Niente di definitivo, diciamo che comincio a vedere una luce in fondo al tunnel».

«Questo per quanto riguarda Favre. E per Manolunga?».

«Ci sto lavorando...».

«Lei e la sua squadra?». A Rocco non sfuggì il tono ironico del superiore.

«Quella ho...».

«Un peccato».

«Cosa, dottore?».

«Che l'unico elemento valido abbia chiesto e ottenuto il trasferimento».

Rocco svoltò verso il centro della città. «Sì, direi un peccato...».

Ebbe davanti agli occhi il viso di Caterina Rispoli durante tutta la passeggiata per i bisogni di Lupa. Passò accanto al ristorante, quello dove avevano mangiato la sera in cui aveva scoperto il doppio gioco della ragazza. Le lacrime che lei versava mentre l'aggrediva con una violenza superiore al necessario perché doveva resistere, perché se avesse ceduto l'avrebbe abbracciata, stretta a sé, forse addirittura perdonata.

«Cazzo!» gettò la sigaretta nel tombino.

Cancellare, cancellare per sempre.

Lasciò Lupa in stanza coi croccantini e l'acqua e uscì di nuovo diretto a rue Piave. Citofonò.

«Hai cenato, Lada?».

«Non ancora. Come mai questa domanda?».

«Ti sto invitando».

«Scendo».

Attese neanche un minuto. Il portone si aprì. Lada aveva il solito piumino argentato e un cappellino di lana blu dal quale fuoriuscivano i capelli d'oro. «È meno freddo di ieri o è una sensazione?» fu la prima cosa che disse.

«Non lo so. Io sto congelando». Si incamminarono verso Croix de Ville. «Però non andiamo al Grottino. Lì ci vado spesso con Guido».

«Cambiamo».

A quell'ora Aosta s'era già svuotata. I negozi chiusi tenevano le luci accese. Gli addobbi natalizi cominciavano a invadere le vetrine del centro col solito anticipo ansiogeno.

«Lo fate pure a Roščino il Natale?».

«Siamo russi, crediamo nello stesso Dio» gli rispose guardando a terra.

«Che c'entra il Natale con Dio, scusa» fece Rocco.

Lada alzò lo sguardo per rispondergli, ma scoppiò a ridere. «Hai ragione, non c'entra niente. Tu credi?».

«In che senso?».

«In Dio».

«No. E non ti ho invitata per parlare di teologia. L'ho fatto perché non avevo voglia di mangiare da solo».

«Grazie!» fece Lada fredda come la neve ammucchiata ai lati del marciapiede.

«E poi volevo chiederti scusa. Sono stato brusco».

«Un po' ti conosco. Non ricordi che eravamo vicini?». Lada indicò l'entrata di una trattoria. «Ecco, lì si mangia benone».

«Dagli Artisti? È stato il mio primo ristorante in città... dicevi?».

«Dicevo che eravamo vicini di casa. Io ricordo tutto quello che è successo da te. La brutta storia dell'omicidio... Ti incrociavo spesso, ma tu quando cammini guardi per terra, oppure parli da solo o ti specchi nelle vetrine. Sei un tipo strano, Schiavone».

Sorridendo Rocco spinse la porta d'ingresso e fece passare Lada. Dentro la temperatura era quasi estiva, una vampata di calore gli salì al viso. Si tolse il loden e lo consegnò a una cameriera che li aveva accolti con un sorriso. «Sono strano?».

«Sì, strano» fece Lada storcendo la bocca. Si andarono a sedere a un tavolo chiuso in un angolo, riservato, lontano dagli altri clienti. «Di te so qualcosa, ho chiesto in giro, ma ti guardavo sempre la mattina quando uscivi di casa o la sera quando rientravi. Sei divorziato?».

«Sono solo» si limitò a dire Rocco sedendosi di fronte alla donna. «Il tuo compagno è a Torino?».

«Sì, ci resta fino a domani. Ma di lui non ti devi preoccupare. C'è un patto fra noi, lo sai? Mi lascia libera, ho l'età di sua figlia, non pretende molto da me. Faccio amministrazione alla sua attività giù a Grand Chemin e basta. Mi vuole accanto, è un uomo generoso e...».

«Prima di addentrarci in amenità familiari» la interruppe Rocco, «che sinceramente non mi interessano, mi dici perché ci tiene tanto a parlare con me?».

Lada rimase col crostino di pane a mezza strada fra il cestino e la bocca. «Che intendi?».

«Guido è gentile, premuroso, mi racconta un sacco di dettagli, ma poi alla fine la sai qual è la mia sensazione? È vero, mi sta aiutando a scoprire molti particolari, ma sono particolari che interessano solo lui, o qualcuno per lui».

«Non ti capisco».

«Lascia stare. È che tendo a fidarmi poco dei miei simili». Le si avvicinò facendole l'occhiolino. «Ultimamente ho preso un sacco di fregature».

«Capito».

Solo dopo aver ordinato il vino Lada si tolse il giubbetto argentato. «Era ora, non sentivi caldo?».

«Mi sono abituata all'Italia, Rocco. Ormai sono dieci anni che sto qui».

«Ecco perché parli benissimo» sotto la giacca a vento Lada portava solo una maglietta nera, trasparente sulle braccia e sul collo, i seni premevano sotto la stoffa. «È molto che stai con Guido?».

«Ti dispiace se non parliamo di lui?».
«Sì... mi dispiace...».
Lada sbuffò e addentò un altro crostino. «Due anni».
«E prima?».
«Stavo a Courmayeur. Lavoravo in un hotel. La tua è semplice deformazione professionale?».
«Cosa?».
«Mi stai facendo il terzo grado!».
Rocco scoppiò a ridere. «Hai ragione. Basta parlare dei cazzi tuoi e dei cazzi miei. Quindi di che parliamo?».
«Per esempio...» Lada prese il bicchiere pieno di vino e ne mandò giù una sorsata, «se ieri notte ti è piaciuto».
«No» fece Rocco. E stavolta scoppiarono a ridere tutti e due. L'inno alla gioia risuonò dalla tasca della giacca. Rocco afferrò il cellulare. Era Italo. «Rocco, mi senti?».
«Forte e chiaro. Tracce di Gabriele?».
«Niente. Sono andato a cercarlo dall'unico amico che ha al liceo, dai suoi compagni di sci. Lo sapevi che ha un gruppo?».
«Un gruppo?».
«Sì. Lui suona il basso. Sono in tre. Ma nessuno l'ha visto o sentito. Dalla madre nessuna notizia».
Un grumo di ansia si fermò nella gola di Rocco. Cercò di allontanarlo bevendo mezzo bicchiere di vino. «Va bene Italo, va bene così. Grazie...».
«Che succede?» chiese Lada.
«Una brutta storia. Per l'omicidio di Favre. Ho trovato il colpevole, una donna di Aosta».
«Ah!» fece Lada. Sembrava interessata.

«Ha commesso un errore, si è dimenticata l'accendino in casa di Favre! Ovviamente questo che ti ho appena detto è strettamente riservato. Non una parola, c'è il segreto istruttorio fino a quando non formuleremo l'accusa ufficiale».

Lada annuì e bevve un sorso d'acqua. «Bene. Fine della storia quindi».

«Già. Ma c'è un problema. Il figlio appena ha saputo la notizia è scappato».

«Uh... mi dispiace».

«Perché? Tu conosci Cecilia Porta?».

«Mai sentita».

«E allora?».

Lada lo guardò negli occhi. «Lo sai che sei insopportabile?».

«Magnamose 'sti risotti, va'» e si mise il tovagliolo sulle gambe mentre la cameriera poggiava i piatti davanti a loro.

La piacevole sensazione che la bottiglia di vino gli aveva lasciato in corpo svanì all'istante non appena dalla finestra su strada dell'albergo vide Gabriele che lo aspettava alla reception. Rocco si fermò a guardarlo.

«Che succede?» fece Lada.

«Il ragazzo» e lo indicò. Se ne stava seduto sulla poltrona, la testa incassata nelle spalle e lo sguardo perso verso la libreria. «È lui?».

«Già».

Troppo presto. Rocco non era preparato, affrontare Gabriele richiedeva una presenza di spirito e una concentrazione pari a un esame di procedura penale. E comunque non dopo una bottiglia di nebbiolo, due grappe e il desiderio pressante del corpo di Lada. La donna lo prese dolcemente per le spalle, lo voltò e lo guardò negli occhi. Erano diventati grigi, un cielo che minacciava pioggia. Era un po' accigliata e le labbra imbronciate le davano un'aria da bambina offesa. Gli diede una carezza. «Nessun problema, Rocco, grazie per la cena» si avvicinò e lo baciò. Rocco sentì il sapore della grappa sulle labbra. «Buonanotte Lada. Mi dispiace».

«Ci rivediamo...».

La donna si allontanò stretta nel suo giubbetto che riluceva sotto il quarzo del lampione. Solo quando voltò l'angolo Rocco distolse lo sguardo e masticando un'imprecazione entrò in albergo.

Appena lo vide Gabriele si alzò in piedi per andargli incontro. Il vicequestore lo fermò con un gesto. Gabriele aveva l'aria impaurita. Sembrava avesse difficoltà a respirare. Gli occhi erano rossi come le gote e i capelli sporchi e spettinati gli cadevano sul viso. «Vieni, Gabriele, siediti».

«Rocco, che succede?».

«Innanzitutto dove cazzo sei stato? Ti cerco da ore».

«In giro...» si slacciò il giubbotto. «Mi dice che succede?».

Rocco prese un respiro. «Succede una cosa spiacevole, Gabriele, e credo tu l'abbia già sentita. Mi piacerebbe tu ne parlassi con tua madre e...».

«No!» lo sguardo era duro, non sembrava più quello di un adolescente. «No, lo voglio sapere da lei. Lei non è qui per quella bionda di ieri sera, lei è qui perché non voleva stare accanto a mia madre. Mi dica se sbaglio».

«Non sbagli».

«E mia madre è una che gioca e perde soldi, è così?».

«Tua madre gioca al casinò, e ha perso un sacco di soldi, sì».

«Da quanto?».

«Da tanto, credo».

Gabriele si portò le mani davanti al viso. «Non è possibile... non è possibile. Ma che ho fatto io?» si tolse le mani dalla faccia e guardò Rocco. Piangeva. «Che ho fatto io?».

«Tu non hai fatto niente».

«Ho sbagliato?».

«No, non hai sbagliato. È un problema di tua madre. Che però cercherà di superare, sai? Sta già parlando con un medico».

«Non ci credo. E perché parlavate di un omicidio? Che c'entra mamma con un omicidio?» si asciugò nervosamente una lacrima con la manica della giacca a vento.

«Conosceva la persona che hanno ucciso, e la sera dell'omicidio era passata da casa sua, tutto qui».

Come se qualcuno gli avesse tolto l'aria dal corpo, Gabriele si afflosciò sulla poltrona, le braccia caddero lungo i braccioli e il collo rientrò nel giubbotto. Non parlava più. Un po' di saliva s'era raggrumata ai lati della bocca.

«Ascoltami, lo so, è una storiaccia. Non è mica detto che i nostri genitori siano delle persone forti e perfette».

«Lo so già. C'ero passato con mio padre. Ma io pensavo che mamma fosse diversa».

«Lo è, Gabriele, lo è. Devi considerare la cosa come una malattia, non come una debolezza. Vedi, c'è chi come me fuma, chi beve un po' troppo, c'è pure chi si droga, e c'è chi gioca. Giocare non è solo un divertimento, può essere una malattia. Tua madre ha questa malattia. Ma la buona notizia è che da quella malattia si guarisce».

«Come?».

«Ci sono dei medici che ti danno una mano».

«È una malattia?».

«Esatto. Si chiama ludopatia. C'è chi scommette, chi gioca a carte, chi al casinò, chi alle slot machine...». Gabriele sembrava stesse riflettendo su quelle parole. «Un sacco di famiglie stanno nei guai per questa roba, gente è finita sul lastrico per giocare, pure per comprare i Gratta e Vinci».

«E li vendono dal tabaccaio?».

«Li vendono dal tabaccaio».

«Non lo capisco. Riduce la gente sul lastrico e nessuno fa niente?».

«Ci guadagnano, Gabriele, ci guadagnano un sacco di soldi. E non ci vogliono rinunciare. Il costo è la vita di alcuni di noi, ma evidentemente gli sembra un danno collaterale più che sopportabile in cambio dei miliardi all'anno che entrano nelle casse. Purtroppo tua madre fa parte di quelli che ci hanno rimesso. Ma non significa che non ti vuole bene o che si sia dimenticata di te. Pensa solo a te, per questo lavora come una bestia e sta sempre in giro».

«Per questo butta migliaia di euro al casinò?» gridò Gabriele carico di rancore.

«Sì, ma te ora non ti devi mettere contro di lei. Devi stare con lei. Capisci? Lei ha bisogno di te, sta male, non puoi far finta di niente». Il ragazzo aveva distolto lo sguardo. «Ascoltami bene. Se tua madre ha la febbre, che fai?».

«Le metto il termometro».

«Bravo. Le porti il brodo, l'acqua, l'aspirina, no? Fai finta che ha la febbre».

«Sì, ma io non so che devo fare» e stavolta lo sguardo di Gabriele era perso, vagava sul viso di Rocco, tornarono a uscire le lacrime

«Lo imparerete insieme. Ma senza rinfacciarvi di chi è la colpa. Chissenefrega di chi è la colpa. Ora tua madre ha bisogno di te e tu non hai più 17 anni ma ne hai 30 e ti comporti da uomo». Rocco gli afferrò le braccia. «La vita non avverte, Gabrie'. A volte cammina, passeggia, a volte invece corre. A noi ci tocca andare alla stessa velocità».

«Adeguarci?».

«Bravo. Io ho perso papà che avevo 12 anni, mamma ne avevo 19. Pensi che sia stata una cosa bella?».

«No...».

«Pure io me volevo butta' al Tevere quella notte».

«No, io nella Dora non mi ci volevo buttare. È troppo fredda».

«Infatti. Devi capire che le cose stanno così, non puoi farci niente, devi solo stare vicino a tua madre, come puoi. Spalanca le braccia!».

«Che?».

«Spalanca le braccia».

Gabriele poco convinto eseguì. «Ora stringile». Il ragazzo eseguì. «Vedi? È facile. Aiutala con le cose che sai fare».

«Cosa so fare io?».

«Abbracciarla. Mettile la musica. Studia e non aggiungerle altri problemi per la testa. Te la senti?».

Gabriele annuì un paio di volte. «Lei starà con me?».

«Ce poi giura', pischello».

Il ragazzo tirò su con il naso. «Vuole ridere? Ieri notte io speravo che lei in albergo aspettasse mia madre, davvero ci avevo sperato. Sarebbe stata una cosa bellissima. Invece poi è arrivata quella bionda» finalmente il sorriso tornò sul viso di Gabriele. «Bona...».

«Parecchio, sì».

«Io però stanotte a casa non ci torno, Rocco».

«E va bene, stai da me».

«C'è un divano?».

«No, ci tocca dividere il letto. Al primo calcio però ti butto fuori».

Gabriele s'era già addormentato e russava in contrappunto con Lupa. Rocco invece mandò un messaggio sul cellulare a Cecilia: «Sta qui da me. Domani torna a casa». Poi rimase a guardare il cielo libero e carico di stelle. Aveva scambiato una notte di sesso con i guai di un adolescente. Qualche anno prima avrebbe maledetto il cielo con tutti i santi e i patriarchi. Adesso invece sorrideva e alle tre riuscì anche ad addormentarsi.

Venerdì

I suoi lo aspettavano davanti all'ufficio. Scipioni con dei fogli in mano scattò appena lo vide sbucare dal corridoio. «Dottore!» disse andandogli incontro. «Dobbiamo fare quattro chiacchiere».

«Buone notizie?» chiese Rocco aprendo la porta.

«Non lo sappiamo, giudichi lei» fece Casella. E il gruppo di poliziotti entrò in stanza anticipato da Lupa che corse a prendere possesso del suo divanetto.

«Dunque». Antonio poggiò i fogli sulla scrivania. «Abbiamo fatto il controllo. Una cosa interessante. Mi segua». Rocco andò a sedersi alla scrivania. «Ogni volta che il nostro Romano Favre è al casinò a giocare sono sempre presenti questi due nomi: Giovanni Mieli e Rosanna Sbardella».

«E per la precisione...» intervenne Casella, «i giorni 14 e 15 e 28 e 29 di settembre».

«Poi il 5 e 6 ottobre» si aggiunse Deruta, «12 e 13 e 19 e 20».

«A novembre il 9 e 10» concluse D'Intino.

«Tutti weekend...» riprese la parola Antonio. «Non solo. I giorni 14 e 15 di settembre e il 12 e 13 di ottobre ricorre anche un tale Goran Mirković».

Rocco annuiva. «Si sa qualcosa di queste persone?».

«Non abbiamo ancora incrociato i dati. Giovanni Mieli è di Caserta, Rosanna Sbardella invece di Perugia. Questo Goran Mirković invece risiede a Milano».

Rocco andò alla macchinetta del caffè. «Chi lo vuole?». Solo D'Intino alzò la mano. Rocco infilò una capsula, prese un bicchierino e premette un pulsante. «Ragazzi, avete fatto un lavoro titanico. Ma non finisce qui. Su questi tizi devo saperne di più». Prese il caffè e lo offrì a D'Intino. Poi si preparò il suo. «Avete tutto il giorno. Domanda: chi di voi è mai stato al casinò?».

Gli agenti si guardarono. «Nessuno credo...» rispose Casella.

«Allora preparatevi. Andiamo a fare una bella gita a Saint-Vincent».

«Giochiamo?» chiese eccitato D'Intino.

«No. Guardiamo. Magari ci dice culo e le cose vanno per il verso giusto. Al lavoro fanciulli». Sorridenti gli agenti lasciarono la stanza. «Antonio!».

Il ragazzo si fermò sulla porta. «Sì?».

«Dove cazzo è Italo?».

Scipioni alzò le spalle.

«Mi dica le novità, sempre che ci siano» chiese il questore.

«Una importantissima. La macchinetta del caffè, nel mio ufficio.».

«Posso usufruirne?».

«Padrone».

«Bene, io però mi riferivo all'omicidio di Saint-Vincent. È inutile dirle che ho i giornalai che pressano. Allora?».

Rocco si mise le mani in tasca e cominciò a giochellare con le monetine. «Sto seguendo una traccia. Ancora niente, ma qualcosa all'orizzonte si muove».

«Sono tutt'orecchie».

«Sappiamo che l'omicida non è alto più di un metro e settanta e spiccioli».

«A proposito, la pianti di smuovere quelle monete, mi sta dando ai nervi».

Rocco tolse le mani dalle tasche e a braccia conserte proseguì: «Siamo abbastanza convinti...».

«Quando dice siamo si riferisce alla sua squadra?».

«No, uso il plurale maiestatis. Dicevo siamo abbastanza convinti che l'assassino era andato in casa di Favre per prendere qualcosa, l'omicidio è stato un incidente di percorso».

«Perché lo credete?» chiese Costa lasciandosi andare sulla poltrona.

«A parte la cassaforte vuota, è sparito il cellulare. Che senso ha?».

«Be', la cassaforte vuota può indicare una rapina».

«Dubito. Il nostro era in rosso in banca e faticava a pagare il mutuo. Se uno ha dei preziosi, in quelle condizioni, forse...».

«È giusto. Può essere».

«E il cellulare quanto può valere? Insomma, un topo d'appartamenti al massimo fugge. Non si accanisce contro la vittima con due coltellate».

«Arma del delitto?».

«Coltello da cucina. Vuole fare una conferenza stampa che passerà alla storia?».

Costa poggiò i gomiti sulla scrivania e si mise in ascolto, gli occhi eccitati.

«Dica ai giornalisti che basiamo la ricerca sulla fiche che il cadavere stringeva nel pugno».

«Non la seguo».

«Una fiche del casinò di Sanremo che pare fosse un suo portafortuna».

«Ancora non la seguo».

«È un segnale. Mentre rendeva l'anima al cielo, per chi ci crede, ha afferrato quell'oggetto di plastica per farcelo ritrovare. L'indicazione è chiara, no?».

«Il casinò di Sanremo?» chiese Costa confuso.

«No. Il casinò in generale. Sono convinto che è lì il problema».

«La fiche misteriosa... buono. Sì, li inchiodo con questa storia».

«Ma non si dilunghi troppo. Dica solo che in mano aveva quell'oggetto e che stiamo indagando sul suo passato di dipendente del casinò di Sanremo. Non nomini quello di Saint-Vincent, se esce sul giornale potremmo rovinare tutte le indagini».

Costa sbatté un pugno sul tavolo. «Mi prende per un cretino? Certo che non dirò una parola di più. Me li intorto con metonimie, iperboli, ellissi e mezze verità. Insomma tutto il mio repertorio. Anche io so imbastire storie al limite del fantascientifico» e con un sorrisetto ironico squadrò Schiavone. Rocco ricambiò lo sguardo. «Si riferisce a me con quell'"anche?"».

«Eh già. Ho appena sentito Baldi. Pare che il nostro vecchio e caro amico Baiocchi abbia voglia di farsi quattro chiacchiere... secondo lei cosa vuole?».

«Non ne ho la più pallida idea. Solo, e se lo ricordi finché campa, sono dalla parte dei buoni, quello invece è un pluriomicida figlio di puttana. Non è che quello che dice sia oro colato. E se mette sullo stesso piano la mia parola e la sua mi viene da pensare che qui, in questura, ci sia una chiara volontà di farmi la pelle. Mi sbaglio?».

«Verità, ecco la parola chiave, Schiavone, verità. Quella cerchiamo, non importa quali mezzi si usino, quali sotterfugi trucchi e manezzi. Alla fine vogliamo ottenerla».

Schiavone scosse il capo. «Già, sotterfugi e bluff, ha ragione».

«Signora Porta, è a casa o in giro per il mondo?».

«Sono a fare la spesa, dottor Schiavone».

«Allora non prenda surgelati e mi raggiunga fra un quarto d'ora all'ospedale».

«Oddio. Gabriele?».

«No. Lei» e chiuse il telefono. Uscì nel parcheggio. L'aria s'era rarefatta, le nuvole ancora radunate come banditi pronti all'assalto. Decise di andarci a piedi. Mentre attraversava il piazzale l'auto di Italo si fermò a pochi metri da lui. Pierron scese e appena vide Rocco che lo guardava tirò un sospiro. Lento chiuse lo sportello, poi zoppicando gli andò incontro. Era inevitabile.

«Che cazzo hai fatto?» gli chiese Rocco. L'occhio pesto, un taglio vicino allo zigomo. Italo strinse le labbra gonfie. «Caduto per le scale».

«Stocazzo Italo!» gridò il vicequestore. «Chi è stato?».

«Ti dico che sono caduto per le scale!».

«Questa storia deve finire. Ora, adesso».

«Io...» ma Italo desistette dal continuare.

«Tu ora devi organizzare una partita» gli fece Rocco.

«Con?».

«Con quei tre che ti hanno messo in mezzo. La storia è come te la dico io. C'è un tizio, da Roma, gioca pesante ed è ricco... oh, mi stai seguendo?».

Italo s'era messo a guardare le montagne innevate. «Sì sì, certo».

«Digli che è l'occasione per fare un sacco di soldi».

«Chi sarebbe il tizio di Roma, tu? Guarda che è probabile ti conoscano».

«Quelli sono cazzi miei. Tu gli devi dire che gioca pesante, almeno 5.000 di posta. Ti è chiaro?».

«Cinquemila?». Italo si fece rosso in viso.

«Hai sentito bene. Con la promessa di metterlo in mezzo e spennarlo».

Italo si mise una mano in tasca. Dal pacchetto prese una sigaretta che si infilò in bocca. Una piccola smorfia, segno che il labbro gli faceva male. «Aspetta Rocco, se gli dico così è come ammettere di aver capito il loro gioco, no?».

«Ma come te ne esci? T'hanno massacrato. Quanto gli devi?».

«Te l'ho detto. Mille euro».

«E allora mettila così» si fermò. Due agenti passarono accanto e lo salutarono. Aspettò che entrassero in auto, poi proseguì. «Non puoi restituire il debito. Ma puoi farli ricchi. Tu in cambio non chiedi un euro, solo la cancellazione del debito».

«E se non ci cascano?».

«Vestiti da coglione, e la cosa non ti dovrebbe riuscire difficile. Digli che il piano che hai in mente è poco pulito ma che se vogliono rivedere i loro soldi e guadagnare un bel malloppo ti devono dare una mano».

«Ma come vuoi fare? Non ti capisco».

«Non devi capire, ti spiega tutto il mio amico. Allora, ti è chiaro?».

«Va bene, Rocco...».

«Sei andato in ospedale?».

«No...».

«Vieni con me».

Aveva lasciato Italo al pronto soccorso e aspettava Cecilia davanti all'ingresso del Parini guardando l'orologio. Il quarto d'ora era passato da un pezzo. Prese il cellulare per richiamarla quando la vide attraversare la strada. Spettinata, pallida, con le labbra livide. Gli occhi sembravano ancora più grandi. «Eccomi» disse, tremava e non solo per il cappotto di lana leggero che non la proteggeva dal freddo. «Venga» fece Rocco senza salutarla, ed entrarono. Attraversarono un corridoio, salirono delle scale. L'odore di disinfettante era così forte che faceva lacrimare. «Posso sapere dove stiamo andando?».

«Ora lo vede».

Giunsero a una porta. Una targa di plastica annunciava che quella era la stanza della dottoressa Sara Tombolotti, la psichiatra. «Sta per conoscere una delle persone più intelligenti e valide che abbia mai incontrato. Sfrutti l'occasione!». Bussò.

«Avanti» rispose una vocina, Rocco aprì e si affacciò: «È permesso?».

«Dottor Schiavone, che piacere rivederla. Prego, accomodatevi». La finestra senza tende sputava una luce grigia, livida. Rocco fece passare Cecilia. Sembrava spaventata. «Allora, questa è la sua amica...» la voce della dottoressa proveniva dalla scrivania carica di libri che nascondevano il medico. Tutta la stanza, ad esclusione di un divanetto e una poltrona di velluto, era coperta da libri, riviste mediche, quaderni con appunti. Alle pareti un'infinità di attestati incorniciati e coperti di polvere. «Ecco, finisco e sono da voi». Cecilia guardò Rocco. Non capiva dove si trovasse la dottoressa. Rocco la rasserenò. «Tranquilla, ora appare».

«Scusate il disordine» disse la Tombolotti e finalmente spuntò svicolando fra la scrivania e la libreria stracarica di tomi e carte ormai ingiallite. Piccola, piccolissima, sotto il metro e cinquanta, coi suoi occhialoni da 32 pollici, sorrideva e tendeva la mano a Cecilia. «Accomodatevi, accomodatevi pure. A cosa devo?».

Cecilia prese posto nella poltrona, Sara Tombolotti sprofondò nel divano, Rocco restò in piedi. «Dottoressa, come le ho anticipato al telefono sono qui per questa mia amica».

Cecilia ormai aveva capito. Guardava ora Rocco ora quello gnomo sorridente che da seduto non toccava il pavimento con i piedi. Era in trappola. «Bene» fece Sara Tombolotti. «Di che si tratta?».

«Glielo vuole dire lei, Cecilia?».

La donna inghiottì la saliva, fece un sorriso mesto, piegò un po' di lato la testa e guardando il tappeto liso e impolverato a terra disse: «Ho un problema. Con il gioco». Le sue parole caddero nel silenzio. Né Sara né tantomeno Rocco sembravano volerla aiutare. Cecilia si sentì in dovere di proseguire. «Ho perso soldi, molti soldi. Ed è una cosa che...».

«Alt!» fece Sara allungando la manina davanti a sé. «Da questo momento, se non le dispiace, vorrei restare sola con la signora».

«Chiaro» disse Rocco. Poi guardò Cecilia. «La lascio in ottima compagnia» con un cenno del capo salutò le donne e uscì dalla stanza. Sapeva che Sara Tombolotti era l'arma migliore per la madre di Gabriele, e poteva farcela anche se la strada appena cominciata in un venerdì di inizio inverno freddo e nevoso sarebbe stata lunga e piena di ostacoli.

Italo, codice bianco, dopo una fila corposa, era appena entrato in medicheria. Rocco, seduto su una sedia di formica, guardava gli altri pazienti. Una donna accompagnava un bambino che si teneva il polso. Aveva pianto. Un vecchio fissava il muro davanti a sé. Muto, con gli occhi acquosi muoveva la bocca come se stesse masticando qualcosa. C'era una coppia sui trent'anni con la faccia spaventata. Se ne stavano sulla panca abbracciati. Lei teneva la testa sul petto di lui che la stringeva come fosse la cosa più preziosa del mondo. No, si disse Rocco, il medico non sarebbe stato un lavoro possibile. Lui arrivava a cose fatte, quando la vita se n'era andata e non c'era più da combattere. Si sentiva più uno spazzino, un monatto, di quelli che durante la peste se ne andavano in giro coi carretti a raccattare cadaveri. Non salvava nessuno, non era la speranza di nessuno. Chi corre da un medico ha aspettative. Persone spaventate, ma che guardano avanti, respirando a fatica con la certezza che una soluzione c'è. Va solo trovata. Lui lavorava al capolinea e soluzioni non ne aveva.

Scavo nel fango e nel fetore della decomposizione, non per restituire la vita, l'aria a qualcuno. Io devo solo trovare la testa di cazzo che con una coltellata, un colpo di pistola, una bastonata ha distrutto tutto, pensò.

Non ci vuole niente a morire, lo sapeva, eppure, nonostante gli esseri umani vivano su un baratro ogni giorno della loro vita, fanno finta di niente. «La morte non esiste» disse il vecchio all'improvviso sempre masticando qualcosa nella bocca. L'aveva detto a bassa voce e Rocco non era sicuro ce l'avesse con lui. «Come?» gli chiese. L'uomo girò il viso e lo guardò. «Dicevo che la morte non esiste. Mi guardi, sono ancora qui!» e sorrise mostrando i denti un po' ingialliti. «Mia moglie è morta, mi sono morti due figli, e io sono qui, a fare che? A vedere se il cuore mi funziona ancora. E funziona, sa? Gliel'ho detto, la morte non esiste. Almeno per me». Allungò una mano. «Mi chiamo Riccardo».

«Rocco».

«Perché è qui?».

«Un collega che si è ferito».

«Io la solita solfa. Dovrei andare a casa, ma che ci vado a fare? Mi rompo le scatole da solo. Lei non lo può sapere, ma stare da soli è difficile».

Rocco sorrise. «Mi dispiace deluderla, signor Riccardo, invece lo so. Mi creda».

Quello sbuffò. «Lei è giovane. Può fare ancora un sacco di cose».

«Tipo?».

«Tipo partire, andarsene, mangiare, bere, fumare, e soprattutto...» gli fece l'occhiolino, «andare con le donne».

«Andare con le donne, sì...».

«Lei ci va?».

«Quando capita».

«Quando morì mia moglie sono stato un anno da solo. Allora avevo 60 anni. Poi sa cosa? Ho cominciato ad andare a letto con un sacco di signore. Be', mi ha aiutato» si toccò la tempia con l'indice. «Mi toglieva i pensieri. Ora... chi ce la fa più?» e scoppiò a ridere. «Be', signor Rocco, io vado. È stata una breve ma proficua conversazione. La saluto» si alzò e barcollando si avviò verso l'uscita. Quando aprì la porta una folata di vento gelido entrò nella sala d'attesa portandosi dietro due foglie marroni accartocciate. Attraverso il vetro divisorio vide un medico che metteva i punti adesivi sullo zigomo di Italo. La mano andò diretta al cellulare.

«Rocco?».
«Come va, Brizio? Ti disturbo?».
«Macché, sto a fa' il tagliando alla Range, me tocca aspetta'. Hai capito chi è quello della foto?».
«No, non si vede abbastanza bene».
«Sono riuscito a farne solo una, poi sono montati in macchina. Io non avevo bisogno di prove, che eri stato messo in mezzo ci credevo, ma me sembrava er caso di riferirlo a Seba».
«Grazie» rispose Rocco.
«Quello s'è fatto una risata. Ha detto che a te sarà la fica che prima o poi te porterà alla tomba».
«Almeno moro felice» disse Rocco.
«Allora, dimme un po'?».
«C'è un agente, un coglione, l'hanno ripulito».
«Poker?».
«Sì Brizio».
«Li voi fa' piagne?».
«Sì».
«Tu giochi?».
«No Brizio, capace che me conoscono. Se ci stai tu è meglio».
«Posta?» chiese Brizio.
«5.000, ma te li do io».
«Tieni tutti 'sti soldi in casa?».
«Embè? Il materasso è l'investimento migliore de 'sti tempi».
«E ci hai ragione. Quando lo vuoi fare?».
«Domani».
«Va bene, Rocco, tranquillo. Ci vediamo».

Rocco attaccò. Gli aveva fatto piacere parlare con l'amico? Non lo sapeva. L'aveva sentito lontano, più dei 750 chilometri che li dividevano. Ma era felice che fra poco l'avrebbe rivisto. Lo avrebbe guardato negli occhi e avrebbe capito. Italo uscì dalla medicheria.

«Come ti senti?».

«Fa un po' male, ma passa...».

«Ora tocca a te. Devi convincerli a fare quella partita. Per domani sera!».

Neanche entrarono in questura che Antonio gli andò incontro. Aveva altri fogli in mano. «Rocco, abbiamo scoperto altro» poi guardò Italo. «Te che hai fatto?».

«Caduto per le scale» rispose Pierron.

Antonio Scipioni fece una faccia poco convinta.

«Che cosa avete scoperto?».

«Guarda un po'» e gli allungò i fogli. «I giorni di frequentazione di Romano Favre. Oltre ai nomi dei giocatori sono sempre presenti due uomini del casinò. Un croupier, tale Gino Villermoz, e sempre lo stesso controllore di sala, Mario Candreva. Ecco, vedi? D'Intino li ha evidenziati col rosa...».

«Vabbè, questi lavorano lì, può essere una coincidenza. Antonio, abbiamo delle fotografie di quei giocatori sempre presenti?».

«Ti riferisci a...» e Antonio guardò i fogli con gli appunti, «Giovanni Mieli, Rosanna Sbardella e Goran Mirković?».

«Esatto».

«Te le rimedio. Mi dai mezz'ora?».

«Anche di più se ti serve. Diciamo fra un'ora tutti nel mio ufficio».

«Tutti intendi la squadra?».

«O i mentecatti, come preferisci».

Rocco lasciò soli i due agenti. Antonio mise una mano sulla spalla di Italo. «Ma che cazzo combini? Che sei cascato dalle scale non ci credo neanche un po'!».

«Lascia perdere Antonio, lascia perdere».

Un'ora dopo la stanza di Rocco era affollata come la metro all'ora di punta. Casella, Deruta e D'Intino s'erano messi accanto alla finestra, Antonio appoggiato alla libreria, Italo vicino alla porta, Michela Gambino e Alberto Fumagalli sul divanetto. Lupa era stata costretta a lasciare il suo posto e sonnecchiava sotto la scrivania. Ognuno aveva il suo bicchiere di caffè. «Allora, grazie a Michela e Alberto che si sono uniti a noi. Più gente c'è meglio stiamo».

«Di che si tratta?» chiese Michela.

«Non potevi chiamare qualche agente invece di noi due?» chiese Alberto.

«Ho bisogno di gente sveglia» rispose Rocco.

«Allora mi sfugge la presenza di qualcuno in questa stanza» disse Alberto sottovoce a Michela che sorrise. Era chiaro il riferimento al duo Deruta e D'Intino.

«Stasera andiamo tutti al casinò» disse Schiavone guardando i presenti uno a uno.

«Al casinò?» chiese Casella. «A fare che?».

«Che ci si va a fare al casinò?».

«A me giocare non piace» protestò Michela.

«Non dobbiamo giocare. Meglio, fingiamo di giocare. Dobbiamo guardare. Osservare».

«Cosa?» chiese Italo.

«Alcuni giocatori. Speriamo siano presenti. Ogni movimento lo registrate e lo tenete a mente. Antonio, hai le foto?».

«Sono fototessera rimediate coi comuni. Faccio passare. La prima è Rosanna Sbardella». Gli agenti guardavano le stampe in bianco e nero. Un viso tondo e paffuto, gli occhi gonfi di chi è abituata ad alzare troppo il gomito.

«Bella gnocca» fece Alberto. Italo e Casella risero.

«Non mi pare, anzi è bruttarella» protestò D'Intino.

«Ero ironico. Ma vabbè, inutile discettare con lei sull'uso dell'ironia come filtro della comprensione del mondo!».

«Nun so' capite!».

«Per favore Alberto!». Rocco riconquistò l'attenzione. «La seconda è di Giovanni Mieli» e Antonio distribuì un altro gruppo di fogli. Pelato, magro, con gli occhi scavati, aveva i baffi e la mosca.

«Somiglia a mio cugino!» fece Deruta.

«La cosa ci lascia del tutto indifferenti» commentò Alberto.

«Non posso non essere d'accordo. Ora Antonio passa la terza».

«Ecco a voi Goran Mirković».

«Ah, però!» fece Michela Gambino. «Buttalo via!».

L'immagine era a colori e ritraeva un trentenne in costume da bagno. Bruno, fisico atletico, occhi azzurri e sorriso pieno di denti sani. «Scusa ma che è la foto del documento?» fece Rocco.

«No. Questo Goran Mirković, nazionalità croata e residente a Milano, fa il modello» rispose Scipioni.

«Arrestiamolo subito!» gridò Michela e scoppiarono tutti a ridere, tranne D'Intino.

«Allora stasera, ore 22, appuntamento sotto la questura. Per gli uomini una raccomandazione: giacca e se l'avete pure la cravatta non sarebbe male».

«Io la cravatta non ce l'ho» fece D'Intino.

«Manco io» si aggiunse Antonio.

«Io ho il papillon. Fa lo stesso?» chiese Italo.

«Tu hai il papillon?» gli domandò Antonio con gli occhi sgranati.

«Risale a quando ero cameriere».

«Io cravatte ne ho tante. Le porto io!» si offrì Deruta.

«Bene, e se Dio vuole anche questa è risolta. Altri problemi?» domandò Rocco cercando di mantenere la pazienza.

Michela Gambino alzò la mano: «E la femmina? Come si deve vestire?».

«Evita il colbacco. La seduta è tolta. E vorrei farvi notare la mia gentilezza per non avere acceso neanche una sigaretta».

«Finché si tratta di sigarette...» commentò Alberto. Italo abbassò gli occhi, gli altri si guardarono senza capire. Solo Michela fece un sorrisino. Alberto chiese scusa con una smorfia della bocca. «Volevo dire, conoscendoti saresti capace di accendere un narghilè».

«Inutile arrampicarsi sugli specchi, Alberto. A volte faresti meglio a tenere la ciavatta chiusa».

«La ciavatta sarebbe la ciabatta ma in questo caso intendeva la bocca» puntualizzò Italo che oramai era il traduttore ufficiale del vicequestore. Poi Rocco si alzò e congedò gli agenti che perplessi lasciarono la stanza. Michela Gambino restò sull'uscio, guardò Rocco. Si sincerò che i poliziotti si fossero allontanati, poi sottovoce disse a Rocco: «Hashish o marijuana?».

«Nessuno dei due, Michela. Alberto è un cazzaro, lo sai».

«Quello che è. Però fatti dare un consiglio. Nel caso meglio l'erba. Nell'hashish, che poi è una resina estratta dalla pianta di canapa, le organizzazioni criminali mischiano sostanze chimiche che abbassano l'aggressività. Clozapina, quetiapina, roba che si usa per la cura di disturbi tipo schizofrenia, bipolarismo eccetera. E sai perché lo fanno? Sempre per lo stesso motivo, Rocco: controllo. Ecco perché io credo che nelle forze dell'ordine sia sconsigliato l'uso di hashish. Diventeremmo tutti conniventi. È quello che le grandi famiglie criminali vogliono. Per la marijuana ti suggerisco erba con un thc basso, ricreativo. Il tetraidrocannabinolo alto può portare a tossicodipendenza vera se non addirittura alla schizofrenia».

Rocco la osservò. Gli occhi allegri, la bocca aperta coi denti perfetti, la gioia con la quale dispensava suggerimenti e cercava di evangelizzare la terra sui complotti globali cominciavano a fargli tenerezza. «Lo sai, Michela? Sei una scassacazzi di primo livello».

«Grazie» fece quella. «A stasera allora».

Salì le scale in silenzio, non aveva voglia di incontrare Gabriele, meno che mai Cecilia. Entrò come un ladro nel suo appartamento e subito si richiuse la porta alle spalle. Accese la luce. Fece mente locale: mutande, calzini, spazzolino nuovo, maglietta e camicie. Infilò tutto in una busta di plastica per i rifiuti biodegradabili. Si cambiò per andare al casinò.

«*This is ground control to major Tom... you've really made the grade*». La canzone di David Bowie risuonava dall'appartamento di Gabriele. Rocco le parole le conosceva. Era la storia di un astronauta, Tom, che si perde nello spazio e nulla possono fare da terra per lui e la sua navicella spaziale.

«*Now it's time to leave the capsule if you dare...*».

Il vicequestore si sedette sul divano. Ascoltò tutta la canzone in silenzio. Non c'erano dubbi, Gabriele l'aveva visto entrare. Non poteva ignorare la richiesta, far finta di niente. Il brano terminò e calò il silenzio. Prese la busta e uscì di casa. Si fermò sul pianerottolo. Forse Gabriele lo stava osservando dallo spioncino. Si mise la mano in tasca e tirò fuori la ricevuta del ristorante della sera prima. Sul retro scrisse: «Caro Gabriele, appena finisce questa storia di merda staremo insieme. Stai accanto a tua madre, e non fare cazzate a scuola. Resisti. Fra poco ti riportiamo a casa». Lo firmò *Ground control* e lo mise sopra lo zerbino. Al secondo gradino sentì la porta di Gabriele aprirsi. Sorrise e scese le scale.

Arturo Michelini si stava infilando la giacca quando sentì suonare il citofono. «Dottore, è lei?».

«Salgo».

Gli aprì il portone. Si chiuse la sciarpa, prese le chiavi di casa e si affacciò sul pianerottolo. Sentì i passi di Schiavone. «Come si sente oggi?» gli disse il vicequestore una volta imboccata l'ultima rampa di scale.

«Benone. Insomma. Allora mi dica...».

Rocco gli allungò le foto stampate. «Allora stasera in mezzo ai clienti ci saranno anche i miei uomini. Qualcuno l'avrà visto durante le indagini, qualcuno no. Invece questi sono Rosanna Sbardella, Giovanni Mieli e Goran Mirković...». Arturo prese le fotocopie e le osservò con attenzione. «No... non mi dicono niente, almeno così non mi dicono niente. Ma sa, le facce sono tante».

«Io spero che stasera siano presenti. Se mai li dovesse vedere li tenga d'occhio, per quanto è possibile. Oppure si rivolga con il massimo della circospezione a uno dei miei uomini».

«Va bene. La direzione è avvertita?».

«No, Arturo. Acqua in bocca».

L'uomo annuì. «Ma cosa cerchiamo secondo lei?».

«Non lo so con precisione. Solo un sospetto. Mi raccomando, mi fido del suo colpo d'occhio».

«Solo quello mi è rimasto ormai».

Antonio e Italo erano passabili, se si escludeva il papillon nero su una camicia azzurra che Pierron indossava con una certa nonchalance e che lo faceva sembrare un gelataio dei vecchi film di Hollywood. La situazione andava peggiorando con Casella che aveva optato per una giacca a riquadri clowneschi spezzata da una cravatta a pois blu e bianca. I jeans e un paio di scarpe da ginnastica bianche rompevano, a suo modo di vedere, la seriosità dell'outfit. D'Intino a una specie di casacca di tre taglie più grande arancione scuro aveva abbinato un paio di pantaloni di velluto color bronzo, una camicia marrone e cravatta nera. Sembrava un vecchio ferro arrugginito abbandonato in un cimitero di macchine. Ma la sorpresa fu Deruta. Fasciato in simil smoking monopetto a un solo bottone di una stoffa damascata rosa scuro. Collo sciallato con i revers luccicanti viola, pantaloni neri, il tutto sdrammatizzato da un paio di mocassini terra bruciata primavera-estate; tendeva ad assomigliare a una palla matta, di quelle sfere che da bambini si facevano rimbalzare e che assumevano direzioni imprevedibili. Rocco li guardava con le labbra serrate. «Non dovevamo farci notare, sembrate un gruppo del reparto neuropsichiatria in libera uscita».

«La cravatta ce l'abbiamo però» protestò Casella. Mancavano Fumagalli e la Gambino. Arrivarono insieme sull'auto sovietica del sostituto commissario. Tutta la squadra si voltò a osservarli. Alberto Fumagalli portava un completo Harris Tweed a scacchi con scarpe bicolore. Michela Gambino invece sotto un cappotto di velluto bordeaux sfoderava un abito nero lungo con spacco laterale inguinale e un paio di Sergio Rossi tacco 12 rosse ai piedi. Il décolleté generoso era adornato da una collana di pietre verdi. Scattò un applauso convinto. «Hai capito la Gambino...» mormorò Antonio che cominciò a guardare la complottista con altri occhi. Casella era commosso e anche Rocco dovette sottolineare l'eleganza e la grazia della donna. «Embè? Che vi mangiò la lingua il gatto?» chiese quella sorridendo.

«Stai una favola, Michela...» disse Rocco.

«Avevi detto niente colbacco, e non l'ho messo».

«Bene. Ottimo. Allora due parole. Distribuitevi per le sale, ma non entriamo tutti insieme». Cercò di organizzare le coppie in modo da non dare troppo nell'occhio. Gli abbinamenti dovevano essere oculati. «Prima entrano Casella e Deruta, a seguire D'Intino e Antonio, poi Alberto e Michela».

«E tu?» chiese il sostituto.

«Io e Pierron per ora restiamo fuori. Un'altra informazione importante. Arturo Michelini, ricordate?».

«Sì, è il croupier che ha scoperto il cadavere» intervenne Antonio.

«Lui sa che stasera saremo mischiati ai clienti. Lo conoscete tutti, no? Arturo sarà al tavolo della roulette americana, in fondo alla sala. Ora le coppie che ho formato resteranno insieme per tutta la serata. Non fate cenno di conoscervi, non parlate se non con l'uomo o la donna che vi sono stati assegnati; aggiratevi, giocate poco con gli occhi aperti. Mi farò vivo quando la serata finisce».

«Ci stai organizzando le danze tipo ballo delle debuttanti» sottolineò Alberto.

«Un'ultima raccomandazione. Qualsiasi cosa vediate la riferite ad Alberto».

«Perché a me?».

«Perché sei l'unico che con la polizia non ha a che fare e non ti conoscono sicuramente. Insomma, riferite a lui. Tu, Alberto, qualsiasi notizia me la riporti. Tutto chiaro?».

«Tutto chiaro, dottore» disse Casella, «ma io non ho una lira!».

«A quello ci ha pensato Rocco vostro. Ecco qua» mise una mano in tasca e prese un rotolo di banconote. «Allora sono trecento euro a coppia. Fateveli bastare».

«Io ho i miei» fece Alberto rifiutando il denaro. «Guarderò e ascolterò, ma soprattutto giocherò... suerte a tutti quanti».

«E se i nostri ricercati non ci sono?» disse Antonio.

«Se i nostri non ci sono torniamo la settimana prossima. Ma io ho una mezza idea che ci saranno» rispose Rocco.

«Cosa glielo fa credere?».

«Un bluff, e credo non l'abbiano capito e verranno a vedere».

«Boh, se lo dice lei» fece Deruta, presi i soldi si incamminò insieme a Casella verso l'entrata del casinò.

Rocco guardò il gruppo salire le scale e aspettò fino a quando anche Michela, la più lenta per i tacchi vertiginosi, sparì nella notte. Poi guardò Italo: «Tu invece hai un altro compito».

«Quale?».

Rocco contò le ultime banconote: «Sono quattrocentocinquanta euro. Torni ad Aosta, ricompri il laptop e il drone e domani li riporti in ufficio, mettili in un posto strano, come se qualcuno li avesse nascosti lì. Mi hai capito?».

«Ma sono soldi tuoi, Rocco...».

«Fatti i cazzi tuoi e rimetti a posto 'sto casino. Mi devi un favore».

«E se quelli non me li vogliono rivendere?».

«Hai la pistola d'ordinanza con te?».

«Certo».

«Mostragliela e vedrai che si convincono...».

Italo chiuse appena gli occhi. «Io... mi sento una merda».

«Bene. È proprio così che volevo ti sentissi. Vai, sbrigati, io aspetto qui, la notte è lunga».

Si mise le mani in tasca pensando che quella serata stava costando uno sproposito.

Chissà se ne vale la pena, si chiese.

Il problema era sempre lo stesso: Rocco Schiavone prendeva i casi troppo sul personale, li faceva diventare delle sfide private, niente a che fare con la giustizia o con la legge. Ancor meno con qualche remora morale, ammesso che il suo capo ne avesse. L'omicidio, la rapina, lo stupro, diventavano degli affronti che doveva risolvere per difendere il suo ego, affermare in qualche modo di essere ancora vivo. O magari era solo nostalgia, come volesse ricordare la sua adolescenza, quando scatenava risse per uno sguardo o un graffio su un motorino; quando al pericolo si rispondeva con una risata, la paura della morte non c'era e il futuro era un pensiero vago e nebuloso.

Ma sì, si disse, ne vale la pena.

«Cavalli 25 e 26 e 15 e 18 venti euro» disse Fumagalli mentre si sporgeva sul tavolo per piazzare le puntate. Tutti i giocatori frenetici poggiavano le fiches di plastica in un vociare continuo. Michela insisteva col 22 sicura che prima o poi sarebbe uscito. «Giocati pure la dozzina o la colonna se sei convinta» le disse Alberto, «almeno ti rifai la puntata se non esce».

«Come si fa?» gli chiese.

«Metti una fiche qui e una lì».

«Ma così gioco 15 euro!».

«Sì, ma se ti esce uno di quei 12 numeri recuperi un po'. Guarda che il pieno è difficile».

«Ha ragione» fece un uomo alla sinistra del sostituto. «Faccia come le suggerisce il suo amico». Michela lo guardò. Aveva una cinquantina d'anni, capelli bianchi e occhiali da vista spessi che gli ingrandivano gli occhi. Michela sorrise al giocatore e ubbidì.

«Rien ne va plus» disse il croupier. La pallina rimbalzò e si fermò sul 13.

«13 noir impair et manque».

«Niente!» disse Fumagalli. «Guarda che invece te hai vinto».

Michela non capiva. Osservava il croupier che metteva due gettoni di plastica sulle sue puntate. «Hai preso la colonna e la dozzina. Hai visto?».

La Gambino sorrise.

«Bel colpo madame» fece l'occhialuto. Michela prese le fiches sorridente. «Bene. Grazie! Che meraviglia, ancora!».

Su un altro tavolo Casella giocherellava con le fiches facendole sbattere in caduta libera da una mano all'altra e guardava la sala avvolta nel chiaroscuro delle luci alogene. Dopo un'ora aveva già perso 200 euro. Non capiva niente di quel gioco e Deruta ne sapeva meno di lui. Si limitavano a copiare gli altri giocatori. Mettevano soldi sui numeri e aspettavano che il croupier glieli portasse via. Niente di che. Ugo Casella allungò il collo. I giocatori del suo tavolo li aveva controllati decine di volte, e anche quelli dei tre tavoli accanto. Si avvicinò a Deruta: «Io vado a fare un giro alle slot» gli sussurrò, quello con un gesto del viso fece intendere che aveva capito. Passò accanto al tavolo dove D'Intino e Antonio erano impegnati a giocare e a osservare i compagni di sventura del tavolo. Fece appena un sorriso a D'Intino il quale gli rispose stringendo due volte la bocca a culo di gallina. Ugo Casella si sentiva dentro un film di James Bond. Sarebbe stato bellissimo avere gli auricolari con il microfono nascosto nel polsino della camicia.

«D'Inti', vacci piano, hai già perso quasi tutto» lo rimbrottò Antonio Scipioni che aveva ancora quasi tutti i soldi. L'agente abruzzese invece spaparanzato sul tavolo da gioco non faceva che puntare numeri. «Rien ne va plus...» urlò il croupier. D'Intino a labbra serrate osservava il disco che girava vorticosamente coi suoi numeri rossi e neri. Sembrava volerlo ipnotizzare. La pallina rimbalzò una decina di volte.

«36, rouge pair et passe».

«Chi sciccise!» l'agente abruzzese si menò un pugno sulla mano aperta. «Ho giocato il 36 tre volte e non m'ha scite. Mo' che non lo so' jucate ha scite!» si lamentò con Scipioni. Quello scosse il capo. «Ti stai facendo prendere, D'Inti'... devi osservare la gente».

«Sì sì, mo'... mannaggia a la matina» imprecò mentre le mani agili del croupier razzolavano soldi, pagavano puntate, infilavano la mancia nel cassetto alla sua destra. «Come si giocano gli orfanelli?».

«D'Inti', ma che ne so?».

«I vicini dello zero?».

«Allora non ci senti? Non ci capisco un cazzo. Ora cambiamo tavolo».

«No, qui c'è la fortuna».

Antonio afferrò D'Intino per un braccio. «Non siamo qua a giocare, imbecille. E muoviti!».

Riluttante l'agente abruzzese seguì il collega. Cominciarono ad aggirarsi per la sala. C'erano molti uomini, poche donne, qualcuna vestita elegante, illuminati appena dalle luci schiacciate sui tavoli, seri in volto seguivano ragionamenti oscuri concentrati su sequenze, numeri e colori. Qualcuno saltava da un tavolo all'altro come un grillo. «Mi pare un manicomio» mormorò Antonio che era già stanco di quell'ambiente. Una donna truccata con i capelli raccolti in uno chignon fissò D'Intino dritto negli occhi. L'agente si sentì sciogliere. Diede di gomito ad Antonio. «Oh... quella mi guarda».

«Chi?».

«Al tavolo alla destra. Tiene un vestito rosa...».

Scipioni si sincerò. «È una zoccola» sentenziò. D'Intino divenne serio. «Mo' perché ha guardato me dici che è una zoccola? E se guardava te invece ci scommetto che era una signora».

«Se guardava me sempre zoccola era, perché zoccola è».

«Sai che ti dico mo'? Vado a vedere poi mi dici» strappò le fiches dalle mani di Antonio e si allontanò, diretto verso la donna col vestito rosa seduta al tavolo. Antonio lo lasciò fare. Si aggirò ancora per la sala in mezzo a un gruppo di clienti che odoravano di dopobarba dolciastri. Vide Arturo Michelini, il croupier vicino di Favre, al lavoro a un tavolo accanto alla parete. Quello alzò appena lo sguardo e fece capire di averlo riconosciuto. Antonio gli sorrise appena. Ma Arturo lo fissava. Lasciò andare la pallina con un'occhiata eloquente diretta al poliziotto. L'agente si accostò al tavolo. «Faites vos jeux» disse Arturo. Scipioni buttò una fiche da venti sul tavolo senza guardare. Era vicinissimo al croupier che però non alzava lo sguardo. La pallina si fermò. «28 noir pair et passe». Arturo cominciò a razzolare fiches, pagare le puntate veloce come una saetta. I giocatori del tavolo guardavano il tappeto verde. Veloce l'impiegato del casinò si sporse e sussurrò nell'orecchio dell'agente: «Bar primo piano». Antonio annuì e si allontanò. «Signore!» lo richiamò Arturo. Il poliziotto si voltò. «Ha puntato 20 euro sul carré... prego» e gli allungò una colonnina di gettoni. L'agente li prese e ringraziando si allontanò.

160 euro... buttali, si disse.

«Ha vinto!» gli disse un uomo sui 60, magro, pochi capelli, pallido come un cencio, sbarrandogli la strada.

«Pare di sì» rispose Antonio.

«A me stasera non ne va una dritta. Ho subito dei colpi al black allucinanti. Tre volte chiedo la carta, tre volte la figura. Invece com'è? Il banco arriva sempre a 8 oppure 9. Coincidenze?».

Scipioni lo guardava senza capire.

«Mi devo rifare. Vado a tentare qualche colpo alla roulette. Ora sono in imbarazzo, però forse lei mi può aiutare. Se mi presta un centino mi dà la possibilità di risalire».

«Non ho capito» fece Antonio, «vuole delle fiches da me?».

«Ma gliele restituisco! Guardi, tre puntate e sono da lei!».

Antonio prese i gettoni, cercava di contarli quando alle spalle risuonò una voce. «Vi conoscete?» era apparso un uomo elegante in giacca e cravatta. Alto e magro come un lampione. «No...» fece Scipioni.

«Lei sta chiedendo di nuovo soldi?» si era rivolto al questuante.

«Io? Ma no, solo per una puntata, poi li restituivo e...».

«Facciamo così, signor De Nava, io non ho visto niente, lei lascia il casinò e ci mettiamo una pietra sopra. Altrimenti...».

«No no, va bene, vado, sparisco...» si inchinò appena all'agente Scipioni. «Grazie e scusi. È stato un piacere» poi rapido si dileguò fra i tavoli.

«Lei è nuovo di queste parti?».

«Sì...» rispose Antonio.

«Candreva... controllo. Se dovesse succedere ancora la prego di contattarmi. Questi postulanti sono insopportabili» gli strinse la mano e lo lasciò. Finalmente Antonio fu libero di andarsene al bar.

Accade che ci si fissi con un'idea, la si segua per giorni per poi ritrovarsi in un vicolo cieco e accorgersi di avere sprecato solo tempo. Era questo che gli stava accadendo, pensava, mentre scrutava il mezzo scontrino con gli appunti di Romano Favre seduto in un bar di fronte al casinò? Erano appunti preziosi o poco più di una lista per la spesa?, si chiedeva.

Le tre lettere, A, B e C, unite con delle linee. Cosa significavano? Erano tre situazioni diverse collegate fra loro? Oppure erano le iniziali di tre persone? Non di Giovanni Mieli, Rosanna Sbardella e Goran Mirković. A meno che le tre lettere, A, B e C, non fossero solo generiche, non segnalavano un nome con precisione. Le frecce facevano capire che A e C avevano rapporti con B, fra loro invece no.

Niente. Non ne usciva. I numeri scarabocchiati sul retro poi? Vecchi conti bancari? Spese condominiali? La scritta era inintelligibile. Cos'era? Libaniuiska? Liubanbalah? Liponiskaja?

«Che cazzo c'è scritto?».

Il cellulare suonò l'inno alla gioia. «Dimmi, Casella».

«Sono alle slot. Nella sala fumatori c'è Rosanna Sbardella».

«Ottimo, Casella, ottimo. Stattene accanto a lei. Che fa?».

«L'ho vista entrare. Ha cambiato un sacco di soldi e s'è messa seduta. Per ora se ne sta lì da sola e fuma».

«Non la mollare. Deruta è con te?».

«No. Come faccio ad avvertire Fumagalli?».

«Ci penso io. Stalle dietro!».

Bene, la prima bella notizia della serata dopo il vestito della Gambino, pensò. Ripiegò il foglietto deciso a prendersi un altro caffè. Alzò la mano e la cameriera si avvicinò subito al tavolo. «Mi porti un caffè. E una cosa dolce. Ce l'avete?».

«Qualche pasticcino al cioccolato?».

«Quello che c'è».

La ragazza se ne andò proprio nel momento in cui nel locale entrava Oriana Berardi. Imbacuccata per il freddo fece solo due passi, poi si accorse di Rocco. Sorrise e si avvicinò. «Com'è da queste parti, dottore?».

«Non avevo niente da fare ad Aosta» rispose il vicequestore facendo cenno a Oriana di sedersi al tavolo con lui. «Posso offrirle qualcosa?».

«Solo un caffè, grazie».

«Ancora al lavoro?».

«Sì, stasera devo chiudere delle pratiche urgenti e tiro tardi».

«Di venerdì sera?».

«Eh già... lei invece? Non mi dica che è qui a tentare la fortuna!».

«E perché no? Un poliziotto non può giocare?» alzò una mano per attirare l'attenzione della cameriera. «I caffè sono due!» le gridò. Quella annuì. «No, la verità? È che ho un appuntamento con una signora» disse.

«Lei non perde il vizio».

«Cos'altro resta da fare nella vita secondo lei?».

Oriana sorrise. «Non lo so. Forse una famiglia?».

«Ma per quello bisogna avere un po' di fortuna, è d'accordo?».

«Direi di sì» rispose. La cameriera lasciò le ordinazioni sul tavolo. «Come va il lavoro, dottor Schiavone?».

«A gonfie vele».

«Risolto l'omicidio?».

«Se l'avessi risolto lo avrebbe letto sui giornali» e guardò Oriana negli occhi.

«Non li leggo».

«Fa male».

Oriana avvicinò la tazzina alle labbra. «Non credo ai giornali, non credo alle televisioni».

«Lei è religiosa?».

Oriana finì il caffè. «Com'è questa domanda?».

«In qualcosa si deve pur credere, no?».

«Credo nei numeri. Credo nelle prove, credo soprattutto nelle cose che faccio. Perché le so fare bene».

«Beata lei».

«E lei Schiavone non è qui per una signora... sbaglio?». Rocco non rispose, continuò a fissarla. «Lei ha già preso il caffè, ne sta bevendo un secondo, se non addirittura un terzo, e non mi sembra il tipo che aspetta una signora in ritardo, semmai quello in ritardo è sempre lei».

«Ha un buono spirito di osservazione».

«È il mio lavoro, in fondo. Pensa che il casinò abbia a che fare con la morte di Favre?».

«Queste sono cose riservate, non azzarderei...».

Oriana prese un dolcetto e lo portò alla bocca. «Come posso aiutarla?».

Rocco si fece una risatina. «Il modo ci sarebbe, ma da quel punto di vista lei non vuole collaborare».

«Se può servire alle indagini io sono con lei. Si fidi».

Rocco mise la mano in tasca e allungò il foglietto con gli appunti a Oriana. «Secondo lei che significa?».

Oriana lo lesse. Lo rigirò.

«Per esempio, che c'è scritto sul retro?».

Oriana osservò la scritta storcendo appena la testa. «Ljubljanska Bank».

«E che è?».

«Una banca slovena. Ma queste lettere non le capisco».

«Una banca slovena... questa è già una splendida notizia, signora Berardi...».

«Quando serve sa dove trovarmi. Bene. Io torno al lavoro. Mi ha fatto piacere incontrarla, dottor Schiavone».

«Anche a me. A presto, Oriana» e le fece l'occhiolino.

Antonio arrivò al bar. Goran Mirković, col suo metro e novanta e il fisico atletico se ne stava poggiato al bancone a sorseggiare un liquore rossiccio. Masticava il ghiaccio come fosse una gomma americana e si guardava intorno. Staccava sugli altri maschi seduti ai tavolini e le signore non gli lesinavano sguardi che lui riceveva con un accenno di sorriso. Antonio prese il cellulare e digitò un sms a Rocco. Alle sue spalle si materializzò Deruta. «L'hai visto anche tu?».

«Sì, ma con me non devi parlare».

«Casella è sparito da un pezzo, ho finito i soldi e non so che fare».

«Deruta, non mi devi parlare. Ho avvertito Rocco, ora vai a riferire a Fumagalli che Goran Mirković è qui».

«Ricevuto. Secondo te Casella dov'è?».

«Ma che cazzo ne so, Miche'!».

«Allosanfant, e tirami un numero!» sbottò un giocatore anziano coi capelli bianchi e radi mentre il croupier rideva sotto i baffi.

«Faites vos jeux» disse quello osservando gli altri clienti. Notò un uomo ciccione vestito con una giacca rosa damascata avvicinarsi al tipo buffo con le scarpe bicolori pettinato come un irlandese degli anni '20. Allosanfant sospettava fossero dei circensi in libera uscita. Vide che il ciccione con la giacca fluorescente gli sussurrava qualcosa all'orecchio distraendolo dalla puntata che stava per fare. Poi se ne andò e l'altro poté finalmente scommettere le fiches. «Cavalli 12 e 13 e 22 e 23» disse con un accento toscano gettando cinquanta euro sul tappeto. Accanto a lui la donna col décolleté esagerato e molto attraente se ne stava in piedi a guardare senza muovere un ciglio. Ma non doveva essere una prostituta. Aveva gli occhi vivaci e Allosanfant gli occhi tristi delle puttane li conosceva bene.

«Rien ne va plus» disse Allosanfant, al secolo Gino Villermoz, osservando la pallina.

«22 noir pair et passe».

Alberto si lisciò il ciuffo. «Evvai bellino!» disse a Michela, che da due turni non si decideva a giocare. Il croupier baffuto gli mise 275 euro sulla puntata che Alberto raggranellò felice. «Beccato il cavallo, amica mia!».

«Bel colpo, Alberto».

«Te non giochi?».

«Non mi va più... mi sto annoiando».

«Le posso offrire qualcosa?» una voce bassa, cavernosa e impostata la fece voltare. Non le era sfuggito l'accento meridionale e quando si trovò davanti il viso di Giovanni Mieli Michela non riuscì a nascondere un moto di sorpresa. «Perché?» gli chiese.

«Perché ci stiamo annoiando tutti e due e forse una pausa al bar potrà schiarirci le idee».

Alberto gettò un'occhiata a quell'uomo importuno, era pronto a una reazione veemente ma si placò riconoscendolo subito. «Vai vai, Michela, io faccio ancora qualche puntata, ci vediamo lì».

La Gambino sparò un sorriso falso e lasciò il tavolo seguita da Giovanni Mieli. Alberto prese il cellulare. «Rocco? Alberto. Allora, ci siamo. Ho appena visto Mieli e mi hanno riferito della presenza di Mirković. Ora sono tutti al bar».

«Bene» rispose Rocco. «Anche la Sbardella è dentro. Seguili...».

«Ricevuto!». Alberto si mise le fiches nella tasca della giacca e lasciò il tavolo.

«Che fa? Se ne va ora che vince?» gli chiese una signora.

«Faccio come Brigitte Bardot e Greta Garbo: sparisco quando sono all'apice della carriera. Con permesso...».

«È la prima volta che viene?».

«Non rispondo alle domande se prima non conosco il nome di chi me le fa» disse Michela con un sorriso smagliante.

«Mi chiamo Giovanni Mieli».

«Lei non è di queste parti».

«Non potrei salire alle roulette, no?».

«No... ha ragione».

«Sono di un paesino vicino Caserta. Vengo ogni tanto per lavoro, mi piace giocare. Lei?».

«Sono di un paesino vicino Palermo. Vengo ogni tanto per lavoro. Provo a giocare».

Arrivarono al bancone. Goran Mirković era ancora lì. Michela scambiò un'occhiata veloce con il ragazzo, poi guardò il barman: «Un prosecco per piacere».

«Due» fece Mieli. «E lei che lavoro fa?».

«Oh, niente di interessante. Import-export».

«Io invece ho un'attività agroalimentare».

«Interessante. Cosa coltiva?».

«Faccio soprattutto mozzarelle».

«Le mozzarelle Mieli?».

«No. La società si chiama Belfiore. Mai sentite?».

«Non mangio latticini, fanno male, spesso nel latte ci sono microdepositi che entrano in circolo nel sangue e possono infettare l'apparato digerente».

«È un medico?».

«No, ma conosco la vita...».

Mieli strizzò gli occhi. «Invece lei? Lavora con suo marito?».

«Non è uno che ci gira intorno, vero?».

Mieli scoppiò a ridere. «Vero, ma è una domanda naturale quando si incontra una donna così attraente».

«E misteriosa...».

«Cosa intende?».

«Che non voglio risponderle, quindi sono misteriosa. Allora, come le va il gioco stasera?».

«Sono appena arrivato, ancora non lo so. È un modo per passare il tempo e magari fare qualche bell'incontro».

Con la coda dell'occhio Michela notò Antonio e Deruta seduti a due tavoli distanti.

«Alloggia qui?».

Michela prese il bicchiere di prosecco che il barman le aveva appena servito su un tovagliolino rosso. «No. Lei?».

«Sì. Al Posta vicino alle terme. C'è mai stata?».

«Odio le terme. Lo sa? Sono radioattive. Tutti pensano che abbiano un'influenza positiva sulla pelle e sulle vie respiratorie, in realtà servono ad altro».

«Mi dica». Mieli interessato sorseggiava il vino.

«Rendono la mente radioattiva. Diventiamo tutti dei piccoli radiotrasmettitori. Lo sa che nelle piombature dei molari di mia nonna una volta ho sentito Radio Dimensione Suono? E lei andava sempre ad Abano».

Mieli fece una smorfia. «Non la capisco».

«Controllo, signor Mieli. Si tratta di controllo. Se uno diventa un ricetrasmittente qualunque operazione che ha a che fare con l'elettronica, bancomat, carta di credito, telefonata al cellulare o anche il semplice passaggio al cancelletto della metro o al controllo dell'aeroporto, può essere registrata. Si è mai chiesto perché sulle mail le arrivano pubblicità di prodotti che lei non ha mai cercato in rete ma magari ne ha solo parlato con un suo amico al telefono?».

«No... non me lo sono mai chiesto».

«Male. Lei è un'antenna e vive senza saperlo. Ora mi perdoni, devo andare un momento alla toilette» e posò il bicchiere.

«L'aspetto qui?».

Michela rispose con un'alzata di spalle e si dileguò veloce zigzagando fra i tavoli.

«Cazzo se sei strana...» mormorò Giovanni Mieli godendosi la schiena seminuda della donna.

«L'ha importunata di nuovo quell'uomo?».

Antonio girò la testa e vide in piedi accanto a lui Candreva, il controllore di sala.

«Mi scusi?».

«Quel signore che prima le ha chiesto soldi in prestito, l'ha importunata di nuovo?» parlava e si muoveva con eleganza affettata, qualcosa che aveva imparato ma aveva l'aria di essere posticcia. La cosa che stonava con il suo aplomb era un tatuaggio che faceva capolino dal collo della camicia smoking. «Ah, quello? No, non l'ho più visto. Grazie, è tutto a posto».

«C'è qualcosa che possiamo fare per lei?».

Antonio stava per chiedergli un altro drink, ma non lo fece, quello non era un cameriere. Vide Goran Mirković andare via dal bar. Si alzò dal tavolino di scatto. «No, nulla, grazie. Torno a giocare».

«Bene. Siamo tutti qui per quello in fondo, no?».

I due uomini si guardarono. «Io sì, lei mi pare che qui ci lavori».

Candreva scoppiò a ridere. «Vero, ha ragione. Ma in fondo io sono qui perché persone come lei possano giocare tranquillamente e senza disturbi».

«Forse qualcosa per me la può fare» il controllore si avvicinò. «Vede quella bella donna al bar? Che parla con quel signore col pizzetto senza capelli?» e con lo sguardo indicò Michela Gambino.

«Certo».

«Lei sa dirmi chi è?».

«No. Non saprei. È la prima volta che la vedo. È insieme a un signore un po' eccentrico, quello con il vestito inglese a scacchi, vede? Laggiù, se ne sta da solo a quel tavolo».

«Non sembra il marito».

«Anche io dico di no».

«Magari il fratello?» chiese Antonio. Candreva allargò le braccia.

«Mi piacerebbe conoscerla. Ne approfitto non appena resta da sola. Anche se il pelato mi pare uno che non abbandona la preda».

Candreva divenne serio. «Non mi riguarda. Io controllo la sala».

«E allora, se controlla la sala, mi dice perché è venuto a farmi domande al bar? L'uomo che mi ha importunato l'ha cacciato lei stesso. Cos'è che vuole da me?».

Si guardarono. «Lei scambia la premura per qualcos'altro».

«Può essere». Antonio si allontanò dal tavolo sotto lo sguardo risentito del controllore di sala.

Sabato

Le strade di Aosta erano gelide e deserte. Le uniche luci accese erano quelle dei lampioni che si sarebbero spente solo all'alba. Case e negozi dormivano, anche i semafori. Al secondo piano della questura la luce era accesa.

Deruta, Casella e Italo erano afflosciati sul divanetto. Rocco seduto sulla scrivania fumava. Antonio se ne stava a braccia conserte vicino al termosifone che a quell'ora era spento. Lupa indispettita per quell'invasione era andata a riposare nella stanza dei passaporti. Finalmente anche Alberto e Michela entrarono nella stanza. «Una serata allucinante!» sbottò Michela tirando la borsa sul divanetto centrando in pieno Deruta. «Tre ore a parlare con Mieli. Roba da matti! Mi ha polverizzato la minchia con le sue mozzarelle Belfiore. Volete sapere di cosa si nutrono le bufale o il processo di sterilizzazione del latte?».

«Bene signori» fece Rocco, «sono le tre e un quarto. Siamo tutti stanchi. Riportate...».

Casella alzò la mano. «La Sbardella se n'è stata seduta tutto il tempo a fumare o al bar. Ogni tanto si alzava e andava a cambiare denaro. Più di una decina di volte, ma giocare non ha mai giocato. Quando se n'è andata l'ho seguita fino all'albergo, che si chiama Hotel Olimpic».

«Lo stesso ha fatto Goran Mirković. Non ha giocato, ha solo cambiato, e anche lui alloggia all'Olimpic» intervenne Antonio. Rocco annuiva in silenzio.

«Mieli m'è stato appiccicato tutta la sera» Michela lanciò un'occhiataccia a Fumagalli, «e te non hai alzato un dito».

«Bellina, so' mica tuo marito» rispose Alberto soffocando uno sbadiglio.

«Dottore, qui ci sono i trecento euro». Deruta restituì i soldi a Rocco. «Ma c'è una cosa che le devo dire. Io ero alla cassa dietro la Sbardella. E lo sa? All'uscita ha cambiato 13.000 euro di fiches. S'è presa l'assegno e se n'è andata».

Rocco spense la sigaretta e prese i soldi. «Senza aver mai giocato?».

«Mai» fece Casella. «L'ho tenuta d'occhio tutta la sera. E dico che alla fine s'è ripresa quello che ha cambiato».

«Bimbini, anche io ho vinto quattrocento euro. Al cambio avevo Goran proprio dietro. Ho aspettato e lo sapete? S'è preso 15.000 euro di fiches. Ma nessuno di noi l'ha mai visto puntare una lira neanche alle slot machine».

«Già» confermò Antonio.

Rocco sorrise. «Mieli?».

«No» disse Michela. «Non è neanche passato alla cassa. Siamo usciti alla chiusura, voleva che andassi all'albergo con lui, e l'ho salutato cortesemente. Strano, mi sono detta, dice che viene sempre a giocare ma non aveva neanche una fiche...».

«Non è strano... È chiaro». Rocco si alzò dalla sedia. «È tutto chiaro. Il gioco è andato a puttane, qualcuno ha cantato».

Lo guardarono a bocca aperta. «Riciclano denaro. Portano dentro soldi, danno le fiches al riciclatore che li cambia e il gioco è fatto! Ogni weekend il delinquente si porta a casa soldi puliti, vinti al casinò, anche se non ha mai puntato una fiche sul tappeto verde».

«Non ho capito» disse Casella.

«Sono... d'accordo?» chiese Fumagalli.

«Il giro che fanno è questo: Sbardella e Goran cambiano i soldi. Mieli invece è senza una lira. Alla fine della serata Mieli cambia tutte le fiches che Sbardella e Goran gli hanno passato, perché i soldi sono di Mieli. Insomma i due complici fingono di perdere e Mieli si ritrova il malloppo pulito. Ora è chiaro? Solo che stasera hanno sgamato e non hanno fatto il giochetto».

In quel momento col fiatone Italo spalancò la porta. «Scusate...» aveva l'aria stanca, distrutta.

«Finalmente, ma dov'eri?» gli chiese Deruta, ma quello non rispose.

«Bene arrivato Pierron. Hai sentito tutto?».

«Sì, ho sentito la sua spiegazione. Insomma, hanno capito che eravamo lì?».

«Qualcuno del gruppo conosce uno di noi, l'ha visto o frequentato e ha avvertito...» disse Rocco sorridendo.

«Chi?» fece Casella. «E perché sorride?».

«Cazzi miei. Intanto vediamoci chiaro...». Rocco recuperò il foglietto misterioso di Favre. «Ecco qui. C può indicare il croato, Goran? Peraltro sul retro c'è il nome di una banca slovena. Slovena, Anto', come il cellulare che ha chiamato Favre nel bel mezzo della notte dell'omicidio».

«Oh cazzo» fece l'agente.

«Ho il sospetto che sia quello che porta i soldi. La B...».

«La B potrebbe essere Belfiore?» suggerì Italo.

«Potrebbe, sì. Manca la A».

Alberto schioccò la lingua. «C'era un croupier, al mio tavolo, mi controllava continuamente. Me ne sono accorto perché più di una volta teneva lo sguardo dritto su di me. Anche quando te Deruta sei venuto ad avvertirmi, la sensazione era che gli interessasse e molto cosa stesse succedendo».

«Quindi?».

«Non conosco il nome, ma un vecchio giocatore lo chiamava Allosanfant, e quello rideva». Guardò tutti. «Un soprannome, può essere la nostra A, no?».

«Perché no? Un croupier serve sempre...» fece Rocco.

«Aspettate, aspettate!» disse Antonio. «Se c'è di mezzo anche qualcuno del casinò allora la C potrebbe essere l'iniziale di un cognome».

«E hai un'idea?» gli chiese Rocco.

«Candreva?».

«Chi cazzo è?».

«Un controllore di sala. Che mi si è attaccato come se volesse ficcanasare...».

«Sospettiamo un appoggio del controllo in sala perché il riciclaggio vada a buon fine? Teniamoci per buona anche questa ipotesi. Ce ne sono altre?». Alla domanda di Rocco nessuno rispose. «Domani a mente fresca ne riparliamo». Rocco guardò l'armata che si muoveva. «Un attimo! D'Intino? Dove cazzo sta? Chi era con lui?».

«Io!» disse Antonio. «L'ultima volta che l'ho visto ha puntato dritto una prostituta, poi da lì niente più».

«Dài che ce lo siamo tolto di mezzo. Allora buonanotte a tutti tranne a Italo e due volontari».

Alberto e Michela scivolarono fuori senza dire una parola. Antonio chinò il capo: «Forza, uno sono io».

«E io l'altro» fece Casella. Deruta allargò le braccia. «Grazie, lo sapete io fra mezz'ora ho il turno al panificio».

«Ma che dobbiamo fare?» chiese Antonio abbattuto.

«Ci prendiamo una ventina di caffè e torniamo a Saint-Vincent. Non abbiamo finito!».

Rocco e Italo avevano parcheggiato a poca distanza dall'Hotel Olimpic in una via defilata. Un vento potente torturava alberi e cespugli. In strada non c'era nessuno e il cruscotto dell'auto indicava che la temperatura era scesa sotto lo zero. Italo lottava con le palpebre che gli calavano, Rocco invece se ne stava con gli occhi fissi a guardare la struttura che ospitava la Sbardella e Goran Mirković. Lupa russava dal sedile posteriore. «Hai rimesso tutto a posto, Italo?».

«Sì... non c'è stato bisogno di tirare fuori la rivoltella... hanno preso i soldi e mi hanno restituito tutto...».

«Hai messo a posto gli oggetti?».

«Sì... il computer nell'armadio dietro i faldoni dei passaporti, il drone invece nel magazzino cancelleria...» sbadigliò e chiuse le palpebre.

«Bene...». Rocco lanciò un'occhiata alla strada. «È vicino alla casa di Favre quest'albergo» fece Rocco.

«Eh...?». Italo si riprese.

«Fa niente. Dormi. Magari levati il papillon che fai ridere». Ma Italo era crollato in un sonno adolescenziale. Rocco si sporse a guardare la luna che era poco più di un'unghia cullata nel cielo. Presto sarebbe sparita. Un'ombra attraversò la piazzetta diretta verso via Marconi. Sprofondata in un giaccone e con un cappello in testa la persona camminava veloce con le mani in tasca. Sembrava una ragazza magra, i pantaloni stretti e dal cappello uscivano delle ciocche di capelli. Si fermò solo un attimo in mezzo alla strada, si accese una sigaretta con qualche difficoltà per il vento. Il fuoco per un momento le illuminò il profilo. A Rocco parve di vederla sorridere. Poi come era apparsa se ne andò perdendosi dietro l'angolo del palazzo. Rocco guardò l'ora. Le cinque e venti. Sbadigliò. «Mado' che palle!» ringhiò. Si accese una sigaretta. Tre minuti e l'abitacolo era una camera a gas. Italo si svegliò tossendo. «Ma che...» solo allora Rocco tirò un po' giù il finestrino. «Scusa...» una coltellata fredda penetrò nell'auto. Italo si mise a braccia conserte e riprese il sonno. Rocco finì la sigaretta, la gettò fuori dall'automobile e prese il cellulare.

«Antonio, tutto a posto?».

«Da qui intravediamo l'hotel... tutto tranquillo».
«Qualsiasi movimento di Mieli comunicamelo immediatamente».
«Certo. Casella però dorme».
«Lascialo stare, ha un'età... vedi di non farlo anche tu».
«Se mi chiami ogni tre minuti ci riesco».
Rocco sorrise. «Occhi aperti, Anto'!». Si mise il telefono in tasca e aprì la portiera. «Mo' te devi sveglia'» disse a Italo.
«Sì?» rispose quello a occhi chiusi.
«Ho detto te devi sveglia'! Vado all'albergo. Appena entro tu chiama la reception e ammucchia una stronzata su una prenotazione da Bologna... da Firenze, da dove te pare a te. Che dialetto sai fare?».
«Io? Il romanesco».
«Famme senti'?».
«Buoggiorno, me sserve 'na stannza ppe' ddue perzonne!».
«Pare che sei affetto da un disturbo al setto nasale. Ma tanto questi non lo capiscono. Va bene, parla e fallo chiacchiera' a lungo, capito?».
Scese chiudendosi il loden. Il freddo azzannava la testa e i piedi. A passo rapido si avviò verso l'albergo. Era ancora chiuso. Suonò il campanello. Poco dopo un assonnato portiere di notte si affacciò e aprì la porta. «Buonasera... dica...».
Rocco entrò nel calore della hall. «Tanto per cominciare buongiorno che sono quasi le sei. Polizia, controllo!».
L'uomo impallidì. «A quest'ora?».

«Diciamo che facciamo i controlli quando cazzo ci pare?».

Improvvisamente nervoso, l'uomo si pettinò con la mano i pochi capelli biondi. Girò dietro il bancone e afferrò il registro delle presenze. «Bene. Mi faccia anche vedere i documenti riportati» guardò il pannello delle chiavi. «Gli ospiti sono tutti in camera?».

«Sì, a parte quelle quattro chiavi, sono stanze non affittate...» il concierge richiamò alla memoria la schermata dei nominativi. «Ecco abbia pazienza, io sostituisco il portiere di notte per qualche giorno e non è che...».

Rocco guardava il registro. Rosanna Sbardella, stanza 102, e Goran Mirković, stanza 107».

«Quanti piani ha l'hotel?».

«Piano terra e primo piano. Sono in tutto 28 stanze... ecco, se vuole controllare le documentazioni». Rocco fece il giro del bancone e andò a guardare il monitor acceso. In quel momento suonò il telefono poggiato su un tavolino accanto al computer. «Mi scusi... Pronto? Sì... per quante persone? La sento male... un momento...» coprì il microfono del telefono. «Posso prendere un attimo il registro?». Rocco glielo passò. «Ecco, sì, mi dica».

«Il bagno» fece Rocco.

«Un momento scusi...» coprì di nuovo il ricevitore. «Il bagno è lì, dietro il paravento prima delle scale». Rocco si avviò. «Allora mi diceva una stanza per due. Che periodo le serve?».

Schiavone veloce percorse il corridoio e arrivò alla finestra che dava sulla veranda esterna proprio su via

Mus, la strada di Romano Favre. Girò la chiave e tornò indietro, aspettò qualche secondo, poi si ripresentò al concierge. «Non ho capito!» gridava quello alla cornetta, stava ancora al telefono con Italo.

«Tutto a posto e buon lavoro» gli disse Rocco. L'uomo sorrise, felice di togliersi quel peso dallo stomaco, e salutò con un leggero inchino del capo accompagnando con lo sguardo il vicequestore alla porta dell'hotel. «Mi scusi, non ho capito, se c'è qualche barriera architettonica? Abbiamo le stanze al piano terra che andrebbero benissimo».

Tornò velocemente all'auto. Italo era ancora impegnato nella conversazione col portiere di notte. «No, er bagnio me sserve dopio sinò famo un cassino».

Rocco gli fece cenno di chiuderla lì. «Vabbè signo', mo' risento mamma che se sveja e richiammo... grazie e bona giornatta!». Rimise il telefono in tasca. «Che è questo sorrisetto?».

«Niente...».

«Provaci tu a parlare valdostano».

«Quando tu sarai un vicequestore bellissimo e dalle spiccate doti investigative e io un agente che non conta un cazzo, allora parlerò valdostano».

«Ricevuto» disse Italo. «Noi che facciamo?».

«Aspettiamo una ventina di minuti e entriamo».

«Come entriamo?».

Aperta la porta-finestra, silenziosi come gatti randagi aggirarono il paravento e cominciarono a salire le scale. La moquette che rivestiva i gradini attutiva i passi. Dalla reception nessun suono, il portiere aveva spento la luce della hall e probabilmente si era rimesso a dormire. Arrivarono al primo piano. La lampada notturna colorava il viso dei due poliziotti di un viola acido. La prima stanza sulla sinistra era la 102. La serratura era elettronica. «Come facciamo?» chiese Italo sottovoce. Rocco si mise una mano in tasca. Tirò fuori una specie di carta di credito. «Che è?».

«Il passepartout... ho pronunciato bene il francese?».

«E dove l'hai preso?».

«Nel cassetto sotto il registro... ora silenzio assoluto» passò la carta nel dispositivo che divenne verde e scattò. Aprì piano la porta. La luce della strada penetrava dalla finestra. Rocco fece cenno a Italo di aspettarlo nel corridoio. Accostò la porta. Sul letto la figura di una donna che dormiva, aveva il respiro pesante, da fumatrice. Aveva gettato scarpe e vestiti ai piedi del letto. Rocco si chiedeva sempre perché la gente negli alberghi si comportasse come se fosse drogata di ecstasy nel mezzo di un rave party. Chi a casa sua butta i vestiti per terra o lascia il bagno un immondezzaio e gli asciugamani sparsi come se ci fosse stata un'evacuazione? E soprattutto a colazione mangia quanto un sommergibilista russo dopo sei mesi di profondità marine? Gli italiani soprattutto, che al massimo consumavano due biscotti e un caffè, negli alberghi spazzolavano uova, prosciutto, fagioli, plumcake, formaggio e sei marmellatine con quattro pagnotte al sesamo. La valigia era poggiata sulla sedia. La borsa invece sul letto, aperta. La controllò. Nel portafogli i documenti e un assegno da 13.800 euro del casinò. Rocco lo prese e lento tornò indietro, riaprì la porta della camera. Italo era lì fuori.

«E uno... forza...» proseguirono verso la stanza 107.

«Rocco io me la sto facendo sotto».

«Allora usa il bagno...».

Italo annuì guardandosi intorno.

Rocco penetrò nella seconda stanza. Le tende erano tirate e il buio era totale. Accese il cellulare puntandolo a terra per poter vedere almeno i contorni degli oggetti ed eventuali ostacoli. Sul letto l'ombra era enorme. Rocco la inquadrò appena sporcandola di una luce azzurrognola. C'erano quattro piedi che uscivano dalle lenzuola, e una gamba muscolosa sulla destra. Goran dormiva pancia all'aria, nell'incavo della sua ascella riposava la testa bruna e riccia di una ragazza con una schiena liscia e tornita. Si complimentò idealmente col croato e cominciò a guardarsi intorno. Nella valigia non c'era traccia di buste, e neanche nella giacca attaccata al servomuto. Niente nell'armadio. Un dettaglio lo colpì. Piumino e lenzuola erano tirati e avevano messo a nudo l'angolo del materasso dal quale spuntava un'enorme etichetta di fabbrica, pareva una lingua di cotone. Rocco si chinò e infilò la mano fra la rete a doghe e lo strapunto. L'assegno era lì sotto. Lo prelevò con una pazienza chirurgica. Poi in punta di piedi si avvicinò alla porta. Appena mise la mano sulla maniglia una voce strascinata lo gelò: «Pustite me!». Si voltò appena. «Pustite me!» ripeté. Poi un mugugno. «Ma nema žive... duše...».

Restò fermo per qualche secondo. Qualcuno nel letto si girò. Poi i respiri profondi ripresero regolarmente a segnare il tempo. Rocco finalmente aprì la porta. Italo era lì. «Che cazzo stavi facendo, ci hai messo un'ora...».

«Via!».

Stavano per scendere le scale quando qualcosa cadde pesantemente a terra. Rocco fermò Italo e si affacciò per guardare. Una folata aveva fatto crollare il paravento. «Che succede?».

«Ma non hai chiuso la finestra?».

«Certo che l'ho chiusa!».

Al piano terra si accese la luce. L'ombra del portiere apparve sul pianerottolo. Rocco spinse Italo nell'angolo accanto alla stanza 102. Sentirono armeggiare, poi udirono con chiarezza che qualcuno chiudeva a chiave la porta-finestra della veranda. «Ma chi l'ha aperta, Dio mio!...» ringhiava il portiere. Ripassò e spense nuovamente la luce.

Rocco e Italo restarono immobili per qualche secondo.

«Che facciamo?».

«Non andiamo alla porta... sicuro che s'è portato via le chiavi».

«E allora?».

«Stanza 4 al piano terra... forza».

«Perché?».

«È sfitta...».

Scesero lenti i gradini. Videro il paravento nuovamente al suo posto. Rocco si affacciò. La reception era deserta. Veloci finirono di scendere le scale e sgusciarono verso la stanza 4. Usò nuovamente il passepartout sulla porta della stanza. Entrarono. Tutto ordinato e pulito. Rocco andò alla finestra. Scostò le tende e l'aprì. Dava su via Mus. A neanche cento metri c'era la casa di Romano Favre. Scavalcò il davanzale e con un saltino leggero si ritrovò fuori. Italo lo imitò. Poi veloci si allontanarono.

«Che cosa hai imparato stasera?».

«Che ad andare in giro con te prima o poi mi ritrovo in galera» rispose Italo.

«Hai imparato che se hai le chiavi non hai bisogno di scappare da una finestra...» e sorridendo tornò alla macchina. Italo capiva sempre meno.

Richiusero gli sportelli. «Mi spieghi che abbiamo appena fatto?».

Rocco non rispose. Dalle tasche del loden tirò fuori due assegni. «Sono quasi 30.000 euro...» e li mostrò a Italo che per poco non svenne. «Li giriamo e li intaschiamo?».

«Ora perché l'ho fatto?».

«Perché sei il mio eroe!» gridò Italo abbracciandolo.

«No. Primo perché so rubare, secondo perché abbiamo alzato un vespaio. Mo' vediamo che succede».

Italo osservava i due assegni del casinò. «Sono belli, sono belli! Dopo la partita, se va tutto come deve andare, li posso tenere?».

«Manco per il cazzo» li recuperò e prese il cellulare.

«Antonio, sei tu?».

«Eh?».

«Sveglia!».

«Sì, ero sveglio. Tutto tace qui».

«Bene. Datti il turno con Casella che tanto fino a domattina non succede niente».

«Rocco, è già mattina!».

Nonostante fosse sabato Rocco conosceva le abitudini del magistrato che tendeva ad alzarsi a ore antelucane. «Dottore, sono Schiavone».

«Come mai sveglio a quest'ora?» l'uomo di legge aveva il fiatone.

«Appostamento. E lei?».

«Corro... un po' di jogging apre la mente».

«Mi serve un controllo».

«Dica, al suo servizio».

«La società di Guido Roversi, trasporti. Sta a Grand Chemin».

«Che vuole sapere?».

«Innanzitutto che banca usa per i suoi affari. Non le nascondo che sarebbe un bell'acchiappo se avesse a che fare con una banca slovena».

«Poi?» un rumore e un'imprecazione. «Stavo per prendere una storta. Sospetta che c'entri qualcosa?».

«Sì... poi andrò a fargli visita personalmente».

«Bene, presto le darò notizie. Ora mi faccia andare che comincia la salita» e con uno sbuffo il magistrato interruppe la telefonata.

Erano le otto e mezza. Rocco aveva portato Lupa a spasso per una mezz'oretta quando la luce aveva cominciato a colorare case e strade. Poi era rientrato in auto. Le gambe avevano ripreso a formicolare, dietro la schiena denti acuminati lo azzannavano.

«Vuoi fare colazione, Italo?».

«No, sono troppo a pezzi. Io non capisco. Sono le otto e mezza e questi se ne stanno a dormire?».

«E manco io capisco. Sanno che ieri eravamo al casinò, ma non sanno che noi conosciamo i loro nomi e cognomi. Gli abbiamo sfilato 30.000 euro, e se ne restano così? A non fare niente?».

Italo aprì metà finestrino. L'aria pulita li risvegliò. «Vuoi la mia, Rocco?».

«E dimmela».

«Hanno sgamato, come dici tu. Sanno che noi sappiamo. E non fanno passi falsi».

«Se quello che dici è vero, Italo, sono più organizzati di quanto pensiamo. Fra l'altro cominciamo a dare nell'occhio. Spostiamoci dall'altra parte dell'incrocio» e indicò un posto vuoto.

«Signorsì». Italo accese l'auto e dopo una breve manovra si infilò in retromarcia nel parcheggio libero. «Ahhh, adesso sì. Tutta un'altra cosa! Insomma volevi alzare un vespaio...».

Ma Rocco non rispose. Pensava. Italo si azzittì. Un leggero sorriso apparve sulla bocca del vicequestore. «Sono furbi... 'azzo se sono furbi...». L'inno alla gioia di Beethoven quasi fece sobbalzare Schiavone immerso nei suoi pensieri.

«Dimmi, Antonio!».

«No, sono Casella, Scipioni sta guidando. Allora

dottore, ci siamo. Mieli è uscito dall'hotel in auto. Noi lo stiamo seguendo».

«Non fatevi notare e tenetemi aggiornato». Posò il telefono sul cruscotto. «Forse qualcosa si muove...».

«Sicuro» disse Italo, «guarda lì!».

Un'Alfa rossa sbucò dall'incrocio. A bordo c'era Goran insieme alla sua compagna riccia.

«Ecco l'altro!» fece Rocco. «Stagli attaccato».

Italo accese e ingranò la prima. Attese che l'auto rossa lasciasse l'incrocio per partire.

Sull'autostrada era facile seguire la macchina che andava verso Aosta. La campagna era di un bianco accecante come il cielo uniforme e grigiastro. Ogni tanto alberi neri e vitigni puntellavano il manto nevoso, tetti e campi erano sommersi. Le cime dei monti erano nascoste da nuvole appollaiate, l'asfalto era fradicio. «Dove vanno?» chiese Italo.

«Pare ad Aosta» rispose Rocco. «Supera 'sto camion, fa' il favore... allora per la partita?».

«Hanno accettato... ma vogliono capire meglio».

«Non c'è un cazzo da capire. Digli che è per stasera».

«Stasera? E dove?».

«A casa loro. È meglio no?... Alle nove».

«Ma io devo giocare?».

«Certo. I soldi te li daranno loro. Fa' finta di stare dalla loro parte e lascia fare a Brizio».

Italo continuava a guidare. «Ascolta Rocco, ti prometto che non gioco più, guarda, lo giuro su mia sorella».

«Hai una sorella?».

«Figlia di mio padre, sì... più grande di me».
«Ti somiglia o c'è qualche speranza che sia caruccia?».
«Va te fiye eun pigno».
«Altrettanto Italo... ma ti piace stare dietro ai camion?».
Italo scalò la marcia e accelerò. «Te lo giuro, non gioco più. Se mi dai i soldi per sanare il debito evito questa cosa della partita che...».
«Non ho un euro».
«Ne hai trentamila nel cruscotto».
«Quelli mi servono. E sono intestati a due persone che potrebbero denunciare il furto».
«Stronzo!» mormorò Italo fra i denti.
«E due! Facciamo come ti ho detto. Ti hanno messo in mezzo? Ti hanno derubato? Vanno puniti e così capiscono. E se poi non ti chiameranno più a giocare, tanto di guadagnato, coglione!».
Lasciarono l'autostrada all'altezza di Aosta e si immisero sulla statale, e dopo un'altra mezz'ora arrivarono a Pré-Saint-Didier. Rocco e Italo stavano a distanza di sicurezza. L'Alfa si fermò al parcheggio delle terme. Goran e la compagna scesero. Ridevano, si dettero un bacio, poi entrarono nel complesso termale.
«Che facciamo ora?».
«Un cazzo...» disse Rocco. «Ce ne torniamo a casa». Prese il cellulare.
«Datemi notizie, Case'...».
«Da mezz'ora fermi a un autogrill... dov'è che siamo?».
«Scarmagno». Rocco sentì la voce di Antonio.

«Scarmagno. Mieli s'è fermato qui. Volevamo entrare a fare colazione pure noi, ma ci conosce...».

«Appunto».

«Antonio s'è avvicinato alla macchina. E non ci sono valigie».

«Bene Casella, allora forse non sta partendo».

«Speriamo. In caso mica lo dobbiamo seguire fino a Caserta, no?».

«Direi di no, magari all'altezza di Sestri tornate indietro».

«Fino a Sestri?».

«Era una battuta, ecchecazzo!».

«Oh!» Antonio aveva gettato un urlo.

«Che succede?». Italo guardò Rocco in apprensione. «Casella, che succede? Mi senti?». Ma l'agente pugliese non rispose. Schiavone sentiva i due poliziotti parlottare a bassa voce. «Pronto? Pronto? Che succede?». Fruscii di vestiti, un tonfo sordo.

«Casella, rispondi!».

«Eccomi dottore, sono Antonio. Abbiamo una bella notizia».

«Manda».

«Lo sa chi è appena entrato in autogrill?».

«Dimmelo un po'...».

«Candreva».

«Chi cazzo è Candreva?».

«L'ispettore di sala, quello alto e magro... lo sapevo, lo sapevo! Mi controllava a vista quello... aveva sentito puzza di bruciato».

«Candreva?». Rocco restò pensieroso. «Ottimo, Antonio, ottimo... per me potete anche tornare alla base. Ci vediamo in ufficio» e attaccò.

Italo aspettava di sapere. «Embè?».

«Mieli s'è incontrato con Candreva, l'ispettore di sala».

«Questo che vuol dire? Abbiamo trovato quello che ha capito tutto e ha mandato all'aria l'operazione riciclaggio?».

«No» rispose Rocco, «semplicemente un alleato del gruppo. Parti, va', devo tornare in questura».

Lupa brontolò dal sedile posteriore, sembrava d'accordo anche lei.

«E lasciamo tutto così?».

«Italo, che vuoi fare? Certo che lasciamo tutto così...».

«C'è un omicidio di mezzo».

«Di quello me ne occupo io... ora vuoi mettere in moto 'sta cazzo di macchina?».

Italo eseguì. «Fammi capire, a questi non gli vuoi fare niente?».

«No. Sappiamo chi sono. Ci vado a parlare. Se tornano all'opera ce li beviamo, altrimenti meglio che cambiano casinò».

«Tipo noi qui non vi vogliamo andate a fare i vostri guai altrove? Sembra un film western».

«Italo, io posso poco. Arrestarli mi farebbe perdere giorni e giorni di inseguimenti, indagini, raccolta delle prove e per quale motivo poi? Riciclaggio? Lo fanno migliaia di italiani, e anche se li metti dentro quelli dopo sei mesi escono e ricominciano. Ricordati una cosa: il riciclaggio del denaro sporco fa comodo anche allo Stato».

«Non ti seguo...».

«Sono milioni di euro che tornano in superficie sui quali si pagano delle tasse, e così chi ci guadagna oltre allo stronzo di turno è lo Stato. C'è una sorta di accordo non detto fra le parti, amico mio. Un euro su tre che ti capita in mano proviene da traffici illegali».

«Ora mi sembri la Gambino».

«Sarebbe bello se fossi la Gambino. Invece sono Rocco Schiavone. Prima di andare a casa fermati a un bar che mi va una cosa dolce».

«Ma... e l'omicidio?».

Il vicequestore non rispose.

Li aveva mandati tutti a dormire per un paio d'ore. Steso sul divanetto s'era acceso una canna e osservava il soffitto. Lupa accucciata accanto al termosifone aveva finito la pappa in pochi secondi e ora dormiva. Gli occhi di Rocco si chiudevano, ed era dolce lasciarsi andare, sprofondare nel buio sentendo solo il respiro farsi sempre più lento. Crollò all'improvviso lasciando la cicca a terra. Non fu visitato dai sogni, quando il telefono squillò saltò come un salmone che risale la corrente. Guardò l'ora. Era passato mezzogiorno. Lento raggiunse il loden, prese il cellulare. Era Brizio.

«Frate', sono qui, in albergo. Ci vediamo?».

«Mangiamoci una cosa... alla Grotta, a Croix de Ville».

«Ricevuto» e attaccò. Il vicequestore si stiracchiò, poi cercò di flettersi in avanti ma qualcosa dalla parte dei muscoli lombari glielo impedì. «Cazzo...». Aprì la finestra. Nessuna sorpresa. Cielo grigio, nuvole sui monti, neve ammucchiata ai lati. Si infilò il cappotto. «Lupa!».

Il cane drizzò le orecchie e saltò su pronta a seguire il suo padrone. Lo lasciava sempre stupito la facilità con la quale i cani passavano dal sonno più profondo all'attività più frenetica. Quanto ci avrebbe guadagnato la sua vita se l'avesse saputo fare anche lui? Passare da uno stato semicosciente, da una vita trascinata senza senso a un'esistenza piena, attiva, soddisfacente in pochi attimi. Lui non c'era riuscito in sei anni.

Di quanto tempo ho ancora bisogno?, pensò.

Gli sembrava già un miracolo riuscire a concentrarsi sul caso, sugli indizi, che lo distraevano almeno per un po' da Sebastiano, Furio, Brizio e Caterina. Dai tradimenti veri e supposti, dalle amicizie forse finite, dal suo cuore che continuava a starsene semicongelato in mezzo al petto. Caterina non ce l'aveva fatta. Non avrebbe potuto. Continuavano a restargli solo i ricordi che si spappolavano sempre più in mezzo alla nebbia dei giorni che passavano.

Si abbracciarono senza dire niente, proprio in mezzo alla strada. Guardavano in terra, imbarazzati, neanche dovessero confessarsi l'un l'altro chissà quali nefandezze. Non si vedevano da mesi, da quando erano tornati da Cividale del Friuli, dopo l'arresto di Sebastiano. Brizio sempre in tiro, capelli perfetti, ci teneva troppo. Gli mancavano, Brizio Sebastiano e Furio, gli sarebbero sempre mancati, questo Rocco lo sapeva. Ma sapeva anche che non doveva precorrere i tempi, le cose fra loro si sarebbero aggiustate, erano amici, e quello fanno gli amici. Quando qualcosa si rompe rincollano piano piano i pezzi e ricostruiscono il vaso, senza fretta, con pazienza.

«'Nnamo» disse Rocco. Brizio lo seguì. A un certo punto alzò la testa verso il cielo. «Quant'è che stai qui?».

«Settembre 2012».

Brizio cominciò a contare mentalmente guardandosi le dita della mano.

«È facile Brizio. Un anno e tre mesi».

L'amico annuì. «E ancora nun te sei suicidato?».

«No, ancora no...».

Entrarono nel ristorante che all'una e mezza era quasi vuoto. «Che se magna qui?».

«Pesce. Lo fanno buono».

Brizio lo guardò poco convinto. «Pesce?».

«Fidate... come sta Furio?».

Seduti a tavola, dopo aver ordinato la pasta con le vongole Brizio alzò appena un sopracciglio e mordendo un grissino disse: «Furio s'è messo in un impiccio, te voleva pure chiama', poi ci ha ripensato».

«Che impiccio?» chiese Schiavone.

«Ti ricordi Annalisa?».

Rocco sforzò la memoria. «No, chi è?».

«Dài, la madre aveva er negozio al Governo Vecchio. Lei voleva fa' l'architetto. Quella bionda, caruccia...».

«Annalisa, sì, certo, come no. Embè?».
«J'era presa la fissa. Mezzo innamorato, nun poi capi'». Brizio rideva.
«E allora?» chiese Rocco col sorriso sulla bocca. La risata di Brizio era contagiosa. «La fai finita?».
Brizio smise di ridere. «Vabbè, allora s'era preso di questa Annalisa. Meglio, j'era partita la brocca! Parlava solo de lei. Annalisa sa fare questo, Annalisa è brava a fare quest'altra cosa, lo sai che Annalisa...?».
«Anche se non mi riesco a immaginare Furio innamorato non ci vedo niente di male» commentò Rocco, «se uno s'innamora, dico, non ci vedo niente di male».
«Eh no, il male c'è!» fece Brizio che scoppiò di nuovo a ridere.
«Brizio e sii bono, non ci sto capendo niente».
«No è che... prima pare gli diceva: Furio ti amo, ti penso, poi un giorno j'ha pure detto: amore lo sai che sono incinta?».
«Oh cazzo!» fece Rocco.
«Sì, ma n'era vero. Non lo so mica perché quella sera je l'ha detto».
«Infatti è strano» disse Rocco.
«Boh, insomma amore qui amore lì e sei l'uomo della vita mia, e mi manchi eccetera eccetera. Le solite. Mo' una sera Furio va al Trinity, il pub al Collegio Romano, e la becca con una tedesca rasata a zero, si baciavano, si davano le carezze...».
«Insomma, ha scoperto che Annalisa passa lo straccio. Vabbè, so' cose che capitano».

«Eh no!» fece Brizio. «Furio s'è abbattuto. Diceva: No, non c'è competizione, e come faccio? Se era 'n omo pure pure, ma con una donna nun me ce posso mette. È un altro campionato!».

«Su questo gli do ragione».

Brizio prese un altro grissino. «S'è fatto tre settimane di rota... disintossicazione. Ha rotto i coglioni a me, a Stella, a mezzo mondo».

«E s'è disintossicato?» chiese Rocco.

«Un po' sì».

«Come ha fatto Furio?».

Brizio vide le pupille scure dell'amico illuminate da un interesse vero. «Prima ha rivisto due vecchie amiche. Poi una de Verona incontrata per caso a Saturnia, poi un paio de mignotte e pare che di Annalisa oggi non gliene frega più un cazzo».

«E allora non era amore» concluse Rocco. «Ha rosicato perché ha perso, non perché ha perso lei. Credimi, è così».

Come il sole si ricopre all'improvviso di nuvole per un soffio di vento, così il sorriso dei due amici si spense e rimasero a guardare la tovaglia, la finestra sulla strada, l'etichetta del vino.

«Tu Rocco?».

«Io cosa?».

«'Sta riabilitazione, la stai facendo?» gli chiese Brizio.

«Non lo so Brizio... non ci riesco. Lo sai che non ci riesco. E non lo auguro a nessuno». Versò il vino nel suo bicchiere. «Che ti devo dire? Ci sto provando, cazzo se ci sto provando...» poi ne versò a Brizio. «Ma non ne esco. È come la macchina con la batteria scarica. Giri la chiave, il motore tossisce e non succede altro». Guardò l'amico negli occhi. «Non se ne va...».

«Oh!» fece Brizio abbassando la voce e prendendo il braccio di Rocco. «Almeno ci hai provato, frate'. E la stronza? Quella del Viminale?».

«Ah, lei? Incidente di percorso... mi piacerebbe sapere chi è l'uomo che hai fotografato».

«Prima o poi lo scopriremo, Rocco». Brizio alzò il bicchiere pieno di vino. «A che brindiamo?» chiese Rocco.

«A che voi brinda'? A noi, all'amicizia, alla vita, alla Roma?».

«Lascia perde l'ultima. Basta a noi, all'amicizia e alla vita».

Quando Italo entrò nella stanza dell'albergo trovò Brizio e Rocco seduti sul letto.

«Ciao...» fece Brizio allungando la mano. «Sei tu quello che hanno pulito?».

Italo guardò Rocco. «Sì... sono io...».

«Allora è per stasera?».

Italo annuì.

«Mo' stammi a sentire, devi seguire quello che ti dico e non perdere un passaggio. Dunque le carte le porteranno loro e saranno chiuse nel cellophane. Saranno carte pulite. Per prima cosa...» si allungò e prese una scatolina dal comodino. «Hai problemi di vista, Italo? Allergie? Cose del genere?».

«No...».

«Queste sono lenti a contatto UV. Te le metti dieci minuti prima di giocare. E ce le avrò pure io».

«A che servono?» chiese Rocco.

«A vedere i segni che si fanno con quest'inchiostro» dalla tasca tirò fuori una boccettina di plastica. «Mi metto l'inchiostro sui polpastrelli della mano sinistra. Mano a mano che la partita va avanti segnerò le carte. Un'impronta per gli assi, due per i re, tre le donne e quattro i jack. Fin qui tutto chiaro?».

«Sì... man mano che giochiamo segni sul bordo, no?».

«E come fai a mischiare le carte senza toccarle con la sinistra?» gli chiese Rocco.

Brizio scoppiò a ridere. «Te annavi a studia' all'università, io m'allenavo. La differenza è che a te t'hanno dato una laurea, a me niente e manco ce posso riscatta' la pensione. Bene, allora diciamo che dopo una quindicina di mani è facile che le carte so' tutte più o meno segnate. Pulirli sarà facile. Ora dimmi, quando gli hai proposto la cosa, che ti hanno detto?».

«Che io dovevo giocare e basta. Anche se perdevo non faceva niente, ci avrebbero pensato loro a pulirti».

«Bene, hanno qualche trucco ma non te l'hanno detto. Quindi stiamo in campana. Tu guardami sempre e segui quello che faccio. Hai i 5.000?».

«Me li procurano loro per stare al tavolo».

«Perfetto. Non devi sape' altro. Vedrai le carte segnate, vinci pochi piatti sennò sgamano. Insomma tu fai la vittima che a punirli ci penso io».

Italo tirò un respiro. «Se ne accorgeranno?».

«E pure che se ne accorgono?».

«Come farai, Brizio, non mi pare una cosa semplice».
«Aridaje, Rocco. Te l'ho appena detto. Te facevi l'esami e noi stavamo in bisca. Ti devo ricordare che me ce so' comprato casa?».

Rientrò nel suo appartamento. Lupa si riappropriò del divano, Rocco del bagno. Prima di spogliarsi controllò l'acqua calda. La caldaia s'era bloccata di nuovo. Uscì nel terrazzino, provò a premere i tasti come gli aveva insegnato Gabriele senza ottenere risultati apprezzabili. Provò il cazzotto preciso al centro della lamiera, vicino al pressostato accompagnato dalla formula: «Porca troia, vuoi parti'?». Ma anche quell'ultimo gesto tecnico non sortì effetto, l'ammasso di latta e fili elettrici non si decideva a obbedire. Rientrò in casa rinunciando alla doccia. Il frigorifero era desolato e anche il caffè era finito. Il letto invece era ancora lì, decise di chiudere quel pomeriggio con un paio di ore di sonno. In quel momento sentì bussare alla porta. Lupa abbaiò, fingere di non essere in casa era fuori discussione. Aprì. Sul pianerottolo c'era Cecilia Porta. Rocco la guardò, poi si fece da parte per farla entrare.
«Le devo parlare di una cosa importante» disse. Rocco andò a sedersi sul divano, Cecilia lo imitò. «Non le offro niente perché non ho niente. A parte forse un bicchiere d'acqua».
«No, grazie, sono a posto. Quello che le devo chiedere è... un po' difficile. Vado subito al dunque. La banca si riprende la casa» disse. «Ora io confido in alcuni emolumenti che attendo dalla mia società a Torino,

parlo di diverse migliaia di euro, però al momento come lei saprà le mie finanze sono al lumicino per colpa del mio vizio schifoso... ora se fosse per me non avrei problemi, insomma sono una donna che si è sempre saputa arrangiare. Ma c'è mio figlio. E come può immaginare, la situazione si complica».

«Cosa posso fare? Un prestito?».

«Non sia mai, dottor Schiavone! Direi che con i prestiti ne ho per le prossime due vite. Io le chiedo solo un favore. Una mia collega su a Breuil mi lascia il suo monolocale dove io mi potrò sistemare per un po', ma non posso chiedere a mio figlio di seguirmi in una casa dove a malapena c'è un letto. So di chiederle molto, e so anche che non ne ho alcun diritto, ma Gabriele le vuole molto bene, e forse, spero, anche lei gliene vuole. Allora se per qualche tempo lei può essere così generoso da ospitarlo a casa sua io gliene sarei grata in eterno».

Rocco accavallò le gambe pensieroso. «Cioè io dovrei ospitare Gabriele qui?».

«Ma solo per qualche mese, fin quando non risolverò i problemi contingenti».

«È una cazzata!» disse. «È sbagliato...».

«Ma io gli dirò che sono in giro per lavoro e con un po' di fortuna...».

«È questo il problema! Le bugie! Gliene ha dette talmente tante che è un miracolo che Gabriele ancora si fidi di lei. Questo non è un tavolo di blackjack, qui non valgono le scappatoie, la fortuna, i trucchi. Questa è la vita e quello è suo figlio». Il vicequestore si alzò. «Cosa gli dirà? Che non può dormire a casa sua perché faranno dei lavori? Oppure s'è allagata? Gabriele non è un cretino, Cecilia!».

«Allora lo devo portare con me a Cervinia? A un'ora e mezza da scuola in 38 metri quadrati? E quando dovrò partire veramente per lavoro lo lascio lì? Dove non conosce nessuno?».

Cecilia non aveva tutti i torti e Rocco intuì che la sua sfuriata, la lezioncina di morale esistenziale aveva solo peggiorato la sua situazione, s'era messo in un vicolo cieco e non poteva più uscirne.

«Venite qui».

Cecilia aggrottò le sopracciglia, non aveva capito. «Come?».

«Lei e Gabriele venite a stare qui da me. La casa può ospitare tutti e tre».

Cecilia scattò in piedi. «Non lo posso accettare. Faccia conto che non sono mai venuta, mi scusi anzi se l'ho disturbata...» si avviò verso la porta. Rocco la fermò. «Dove va?».

«Lo mando dal padre, insomma, anche lui deve prendersi le sue responsabilità».

«Mi dispiace contraddirla di nuovo ma qui la responsabilità è solo sua. Non può mandarlo da suo padre, non ora. Gabriele lo odia, e se lei lo abbandona da lui non recupererà più!».

«Glielo ripeto, mi sono sbagliata, ho pensato fosse una soluzione buona ma ora capisco che non avevo alcun diritto di chiederle...».

«La pianti di parlare come una lettera di licenziamento e mi guardi negli occhi. Gabriele è nella merda, lei è nella merda. Quello che adesso non vi serve è dividervi. Lei ha appena cominciato una strada lunga e ha bisogno di tempo, tanto tempo pazienza e tranquillità. Quell'altro a scuola fa già schifo, non si fida dell'umanità, dei suoi genitori, e deve stare accanto a lei il più possibile. Ha bisogno di lei, di crescere, di capire cosa gli sta chiedendo la vita. Verrete qui, è deciso, e adesso cerchiamo un piano per rendere le cose il meno dolorose possibile. Gabriele è di là?».

Cecilia annuì.

«Lo chiami».

«Buonasera Rocco...».

«Ciao Gabriele...».

Madre e figlio entrarono quasi circospetti, Lupa andò a fare le feste a Gabriele, non lo vedeva da un po' e cominciarono subito a giocare a mordimi forte sul gomito. «Come va?» chiese Rocco, «a scuola?».

«Una meraviglia. Ho preso sei all'interrogazione di storia». Rocco fece una smorfia. «Non deve fare quella faccia, sei è un gran bel voto se calcola che l'anno scorso viaggiavo sul quattro e mezzo».

«Sei è un voto di merda se calcolo che il programma è la seconda volta che lo fai!».

«L'anno scorso non contava».

«E sentiamo perché?».

«Ero un po' distratto, diciamo!».

«Ma lo sente, Cecilia?».

«Lo sento sì. Gabriele, è una scusa che non tiene. Non eri distratto, non studiavi!».

«Tu non puoi farmi nessuna predica!».

Rocco guardò duro Gabriele. Cecilia invece aveva abbassato gli occhi. «Devi avere rispetto per tua madre!».

Gabriele scattò in piedi. «Le porto lo stesso rispetto che lei porta a me!».

«Ciccino, abbassa la cresta...». Rocco stava già perdendo la pazienza.

«Mi faccia capire. Io dovrei obbedire a mia madre? Perché? È un esempio di come si vive? Un modello di moralità?».

«Esci!» gli disse Rocco indicandogli la porta. Gabriele rimase a bocca aperta. «Ho detto: esci!». Il ragazzo respirava a fatica. Si girò e uscì sul pianerottolo. Rocco gli andò dietro. Una volta fuori lo bloccò al muro e lo guardò dritto negli occhi: «Cosa ti avevo detto?» teneva la voce bassa, strozzata dall'ira. «Cosa ti avevo detto? È questo il modo di stare vicino a tua madre? Ne fai una questione di principio? Te l'ho spiegato o no che sta male? E che te la devi abbracciare, non prenderla a sputi in faccia?».

«Non le ho sputato...».

«Era una metafora, imbecille. Sai cos'è una metafora?».

«Una figura retorica che implica trasferimento di significato» rispose Gabriele. «Visto che lo so?».

«Bravo! Sette e mezzo! E se ti dico che sei un coglione?».

«Anche questa è una metafora?».

«No, è un complimento. Ora rientri, chiedi scusa a tua madre e piantala lì». Gabriele abbassò gli occhi. «Oh, mi hai capito?».

«Ma perché devo far finta di niente? Io la odio!».

«Adesso che sai la verità la odi. È normale. Ma te l'ho già detto, ora sei grande e non puoi più permetterti questi atteggiamenti da ragazzino viziato. Sei un uomo, Gabriele, l'ha deciso la vita. E cosa fanno gli uomini?».

«Mandano giù?».

«Mandano giù e aggiustano le cose». Gabriele annuì. «Se non l'aiuti, lei non ce la fa. Dipende anche da te».

«E quando mi sale la bestia?».

«Conti fino a dieci, ti ricordi le parole che ti ho detto e ti comporti da persona adulta».

«Non lo so se ci riesco». Gabriele tirò su col naso. «Penso a tutte le volte che è stata fuori di casa, che mi diceva che lavorava e invece stava lì a buttare i soldi al casinò o chissà dove. Lei quando le sale la bestia che fa?».

Rocco si allontanò da Gabriele. Si mise le mani in tasca. «Intendi sul lavoro?».

«No, sul lavoro lo so. Nella vita».

Rocco sorrise. «Non sono un esempio. Devi essere migliore di me. E non è difficile».

«Cosa intende?».

«Guardami un po'. Ho quasi 50 anni, non ho una famiglia, vivo solo con un cane, faccio un lavoro schifoso in mezzo a sangue e cadaveri. Gli unici amici che avevo stanno a Roma e non mi parlano più come una volta. Posso guardare avanti solo per pochi giorni, diciamo una settimana, perché più in là c'è tutta nebbia. Sono uno da prendere come modello secondo te?».

Gabriele finalmente sorrise. «Se lo ammette sì, lei è da prendere come modello. Mio papà invece faceva il figo, sapeva tutto lui, si credeva un essere superiore. Invece era una merda, un imbroglione, uno che aveva due famiglie contemporaneamente. Lo sa? Prima si scopava la giornalista, la Buccellato, ma intanto aveva un'altra donna con la quale ha fatto due figli». Gli si erano inumiditi gli occhi. Con la manica del maglione cercò di asciugarseli. «Ho una sorella e un fratello a Novara. Mai visti in vita mia. E da quando se n'è andato non mi ha mai chiamato, neanche il giorno del mio compleanno, oppure a Natale o per sapere come andavo a scuola. Niente. Come se non esistessi».

«E tu all'inizio hai pensato che era colpa di tua madre se lui se n'era andato?».

«Oh no, mai!» gridò Gabriele. «La colpa è sempre stata sua. Lo so. Mamma non c'entrava niente».

«E anche adesso Gabrie' mamma non c'entra niente. Forza, rientriamo che su 'sto pianerottolo comincia a fare freddo e Lupa sta graffiando la porta. Te la faccio ripagare con la paghetta».

«Non ce l'ho più. L'ho data a mamma».

«Ho trovato un po' di tè e l'ho fatto» fece Cecilia dalla cucina. Prese il vassoio con tre tazze spaiate. «Invece non so dov'è lo zucchero».

«Non lo puoi sapere mamma, non c'è» disse Gabriele. «Se volete lo vado a prendere di là?».

«Niente zucchero» fece Rocco, «toglierti un po' di glucosio mica ti fa male».

Cecilia posò il vassoio sul tavolino basso davanti al divano. Lupa diede una sniffata veloce e si allontanò disinteressata. Mentre la donna versava il tè caldo nelle tazze, Gabriele si era seduto sulla poltrona e Rocco proprio di fronte a lui. «Ecco... spero sia buono, tanto il tè non mi pare che scada» disse Cecilia. «È che mi sono permessa di guardare in frigo per un po' di latte e lei lì dentro ha cose diciamo... antiche».

Gabriele sorrise.

«Sì, dovrei fare un po' di spesa» e Rocco prese la tazza. Gabriele si sporse verso la madre. «Allora Gabriele, io e Cecilia dobbiamo dirti una cosa».

Il ragazzo spalancò gli occhi. «Cosa?».

Cecilia annuì nervosamente, si sedette e cominciò a girare insensatamente il cucchiaino nella sua tazza anche se lo zucchero non c'era.

«Glielo vuole dire lei?».

«Va bene. Ascolta, lo sai che fra poco dobbiamo lasciare casa, te l'ho già detto... io e te per un periodo verremo a vivere qui dal signor Schiavone».

Gabriele arrossì. «Qui?».

«Esatto, ma solo per un periodo, poi...».

Gabriele gettò un urlo che spaventò Lupa e Rocco e si precipitò ad abbracciare sua madre soffocandola con la sua mole. «Bellissimo! Bellissimo! Mamma grazie, grazie Rocco! È una cosa che ho sempre sognato!».

«D'accordo, ora Gabriele calmati, sta' buono e ascolta. Dobbiamo capire come attrezzare la casa per tutti e tre e non è una cosa...».

«Io lo so! Spesso la notte prima di dormire ci penso! Sapete come facciamo? Allora... Portiamo la cassettiera francese che mamma ci tiene e la mettiamo al posto di questa sua che è una cosa brutta di Ikea... La cucina purtroppo dobbiamo lasciarla, la fece fare papà su misura. La mia stanza invece la sistemiamo in quell'angolo lì, vicino al terrazzino. Ho già preso le misure. Ci entra l'armadio e anche il letto a una piazza e mezza. Sostituiamo anche i divani, i nostri sono molto migliori, e sono anche divani letto, e portiamo la nostra televisione...».

«Aspetta, Gabriele, aspetta». Rocco sembrava voler frenare con le mani l'impeto del ragazzo. «A parte che qui c'è una sola camera da letto. Io dove dormirei?».

«Lei continua a dormire nella sua stanza, è chiaro. Io nell'angolo che creeremo laggiù e mamma sul divano letto, il nostro però che è comodissimo, meglio di un matrimoniale. Poi mamma a casa c'è così poco...».

Gabriele era un fiume in piena, frenare la sua eccitazione era impossibile. «Sì, ma tu non avrai una stanza per fare i compiti. Anche la privacy di tua madre, in mezzo al salone... dove si cambia? Dove sta?».

«E allora i nostri pannelli giapponesi che ci stanno a fare?».

Rocco guardò Cecilia che alzò le spalle. «I vostri cosa?».

«I pannelli giapponesi. Li ha visti in salone, no? Sono a scomparsa. Carta e legno. Basta montarli e se uno vuole un po' di privacy li apre e il gioco è fatto! Poi li richiude e la stanza torna come prima».

«Cioè il salone diventa la stanza di mamma?».

«Quando vuole la privacy, sennò è il salone. E per gli armadi non si preoccupi. Io ho notato che le sue quattro ante in camera da letto sono semivuote. C'entrano sia i nostri che i suoi abiti. E poi, sappia che il resto lo metteremo in una cantina. Quando serve l'andiamo a prendere. Allora, che ne dice? Che ne dici, mamma?».

«Io non...».

«Avanti mamma, non è una buona idea? Pensaci. Ci pensi anche lei, Rocco».

Ci stava pensando. La sua casa ridotta a un accampamento. Mai più un minuto di solitudine, mai più svegliarsi da solo al mattino, camminare palle all'aria, fumare in salone. E tutto questo era solo colpa sua, se non avesse ceduto e avesse chiuso la bocca a quest'ora Cecilia se ne stava a Breuil e Gabriele dal padre a Novara.

«Sì, sì, mi pare un ottimo piano... però devo dire che le mie sono abitudini strane. Spesso impreco, mi aggiro la notte senza chiudere occhio...».

«Non si preoccupi, noi non diciamo niente».

Cecilia non aveva il coraggio di guardarlo, ma ormai il dado era tratto. Rocco si scosse. «Va bene, dobbiamo solo fare il trasloco dei mobili, dei vestiti e de 'sti pannelli giapponesi. Io non sono in grado e...».

«Stia tranquillo. Mamma, possiamo chiederlo a Ilie e Viorelo».

«Cecilia, chi cazzo sono Ilie e Viorelo?».

«Due factotum rumeni» rispose Cecilia.

«E famolo fa' a Ilie e Viorelo».

Gabriele con un secondo urlo si alzò dalla poltrona della madre e andò ad abbracciare Rocco. «Evvai!».

«Aspetta, aspetta, cazzo! Staccati!» e allontanò il ragazzo. «Ci sono delle regole di convivenza, Gabriele. E anche per lei, Cecilia. Anzi, dal momento che qui si campa insieme direi di passare democraticamente a darci del tu. Attenzione: ecco il decalogo. Uno!» e alzò il pollice. «Quando Rocco dorme non vola una mosca. Due!» e alzò l'indice. «Se Rocco chiede a Gabriele di portare a spasso Lupa Gabriele porta a spasso Lupa. Tre! Non si fanno domande sulla vita privata, sostanzialmente ci si fanno i cazzi propri. Quattro! Non si cucina niente prima di mezzogiorno. Cinque! Lupa fa quello che vuole e dorme dove vuole. Sei!». Gabriele alzò gli occhi al cielo. «Sei! Non si fanno facce da cazzo quando Rocco detta le regole. Sette! Se si mette musica in presenza di Rocco è Rocco che sceglie. Otto! Non si danno incombenze familiari a Rocco perché non siamo una famiglia. Nove! Spesa libera ognuno per i cazzi suoi e non si toccano le cose da mangiare o da bere degli altri».

«Tu non ne hai mai di cose da mangiare, quindi sei tu che non devi toccare le nostre».

«Zitto! Dieci! Alla prima insufficienza tu ti trasferisci dai preti. Undici!».

«Avevi detto decalogo, Rocco» lo corresse Gabriele.

«Comando io e cambio le regole quando voglio e tu, suddito senza diritto al voto, taci. Undici non si toccano i vestiti sporchi di Rocco per fare lavatrici. Dodici la donna delle pulizie resta e non va contraddetta. Tredici! Non voglio vedere merendine, caricabatterie, videogiochi e altre cazzate adolescenziali in giro per casa. Quattordici!».

«Vabbè ci facciamo notte» disse Gabriele e Cecilia scoppiò a ridere.

«Quattordici» riprese Rocco, «in casa si fumano solo Camel. Quindici si studia a bestia. Sedici si spengono le luci, diciassette non voglio vedere panni da stirare ammucchiati in giro per casa, diciotto e neanche calzini da rammendare quando si bucano vanno gettati nella pattumiera, diciannove ci si lava ogni giorno, Gabriele, e ultima regola, fondamentale, senza la quale tutte le altre non avrebbero senso e ignorando la quale il nostro accordo salta immediatamente: non mi si rompono i coglioni! Tutto questo sapendo che la convivenza è al nono grado della mia personalissima lista delle rotture di palle, vedete voi se state sul filo del rasoio».

«Magari le regole scriviamole da qualche parte» disse Cecilia.

«D'accordo. Sapendo che da venti potrebbero anche crescere di numero, perché queste sono le prime che mi sono venute, a mente fresca ne verranno altre. Ripeto, in questa casa vige un sistema dittatoriale spietato e senza possibilità di ricorso. Esiste una sola legge, la mia, un solo giudice, io, e un solo dio, sempre io. Dimenticatevi la democrazia, dimenticatevi il dialogo, sindacati e premi produzione, e preparatevi solo all'obbedienza. Tutto chiaro?».

«Signorsì».

«Ora rompete le righe e fate quello che dovete fare. La copia della chiave è nel primo cassetto in alto della cucina. È vostra. Io devo andare, ci vediamo stanotte se tutto va bene».

«Dove devi andare Rocco?».

«Hai appena infranto la regola 3» fece Cecilia che stava per scoppiare a ridere.

«Brava Cecilia. Che dice la regola numero 3?».

«Non mi ricordo...».

«Che non ci si fanno i cazzi miei, Gabriele» si voltò ed entrò in camera da letto. Si sedette sul materasso. Si mise la testa fra le mani e pregò qualsiasi divinità, ammesso che ce ne fossero, di rendere quella convivenza il più breve possibile. Ora non aveva tempo da perdere con altre amenità casalinghe. Michela Gambino lo stava aspettando.

Kevin prese da un cassetto il mazzo ancora avvolto nel cellophane. Brizio con un breve cenno del capo lo accettò. Le carte furono mischiate, lisce nuove e perfette. Cristiano e Santino si sgranchivano le dita. Kevin continuava a mischiare. Brizio seguiva in silenzio le prime fasi del gioco, Italo era bianco come un cadavere. Avevano deciso per una posta da 5.000 euro. Si giocava pesante, e l'aria della taverna di Kevin nella casetta a Pont d'Avisod sembrava liquida e stoppacciosa. Brizio concentrato evitava lo sguardo di Italo. Il primo a dare le carte fu Cristiano. Italo era già alla seconda sigaretta, Santino invece teneva il sigaro spento in bocca. Brizio sorrise subito dopo le prime tre carte. L'aveva già notato mentre Kevin le mischiava. Erano segnate. E anche in maniera piuttosto infantile. Portavano sul dorso l'iniziale visibile della carta. «K», «A», «J» e «Q».

I tre facevano lo stesso gioco. A Brizio bastò un'occhiata per avvertire Italo che rispose di aver inteso grattandosi l'orecchio destro. Anche lui doveva aver visto quei segni e dai lampi che mandavano gli occhi sembrava voler alzarsi e accoltellare tutti e tre i suoi ex compagni di gioco ora che aveva la prova dell'imbroglio perpetrato ai suoi danni per chissà quanto tempo. Brizio non avrebbe marcato le carte coi suoi polpastrelli, per il momento avrebbero abbozzato. Se l'avesse fatto i tre avrebbero capito e sarebbe stata una serata inutile perché nessuno avrebbe giocato per davvero.

Carte in mano, dopo un rapido controllo Brizio capì che il primo piatto se l'era riservato Santino. Non era difficile intuirlo. Servito di tre kappa aveva il giro in mano.

«Apro» fece Cristiano. Brizio vedeva la sua coppia di jack. Cristiano era il cavallo, quello che doveva comandare la tirata per Santino. Lui in mano aveva solo una coppia di dieci. Andò al punto. Dopo lo scambio delle carte Kevin e Italo abbandonarono il gioco, Cristiano rilanciò con un tris di jack, Santino aveva un full di kappa e donne. Brizio con la sua doppia coppia andò al punto lo stesso, sapendo di perdere. Bene, si disse, giochiamo ancora coperti. Italo cercava di leggere le intenzioni del compare, e da un piccolo sorriso sembrava fosse sulla sua stessa lunghezza d'onda.

Le prime tre mani furono di Santino. Brizio fingeva nervosismo.

«'Azzo, non entra niente stasera!» fece Brizio buttando le carte dell'ultimo giro e versandosi due dita di liquore. «Buono, che cos'è?».

«È genepy, si fa con le erbe di montagna» rispose Kevin. «Le ho raccolte proprio io».

«Be'» fece Brizio, «almeno si beve bene» e si fece una risata che ruppe un poco il ghiaccio che s'era creato dall'inizio del gioco.

«Che fai a Roma?».

«Ho un'agenzia immobiliare. Salgo ogni paio di mesi al casinò» quando voleva Brizio sapeva anche parlare italiano.

Altro giro altra corsa. Stavolta il mazziere, Cristiano, commise un errore. Aveva dato a Brizio un full di dieci e otto. Al compare Kevin solo un tris d'assi. Non se l'aspettavano. Brizio fece piatto. All'occhio attento di Italo non sfuggì il rimprovero silenzioso del padrone di casa al mazziere di turno. «Allora gira!» fece Brizio con un'eccitazione un po' naïf sfregandosi le mani. «Bene bene, me la sento».

«Invece a me nulla» fece Italo. «Un'altra serata no».

«Finirai con la gamba dritta sotto al tavolo!» gli disse Brizio.

«Che vuol dire?» chiese Kevin che mischiava le carte.

«Ah, è un modo di dire a Roma. Quando perdi molti soldi, si diceva in osteria, te ne andavi con la gamba dritta perché, vedete?» allungò la gamba sotto il tavolo per poter infilare la mano in tasca, «devi prendere i soldi per pagare i debiti e li puoi prendere solo allungando la gamba!».

Scoppiarono a ridere. «Non la sapevo» fece Italo.

«Sono di Trastevere, tradizioni popolari come si dice, ecco!».

Il gioco continuava e Brizio teneva il ritmo. Non abboccava ai piatti ricchi anche se con punti notevoli perché sapeva quello che gli altri avevano in mano. Solo un paio di volte ci andò contenendo la perdita, perché rinunciare sempre avrebbe insospettito gli avversari. Fu sconfitto con una scala contro un full, un tris di jack contro tre donne e una doppia coppia all'asso contro tre jack.

Poi Italo decise di risolvere la situazione. «Ma porc...» con una manata fece cadere il bicchiere pieno di amaro sulle carte. «Oh cacchio, scusate!» disse alzandole gocciolanti di genepy. «Mi dispiace, sono un cretino...».

«Giro a monte!» fece Brizio gettando via le sue.

«Eh sì...» fece Santino.

«E cambiamo anche mazzo...» propose Brizio. «Direi che ora quelle cinque carte sarebbero riconoscibili, non trovate?».

«Proprio così...» fece Kevin, «cambiamo mazzo...». Ne prese uno vecchio non avvolto nel cellophane. Brizio lo fermò. «Eh no, scusate. Per carità, io mi fido ma vorrei un mazzo nuovo!».

Kevin guardò gli amici in cerca di aiuto. «Purtroppo non ce l'ho».

«E allora andiamo a un autogrill o a prenderlo dove vi pare. Insomma, qualche soldo ce lo stiamo giocando» fece Brizio.

«Hai ragione» disse Italo. «Uno si fida, ma magari sapete? Carte vecchie, qualcuna riconoscibile e la tentazione viene, soprattutto se c'è un piatto di qualche centinaio di euro!».

«Io mi offro» fece Brizio alzandosi. «Qualcuno mi fa compagnia?».

«Vengo io» disse Santino. «Fra l'altro una boccata d'aria mi farebbe bene...».

Si infilarono i giubbotti e uscirono. Gli altri attesero in silenzio il rumore dell'auto che si accendeva. «Sei un cretino!» disse Kevin. «Che cazzo fai?».

«E mi sono sbagliato. Ma perché? Tanto sono solo carte!».

Kevin guardò Cristiano. Non era il caso di dire a Italo che quelle carte erano segnate, altrimenti quello avrebbe scoperto tutto. Non sapevano certo che l'agente ne era già al corrente. «Tanto mi pare che piano piano gli stiamo togliendo tutto, no?».

Cristiano si alzò. «Sì, ma adesso la cosa si fa più complicata».

«E perché?» chiese candido Italo. «Andiamo avanti così, no?».

Kevin non rispose. «Vado al bagno» disse.

«Il signor Mieli, per favore».

«Chi devo dire?».

«Schiavone...».

L'uomo in giacca e cravatta alzò il telefono. Rocco diede un'occhiata intorno. L'Hotel Alla Posta era elegante, silenzioso, boiserie sui muri, angolo camino e il bar prometteva bene. «È al ristorante, se si vuole accomodare...» e indicò la sala.

Rocco attraversò la hall, passò la doppia porta e subito un cameriere gli si fece incontro. «Prego, è da solo?».

«Non sono qui per mangiare. Cerco un amico» velocemente girò lo sguardo sulla sala. Mieli era seduto accanto agli scaffali dei vini. «Ecco, l'ho visto, grazie» e a passo rapido lo raggiunse. Si sedette davanti all'uomo che restò con il cucchiaio a pochi centimetri dalla bocca. «Ci... ci conosciamo?».

«Io conosco lei, lei non conosce me. Rocco Schiavone» e sorrise. «Il mio nome non le dice nulla?».

Non era un buon giocatore, sugli occhi si leggevano i pensieri come un volantino pubblicitario. Posò il cucchiaio. «Schiavone... Schiavone... no, non mi dice niente».

«E se aggiungo vicequestore Polizia di Stato?».

«Ah, lei è un poliziotto?».

«Diciamo così...».

«E cosa vuole un poliziotto da me mentre mangio?».

«Sono qui per farle una proposta» e si prese un grissino.

«Prego».

«Io so tutto».

«Tutto cosa?».

«Lei, la signora Sbardella e Goran Mirković usate il casinò come lavatrice. E con voi c'è anche Candreva, l'ispettore di sala».

Mieli impallidì ma si riprese fingendo di asciugarsi le labbra col tovagliolo. «Non conosco questi signori».

«Bando alle cazzate, ho un centinaio di foto che dicono il contrario».

Calò il silenzio. Mieli guardava Rocco negli occhi. Sembrava gli tremasse il pizzetto. «Che vuole da me?».

«Darle un'alternativa». Mieli poggiò i gomiti sul tavolo incrociando le mani davanti al mento.

«Non mangia? Le si raffredda» fece Rocco.

«Preferisco ascoltare...».

«Allora è molto semplice. O mi fate entrare nel giro o vi fate un po' di galera. Diciamo che le do...» si guardò l'orologio, «fino a domattina per decidere. Io voglio il 10 per cento di quello che lavate. Ci pensi, Mieli, con me alle spalle altro che trentamila euro a weekend».

Mieli annuiva lentamente. «Come fa a sapere che...».

Rocco si mise la mano in tasca e tirò fuori i due assegni. «Ecco qui, sono più o meno 30.000... dovrebbe dire ai suoi collaboratori di trovare nascondigli migliori nelle proprie stanze d'albergo».

«È stato lei!».

«Intuizione da vero detective. Ma vede? Io non sono un predone, sono un uomo d'affari. Cosa ci faccio con 30.000 euro quando invece possiamo mettere su un bel giro a lunga durata? Questi sono suoi» gli allungò i due assegni che Mieli imbarazzato fece sparire nella tasca del suo Barbour appeso alla sedia. «Però da lei mi aspetto molto di più. Oggi è andata così perché qualcuno ha cantato, ha detto che eravate controllati e vi ha messo in allarme. Stasera potete riciclare quello che non siete riusciti a fare ieri. Ma domenica voglio il primo grosso carico».

Mieli si morse le labbra. «Guardi, dottor Schiavone, io non riciclo soldi miei. Ma di altre persone. Sono poco più di un ambasciatore».

«E allora lei parli con l'ambasciata e mi faccia sapere. Diciamo fra una mezz'ora?».

«Un po' presto».

«Signor Mieli, io le ho appena mostrato le mie intenzioni restituendole un pacco di soldi. E Dio solo sa quanto mi sia difficile tenere lontani i miei uomini e la questura da tutto questo. Diciamo tre quarti d'ora, e domani sera voglio un carico di almeno 200.000 euro».

«Duecentomila?». Mieli saltò sulla sedia.

«Sì, cominciamo a fare le cose in grande».

«Ma una cifra del genere creerà dei sospetti!».

«A chi? Quelli del casinò?» e Rocco guardò ironico Mieli negli occhi. «Avete me, dietro. Spalle coperte!».

«E mi dica una cosa, signor Schiavone. Ci stavate controllando, lei e altri poliziotti. Chi mi assicura che non sia una trappola?».

«Lei gioca su un tavolo solo quando vuole vincere? Deve fidarsi di me, altrimenti 'ste due chiacchiere ce le stavamo a fa' nell'ufficio di un gip».

Mieli lo guardò per qualche secondo. «La chiamo fra tre quarti d'ora».

«Sono qui al bar, prendo un caffè. Ah, se le venisse in mente di fare giochini di merda come con Favre, non ve lo consiglio. Primo, un avvocato è preallertato con le prove e corre da un magistrato. Secondo, oltre al riciclaggio vi beccate pure concorso in omicidio».

«Favre? E chi è Favre?».

«Uno che aveva capito il vostro traffico e che è stato fatto fuori».

Se prima Mieli era impallidito, ora la pelle del viso divenne più bianca della tovaglia fresca di bucato. «Io... io non ne so niente... ma che dice?».

«Lasci perdere, Mieli. Ora ha me dalla sua parte. Ricordi i 30.000 euro che le ho appena restituito» si alzò.

«Apro di venti» il mazzo nuovo non era truccato, preso da Brizio e Santino a un autogrill vicino all'aeroporto di Aosta. E Brizio non avrebbe impresso i suoi segni, perché i tre avevano le lenti e si sarebbero accorti dei segnali. Stavano giocando nudi. Ora era solo questione di abilità, destrezza ed esperienza. «Vengo» fece Kevin. «Io lascio» rispose Italo imitato da Cristiano. «Vengo anche io» fece Brizio. Aveva due otto e due kappa. Il terzo riposava sotto la sua chiappa destra. Sull'anello d'oro che Kevin portava all'indice della sinistra aveva visto distribuire una coppia a Santino e una doppia a Kevin. Brizio non cambiò carte, bluffò di essere servito. Combatteva contro un tris di Santino e un full di nove di Kevin. Il suo full era di kappa. Era il momento di scatenare l'inferno. «Quaranta non bastano. Sessanta!».

«Vedo» fece Santino.

«Ce ne vogliono centocinquanta» rilanciò Kevin. Brizio approfittò dell'attenzione del tavolo su quel rilancio per riprendersi il kappa nascosto.

«Non per me» disse Santino e buttò le carte.

«Centocinquanta?» Brizio fece finta di ragionare.

«Oh oh, si fa interessante» mormorò Italo.

«Alle sue centocinquanta aggiungo quattrocento!». Kevin lo guardò. Sorrise. «Non bastano, caro. Dobbiamo arrivare a mille!».

Brizio si fregò le mani. «Facciamo così» disse. «Mi

pare che io e lei siamo quelli che finora hanno riportato più vittorie. Vogliamo fare un armageddon?».

Kevin non capiva.

«Ottomilacinquecentosessanta, tutto quello che ho e non se ne parli più» disse Brizio mettendo i soldi nel piatto. Sgranarono tutti gli occhi.

«Ottomila...?» fece Kevin.

«Guardi, solo l'emozione di averlo detto vale la serata. Ottomilacinquecentosessanta! Suona bene, eh?» disse Brizio girandosi verso Santino con un sorriso da idiota.

«Suona sì. Meno male che me ne sono andato!».

«Allora?».

Kevin ci pensò. Guardò per un solo attimo Santino che abbassò gli occhi.

«Allora?».

«Lei sa quante carte ho scartato, io no. Potrebbe avere di tutto in mano».

«Potrei. O magari ho una coppia di otto!» e Brizio scoppiò a ridere. Italo invece era serio. Cristiano annuì appena. Kevin lento mise i soldi nel piatto. «Vedo!» disse.

Brizio mostrò le carte. «Allora abbiamo due otto e tre kappa! Basta?».

Kevin divenne rosso in viso. «Io...».

«Lei ha?».

«Come è possibile?».

«Cosa com'è possibile?» chiese Brizio con la faccia più innocente che aveva.

«Come fa ad avere un full di kappa?».

«Fortuna?».

Kevin sbatté le carte sul tavolo. Si alzò in piedi e guardò i compari. «Come fa?».

«Ma perché, lei era a conoscenza delle mie carte?».

«Hai barato!» urlò Kevin.

Brizio con una calma serafica tirò fuori la pistola, un ferro enorme. «A barboncino» fece mentre Kevin tornava seduto tremante. Santino e Cristiano avevano gli occhi di due animali impagliati. «Avemo giocato con le carte segnate e nun v'ho detto niente. Poi distribuite le carte prendendo da sotto il mazzo o da sopra e so' stato zitto... anche se lo fate con l'aiuto del pollice e questo non si fa perché si vede. Mo' io ho il punto più alto e vinco. E se dici che ho barato, te pianto du palle in fronte a te e due all'amici tua». Per sottolineare l'intenzione fece scattare il cane dell'arma. «Ma che pensavi, deficiente, che vengo fin qui a famme pija' pe' 'er culo da voi?».

Brizio raggranellò le fiches sul tavolo. «Contanti o un assegno? Se firmi un assegno fa' che non sia cabrio sennò te scopro il cranio».

«Intende dire che t'apre la testa» tradusse Italo.

«Ma tu... Italo?».

«Tu che, brutti figli di puttana? Mi avete messo in mezzo dall'inizio e facevate gli amici?». Italo scattò in piedi. Rosso in viso, la bava alla bocca. «Brutti pezzi di merda!» mollò un calcio alla sedia. «Sì, ho organizzato tutto io, e non guardarmi come un imbecille Santino! Ve la dovevo far pagare e ora pagate».

«Quant'è vero Iddio...». Santino fece per alzarsi, Italo rapido come una serpe gli mollò un pugno dritto sul setto nasale che schioccò come un ramo secco. L'uomo urlò e cadde a terra con le mani sul viso, ma Italo aveva solo cominciato. Lo prese a calci mentre Kevin e Cristiano osservavano in silenzio, impotenti sotto la minaccia di Brizio che teneva la rivoltella ad altezza uomo. «Se deve sfoga', so' ragazzi...» disse. Solo quando Italo ne ebbe abbastanza si voltò verso Kevin: «Vuoi dirmi qualcosa anche tu, pezzo di merda?» ma quello restava incollato alla sedia. «Oppure tu, Cristiano? Il poker è tecnica, il poker è fortuna, il poker è segnare le carte e rubarmi i soldi!». Con due ditate si tolse le lenti a contatto e le mostrò al giocatore. Santino mugugnava ai piedi del tavolo. Italo aveva il fiatone ma ora sembrava più calmo.

«Contanti» disse Brizio rivolto a Kevin. «E sbrigate che me so' rotto er cazzo de sta' qui. Tu hai bisogno di niente, Italo?».

L'agente guardò il tavolo. «No, per me può bastare così».

Era la prima volta che beveva quel tipo di grappa. Troppo dolce, sembrava un liquore all'amarena, ma alla fine di un pasto poteva risultare molto piacevole. Il problema era che Rocco non aveva mangiato niente dalla colazione e quel sorso alcolico gli provocò una fiammata nello stomaco da fargli strizzare gli occhi. Poggiò il bicchiere sul bancone e finalmente vide uscire Mieli dalla sala ristorante. «Viene fuori?» gli disse mentre si infilava il giubbotto. Rocco lasciò una banconota da dieci euro e lo seguì.

Si allontanarono una ventina di metri dall'entrata dell'hotel piazzandosi sotto un lampione. La temperatura era scesa minacciosa ma almeno il vento era calato. Mieli si accese una sigaretta. «Allora, ho sentito chi dovevo sentire».

«Bene».

«Ma 200.000 sono troppi. Per domani sera possiamo muoverci per 100».

Rocco si alzò il colletto del loden, poi annuì. «Come la vuole fare? Giro di assegni?».

«Quali assegni, Schiavone, noi veniamo coi contanti. Ne liberiamo una trentina nel pomeriggio, altri trenta la sera e quaranta dopo la mezzanotte».

«Allora facciamo che questa è una prova generale per i nostri rapporti futuri. Centomila, va bene, poi alziamo».

«Ma dobbiamo andarci cauti. Se la cifra è così alta un weekend sì e uno no».

«Vede, Mieli? A me guadagnare 30.000 euro al mese non basta. O alzate la posta oppure se la cifra è 100.000 va fatto ogni weekend che Dio manda sulla terra. Domani pomeriggio alle tre sarò al casinò e cominciamo. Mi sembra inutile consigliarvi di venire...» si voltò per allontanarsi da Mieli che gettò via la sigaretta con un moto di stizza. «Lei è un poliziotto di merda!» ringhiò. Schiavone si voltò. «Per lei sono un colpo di culo, mi creda».

Rientrò in casa infreddolito, affamato, stanco. Lupa gli andò subito incontro. Cecilia e Gabriele erano seduti sul divano che non era il suo, era bianco, enorme, tre posti e occupava mezzo salone. «Bentornato» fece Gabriele. Rocco si voltò e vide l'angolo che il ragazzo aveva trasformato nella sua camera. «Guardi! Li abbiamo già montati!» gli disse. Afferrò un pannello di carta e legno e fece scorrere le ante sul binario e il divano con la televisione sparirono alla vista. «Ora ognuno ha la sua privacy. Incredibile, no? Quattro pannelli e abbiamo trasformato il suo bilocale in un comodo trivani».

Rocco se ne stava in piedi, congelato, con gli occhi sbarrati di fronte a tutto quel bordello. «Poi quando mamma non c'è, voilà» ritirò i pannelli e riapparvero il divano, il televisore e Cecilia sempre con lo sguardo basso. «Che le sembra?».

«Primo» fece Rocco, «c'eravamo accordati che saremmo passati al tu».

«Giusto, che ti sembra, Rocco?».

«E che mi sembra? Cecilia, tu che dici?».

«Che mi sento imbarazzata...».

La mancanza di entusiasmo di Rocco intristì Gabriele. «Non ti piace...».

«È molto bello, Gabriele. Avete fatto un ottimo lavoro. Hai una carriera di architetto davanti... Siete stati più rapidi di Hitler in Polonia».

Gabriele lo guardò senza capire. «Mi riferisco all'invasione del '39, mai studiata?».

«No...». Gabriele cercò di recuperare un po' di entusiasmo. «L'unico inconveniente è che abbiamo un solo bagno».

«E che sarà mai, Gabriele? Mettici un paio di pannelli scorrevoli e risolviamo pure quello».

Cecilia finalmente si alzò. «Io non...».

«Va bene così».

«Ti ho preparato la cena» fece la donna a bassa voce. «Ti piacciono i canederli allo speck?» e si avvicinò al tavolo della cucina. Era apparecchiato per tre. «Non abbiamo finito coi mobili, domani continuiamo, se non ti dispiace. Intanto una mezza sistemata l'abbiamo data, come puoi vedere». Rocco si avvicinò alla tavola. Non erano suoi quei piatti, le posate, le tovagliette colorate e i bicchieri rossi. Solo il Blanc de Morgex era suo. «Giacché c'ero ho stappato come augurio per una convivenza felice e spero breve. Ovviamente per le spese...».

«Cecilia, non devi preoccuparti per quelle. Sono solo un dettaglio».

«Allora...».

Si misero a tavola. Gabriele versò il bianco. Poi alzarono i calici. «A noi!» fece il ragazzo.

«A noi!» rispose Rocco con un filo di voce. Uno sguardo alla sua ex casa trasformata in un deposito di mobili, poi con un solo sorso scolò il vino.

«Ti starai domandando perché ti ritrovi in questa situazione, vero?» gli chiese Cecilia.

«Come hai fatto a capirlo?».

«Me lo chiederei anche io. Però una risposta ce l'ho».

«Sentiamola».

«Perché hai il cuore d'oro» gli occhi della donna sembravano più grandi e anche un po' lucidi.

«Non ho il cuore d'oro, Cecilia. Sono una pessima persona, lo faccio per lui» e indicò Gabriele che intanto stava facendo le porzioni, «perché non si merita la vita che gli stai dando. Ti ritengo responsabile di tutto questo e voglio che tu faccia più dell'umano possibile per risolvere la questione» il ragazzo fissava Rocco. «E al di là delle regole della convivenza c'è un dettaglio al quale tengo più di tutti gli altri. Torna sul tavolo da gioco e stavolta farò di tutto per toglierti Gabriele».

Cecilia annuì. Le scappò via una lacrima che si asciugò col tovagliolo. «Hai ragione, hai perfettamente ragione».

«E mo' magnamose 'sti canederli».

«La vuoi l'insalata, Rocco?». Gabriele sorrideva di nuovo. Rocco gli scompigliò i capelli. «Prima però mettiamo i Pink...».

«No, metto un disco che ho appena comprato. Lo conosci *Heroes* di Bowie?» e scattò allo stereo che aveva intrufolato fra il letto e la piccola scrivania.

«A me chiedi se lo conosco?».

«Sì, ma a basso volume, Gabriele» intervenne Cecilia.

Gabriele sorrise, si soffiò via i capelli e fece partire il disco. «Ecco qui... serve proprio questa».

Though nothing, nothing will keep us together.
We can beat them, for ever and ever.
Oh, we can be heroes just for one day.

Gabriele rimbalzava a piedi pari tenendo le mani in alto e cantava a squarciagola. I capelli lunghi gli nascondevano parte del volto. Afferrò al volo la forchetta, se la portò alla bocca come fosse un microfono, poi indicò Rocco: «*We can be heroes... just for one day!*».

«Almeno l'inglese lo sa» fece Rocco a Cecilia, che sorrise.

«Mi dispiace averti messo in questo casino».

«Possiamo essere eroi, anche per un solo giorno» le disse Rocco sorridendo e alzò nuovamente il bicchiere per un brindisi.

«Come ti senti?» gli chiese Brizio. Italo alzò le spalle. «Come uno che ha bisogno del fratello maggiore per cavarsela».

Brizio mandò giù il bicchiere di vino e scosse la testa. «Erano in tre e tu da solo».

«Non è quello».

«E allora cos'è?».

Italo tagliuzzava con la forchetta il cibo che ormai si era freddato. «La colpa è mia. Sono io che mi metto in mezzo ai guai e non so cavarmela».

Brizio ingoiò il boccone. «Perché tu nel gioco ci vedi il proibito, la cosa che non si può fare, e combini 'ste cazzate. Per me fino a 23 anni è stato un lavoro. È tutta 'na questione di capoccia. Vedi Italo? Io so' un ladro, so fare solo quello, da sempre. A volte m'è andata bene a volte m'è andata male, insomma quando a tordi e quando a grilli. Ma a parte le sigarette non sono mai andato in fissa con niente che mi facesse perde la testa. E lo sai perché? Non ci avevo il tempo d'annoiarmi. E se ero disperato coi soldi non me giocavo la fortuna, ma la capacità. Mo' spiegami: perché hai cominciato?».

«Non lo so, Brizio. Per passare il tempo, almeno all'inizio. Scommettere i soldi, non si tratta di vincere o perdere, è la scommessa che conta. Mi piace il gioco, rischiare... è difficile resistere».

Brizio spezzò il pane e cominciò ad appallottolare la mollica. «Non ti piace la tua vita e cerchi qualcos'altro?».

«Forse è così...» il poliziotto si portò alla bocca la punta di un asparago.

«Lo sai qual è secondo me la vera vacanza? Tornare per un po' di giorni a quando avevi 10 anni. Per una settimana avere la capoccia e il cervello di un regazzino, quell'energia. Niente pensieri, niente paure, solo giocare e correre e fare cazzate. Ecco, quella è una vacanza, io dico. Torneresti a casa riposato e felice perché sono i guai, i pensieri e lo stress che da grande ti spezzano. Tu giochi perché secondo me vuoi tornare a quegli anni, ma fidati di me, Italo, che a quegli anni non ci si torna più. Indietro non si torna più. Se po' solo anna' avanti. Guarda Rocco. Quanto vorrebbe torna' indietro. Ma non può».

«Rocco è malato».

«Tu pure lo sei. Rocco ce fa i conti ogni giorno co' 'sta malattia e se tu passassi la metà delle cose che ha passato lui staresti già ricoverato a qualche neurologia. Senti a me, quanto ci hai, 30 anni? Manco? Cazzo, e stai co' 'sta faccia? Svuotati, datti da fare. Non te piace la divisa? Levatela! Vai a fa' il camionista, apri un bar, scappa all'estero. Ma non ti ridurre così a parla' coi fantasmi, perché lì vai a finire».

Italo si versò un bicchiere di vino. «Tu a Rocco gli vuoi bene?».

«Da 40 anni. Dimme un po', quale altro superiore se sarebbe messo in mezzo a risolverti il problema? E conta che le carte, i cavalli, tutte 'ste cose Rocco le odia. Il padre s'era mezzo rovinato. Eppure t'ha dato una mano. Cerca di capire, Italo, e approfitta de 'st'opportunità. Rocco non ci sarà per sempre».

La porta del ristorante si aprì ed entrò il vicequestore. La sala era ormai vuota, li vide subito al tavolino in fondo. Brizio spaparanzato sulla sedia beveva del vino, Italo invece si fissava le mani. «Tutto bene?» chiese Rocco sedendosi al tavolo.

«A posto» fece Brizio, «tutto risolto. Italo è stato bravo, l'ha gonfiati come 'na zampogna. Ammazza, mena il ragazzo».

«Tu che hai?» chiese a Italo.

«Niente Rocco... mi sento un coglione».

«Aridaje!» fece Brizio.

«Li avete puliti?».

«Qui ci stanno i soldi della posta». Brizio allungò una mazzetta di banconote a Rocco che la intascò. «Vuoi la vincita?».

«Ma che stai a scherza'? Quella è roba tua» rispose Rocco.

Brizio sorrise appena, poi tirò fuori il portafogli. «Questi sono per te... 500 euro e non te li gioca'» posò il denaro sul tavolo davanti a Italo.

«Non li voglio» fece.

«Prendili» gli suggerì Rocco, «te li sei guadagnati».

«Come? Facendo la figura dell'infame?».

Lo guardarono storto. «No aspetta, fammi capire» fece Brizio, «t'hanno messo in mezzo, t'hanno tolto mille e passa euro e tu saresti l'infame?».

«Io qui ci vivo, Brizio!» rispose Italo. «Potevamo trovare un modo più semplice per appianare la cosa».

«Tipo?» gli chiese Rocco.

«Per esempio pagavo il debito e chiudevo lì. Invece con te si finisce sempre in queste situazioni di merda» si alzò. «Vi ringrazio per quello che avete fatto, ora se non vi dispiace non vorrei pensare più a questa storia» prese il giubbotto e se ne andò lasciando i soldi sul tavolo.

Brizio scuoteva la testa. «Coglione, non capisce un cazzo! È come parla' a un deficiente! Ma chi te lo fa fare Rocco a perderci tempo?».

«Non lo so».

Brizio guardò le banconote abbandonate sul tavolo. «Vabbè, come mancia me pare un po' troppo...» riprese il malloppo. «A te come va?».

«Va bene. Stai partendo?».

«Se serve mi fermo, perché?».

«Magari c'è una cosa che ti potrebbe interessare...».

«E dimmi un po'?».

«Facciamo due passi fino al tuo albergo».

Il fumo delle sigarette si confondeva con il vapore degli aliti. «Me pare una buona cosa». Brizio annuiva. «E come vuoi dividere?».

«Due terzi a te un terzo a me. Onesto» fece Rocco.

«Hotel Olimpic.... e li puliscono domani sera?» chiese Brizio gettando via la sigaretta.

«Esatto».

«Va bene». Brizio si mise le mani in tasca. «Va bene, vengo al casinò, un giro, due colpi alle slot e poi mi do da fare».

Rocco abbracciò l'amico, poi si incamminò verso casa. Un brivido lo percorse lungo la schiena, ma non era freddo. Era il piano da portare a termine. Come ai vecchi tempi, pensò. Sarebbe stato bello avere anche Sebastiano e Furio, tutti e quattro, ma sapeva che non doveva insistere. Quell'orso avrebbe smesso di leccarsi le ferite e sarebbe uscito dalla tana. E quel giorno Rocco sarebbe stato a vicolo del Cinque ad aspettarlo a braccia aperte, perché aveva rinunciato a tutto e non intendeva perdere anche l'amicizia. Era d'accordo con Brizio, quello che gli bruciava a Seba non era farsi i domiciliari ma non essere riuscito a vendicare la morte di Adele. Ma come diceva zio Chicco quando Rocco da ragazzo si disperava: «Rocco, la partita finisce quando l'arbitro fischia!». E la partita con Baiocchi, lo sapeva, era ancora al secondo tempo. Un suono lo avvertì che aveva un messaggio. Era Lada. «Non mi chiami più?». Rocco sorrise. Poteva essere un rischio vederla, ma poi gli tornarono alla mente il corpo, i capelli e gli occhi di quella donna.

Sticazzi, pensò, ci vado cauto. «Ti disturbo a quest'ora?».

«Figurati...».

«Ma Guido non c'è?».

«No. È andato a Rho. Problemi col figlio grande. Tu sei sempre all'albergo?».

Pensò che sarebbe stato meglio evitare di portarla a casa. Come le avrebbe spiegato quell'asilo per profughi in cui si era trasformato il suo appartamento? «Sempre all'albergo. Che fai, vieni?».

«Fra dieci minuti sono lì. C'è qualcosa che posso portare?».

Il cervello, è lì il problema. Fossimo solo sensi, tatto, olfatto, somiglieremmo a tutti gli altri animali della terra. Un profumo e sapremmo se quella persona ci assomiglia oppure è un nemico, se è venuto per nuocerci, se è una minaccia o può essere un compagno di strada. Ci basterebbe toccare la pelle, sentire la carne, la saliva, il sudore. Saremmo lì, sul letto a fare l'amore con l'uomo o la donna usando solo il corpo. Ma siamo esseri umani, e abbiamo un torrente di immagini, suoni e parole che ci assordano, ci accecano, ci portano lontano. Altrimenti Rocco si sarebbe limitato a leccare la pelle di Lada, a sentire il suo calore, a godere dei suoi capezzoli, delle caviglie. Invece doveva stringere gli occhi, non pensare.

Come si fa a non pensare? Ci provava, si concentrava sul movimento fisso e continuo, sul piacere che gli dava il corpo bianco e caldo della ragazza. Ma appena chiudeva gli occhi tornavano quel viso, quei capelli, quella pelle che mancavano da mesi.

No!

Provava a perdersi nelle pupille azzurre come un ghiacciaio e nei capelli biondi sciolti sul cuscino. «Di' qualcosa...» mormorò sperando che la voce, almeno quella, fosse diversa.

«Non ti fermare, Rocco, non ti fermare».

Il viso di Lada diventò quello di Caterina che lo guardava con le lacrime che scorrevano sulle guance, come la sera al ristorante. E la vedeva aprire la bocca, ma non capiva cosa stesse dicendo. Sussurrava appena, parole dolci, o forse stava solo ripetendo il suo nome.

«Rocco, Rocco!» ma era la voce di Lada quella, e sue erano le mani che gli abbracciavano i fianchi. «Stringimi forte!».

Sbrigarsi, chiudere, finire, mettersi a dormire, furono gli ordini che partirono dalla corteccia cerebrale ai quali il vicequestore Schiavone obbedì. Scivolò sul fianco di Lada con un braccio sulla fronte e il sudore lungo la schiena. «Non funziona...» mormorò. Ma Lada lo aveva sentito.

«Cosa non funziona?».

Rocco non rispose. La donna si era messa su un fianco e a pochi centimetri guardava il profilo di Rocco. «Mi dici cos'hai?».

«Niente... non ho niente. Adesso, per tre minuti, fai finta che sono morto».

«Come vuoi» si alzò e andò in bagno lasciandolo solo sul letto.

Aveva fatto finta. Faceva finta da mesi. Caterina era ancora dentro di lui, annidata da qualche parte, e ne approfittava per spuntare fuori a rovinargli la festa.

Sei un coglione.

E se fosse stato vero quello che gli aveva detto l'ultima sera a cena? Se fosse stata innocente, avesse solo agito perché obbediva agli ordini? Se non le era stato possibile fare altrimenti?

«Macché!» disse ad alta voce. La risposta era nel bosco di Cividale del Friuli, con i reparti speciali piombati come aquile ad arrestare Enzo Baiocchi e Sebastiano. E pure nella foto che gli aveva mandato Brizio. Caterina sapeva quello che faceva, l'aveva tradito e fine della storia.

E allora perché cazzo ci penso?, si disse. «Perché sono un vecchio coglione!».

«Sono d'accordo!» risuonò dal bagno la voce di Lada. Gli venne da ridere. Ora la cosa si faceva delicata. La donna stava per uscire, ogni parola era una pietra. Poi pensò che il momento del bluff era passato, che giocare a carte coperte non servisse più e poteva sputare l'amaro e il sapore d'impotenza che gli si era attaccato al palato.

«Posso?» veloce tornò sotto le coperte e si strinse a lui. «Sei resuscitato o ancora morto?».

«Se lo rifacciamo muoio per davvero».

Gli mise un braccio intorno alle spalle. «Sono una stronza?».

«Da che punto di vista?».

«Ho un compagno e lo sto tradendo. E non una volta sola. Anzi torna domattina e devo essere al lavoro. Ma ti penso sempre. Che devo fare?».

«Il tuo compagno, Guido, secondo me l'ha capito».

Lada si tirò su un po' allarmata. «Dici?».

«Sì, ma chiude un occhio. Lascia fare. È evidente che quello che gli dai gli basta e avanza».

Lada si lasciò andare di nuovo sul cuscino. «Lo sai? Quando ero bambina sognavo di diventare un'archeologa. Andare a visitare le tombe, scoprire sepolture ancora vergini...».

«Ecco perché ti piacciono i vecchi come me!».

«Cretino! No. Non ho mai avuto i soldi per studiare. Guido l'ho conosciuto al pub dove lavoravo. È arrivato come un salvatore. Ho preso quel treno, ho fatto male?».

«Avevi alternative?».

«Continuare a lavorare al pub e evitare che ogni giorno quello stronzo del padrone mi mettesse le mani addosso. Ma ci sono abituata».

«A cosa?».

«Alle mani addosso. Da quando ho 16 anni, da mio zio in poi ci hanno provato tutti. Io a Guido gli voglio bene, non lo amo, ma gli voglio bene».

Rocco si sporse a prendere una sigaretta dal comodino. «Ma sei matto? Qui c'è l'antifumo!».

Il vicequestore indicò il soffitto. Sull'allarme aveva legato una busta di plastica. Si accese la Camel. Percepiva il cervello di Lada andare a 300 all'ora. Aspettò che la donna aprisse la bocca.

«Tu non sei poi così diverso» disse.

«Cosa intendi?».

«Dagli altri uomini. Perché vieni a letto con me? Solo perché sono bella?».

«Te pare poco...» e sputò fuori il fumo. «No, vuoi sapere perché? Per il corteggiamento».

«Non capisco...».

«Il corteggiamento, atto naturale che tutti gli esseri viventi mettono in pratica nella stagione degli amori. I rettili cambiano il colore della pelle, gli uccelli sfoggiano code e piume multicolori, i mammiferi fanno danze frenetiche, ma finisce lì, dura poco. Poi la femmina, di solito è lei quella che sceglie, dà il via e gli animali si accoppiano. Noi no, noi compriamo un vestito nuovo o un paio di scarpe alla moda, e cominciamo quel corollario di rotture di coglioni infinite che non ho più voglia di affrontare». Guardò la sigaretta arrivata quasi al filtro. «L'appuntamento, la cena, il cicchetto al bar, il cinema, il sorriso, i doppi sensi, e chiacchiere, chiacchiere, chiacchiere inutili, lunghe, noiose, come se due adulti non conoscano già la meta, l'atto finale. E se tu ne parli durante l'incontro allora guai! No, deve risultare una sorpresa, un incidente di percorso: ma tu guarda, noi si parlava al ristorante e ora che ci facciamo a letto nudi?».

Lada sorrise. «Io invece...».

«Tu mi hai fatto saltare tutto questo e te ne sarò grato per sempre».

Lada si mise seduta sul letto. «Riesci a togliere la poesia da tutto».

Rocco spense la sigaretta con la saliva e la poggiò sul comodino sull'attenti, come un soldato. «C'era anche la poesia? Non me n'ero accorto. Sei venuta con me aspettandoti chissà quale avventura, un universo sconosciuto, un mistero esistenziale? Sei venuta con me per le stesse ragioni per le quali io sono venuto con te. Forse».

Lada si voltò di scatto. «Che significa forse?».

«Lada, io non sono un coglione e tu sei troppo intelligente per continuare a nasconderti dietro un dito. Cosa ci fa una trentenne dal corpo statuario, sveglia e in salute a letto con un uomo solo, di quasi cinquant'anni? A parte il ruolo che riveste nella società, quello cioè del capo della squadra mobile di Aosta?».

Lada si alzò di scatto. Cominciò a rivestirsi in fretta, neanche la stanza stesse andando a fuoco.

«Puoi riferire a Guido di stare tranquillo. Te l'ho già detto, l'omicida l'abbiamo catturata!».

«Vaffanculo!» e raccogliendo borsa e giubbotto uscì sbattendo la porta e svegliò Lupa.

«Dormi Lupa, non è niente, amore mio...».

Si alzò per affacciarsi alla finestra. Il viso tagliato dalla luce dell'abat-jour si specchiava sul vetro. Poi, come la chiusa di un canale, due nuvole si aprirono e apparve una strisciolina di luna. Pareva si fosse tolta con uno scrollone una manciata di stelle dalla gobba che ora le volavano intorno come polvere.

Domenica

Alle tre di pomeriggio le sale del casinò erano già piene di giocatori. Rocco se ne stava seduto nella sala fumatori al piano terra. Una donna lo fissava senza guardarlo. Aveva i capelli corti e le dita grassocce piene di anelli. S'era data il fard sulle guance ma non poteva lottare contro il pallore mortale del viso. Le gambe intrecciate, dondolava una scarpa in precario equilibrio sulle dita del piede. Rocco si alzò per uscire. Molti cinesi attaccati alle slot machine, qualche anziano e una decina di giocatori incalliti. Era facile riconoscerli. Gli occhi spenti, cerchiati di rosso, i capelli spettinati e bisognosi di shampoo camminavano senza guardarsi intorno. Qualcuno segnava sgorbi inintelligibili con la matita su piccoli taccuini, altri avevano foglietti con la riproduzione di una roulette e controllavano l'andamento dei numeri. Ognuno seguiva un sentiero misterioso cercando di dare una spiegazione scientifica a qualcosa che rispondeva solo alle leggi del caso. Mormoravano parole fra i denti a ogni chiamata del croupier, scuotevano la testa, delusi forse dall'ennesimo crollo delle tesi numeriche appena concepite. Ipotesi senza senso, su quelle attaccavano la loro vita e le loro speranze. Qualcuno portava la fede, altri invece braccialetti d'oro al polso. Ce n'era uno che Rocco si perse a osservare. Non puntava un euro. Controllava solo i numeri usciti segnandoli su una moleskine nera. Una specie di controllore che cercava di radunare un gregge impazzito di viaggiatori senza riuscirci. La matita in bocca, gli occhi furtivi, scriveva e annuiva in un dialogo silenzioso col dio della casualità. Quando uscì il 10 nero l'uomo ebbe uno scatto d'ira e allargò le braccia cercando complicità intorno al tavolo. A Rocco venne quasi da ridere. Cos'aveva che non andava il 10 nero rispetto al 12 rosso? Quale teoria aveva infranto l'uscita di quel numero? Solo quell'uomo lo sapeva. Avrebbe avuto voglia di chiederglielo, ma rinunciò. Goran Mirković e Rosanna Sbardella erano appena entrati dalla porta principale. Un'occhiata veloce a Rocco poi si persero fra i clienti. Arturo Michelini era al tavolo dello chemin. Era in piedi, nessuno si era seduto per giocare, aspettava qualche cliente con le mani posate sul tappeto verde. Sorrise a Rocco che ricambiò. «È venuto a tentare la fortuna?» gli chiese.

«Sì» disse Rocco.

«E com'è andata finora?».

«Maluccio. Si langue?».

«È presto. Arriveranno dopo cena io credo. Ma non mi interessa, io fra un paio di ore stacco e torno a casa. Vuole provare a fare un giro?».

«No, non conosco il gioco, preferisco puntare sulla mia data di nascita o quella del matrimonio».

Arturo sorrise. «Io ho vinto sempre al casinò».

«Veramente?».

«Certo. Non ho mai puntato una lira!».

Si fecero una risata. «Anche lei non crede nelle coincidenze, Arturo?».

«No. Guardi, le spiego. Se in una scatola di una trentina di centimetri per lato ci mettiamo 5 formiche e poi dall'alto facciamo cadere una biglia, ci sono forti probabilità che la biglia non colpisca nessuno dei 5 insetti. Ora, se nella stessa scatola mettiamo 255.876 formiche e lasciamo cadere la stessa biglia, dalla stessa altezza, ci sono altissime probabilità che una o più formiche rimangano schiacciate. Non è sfiga. È una questione di numeri».

«E quante formiche ci sono?».

«A un tavolo? Una sola... quando va bene».

Rocco annuì. «Mi è chiaro. Allora buon lavoro, Arturo».

«Anche a lei...».

«Non credo che giocherò».

«Lo so. Che lei sia qui a puntare, non ci credo neanche un po'...».

«Invece sono qui proprio per giocare, ma non a quello che pensa lei».

Il croupier lo guardò senza capire, poi esibì il sorriso a tre nuovi clienti che presero posto. Rocco si allontanò. Mieli era al tavolo più vicino all'uscita. Lo salutò alzando la mano. «Come andiamo?» gli chiese Rocco.

L'uomo indicò la Sbardella che puntava una fiche da pochi euro sul tavolo. «Qualche giocata la dobbiamo fare... mai vinto, peraltro... siamo partiti con 15.000 lei e 13 Goran... fra un'ora andiamo al cambio».

«Il resto?» chiese Rocco.

«C'è tutta la sera e la mattina fino alle due... non si preoccupi, la cifra pattuita è quella. Invece lei cosa mi dice? I suoi scagnozzi?».

«Quali scagnozzi? Si riferisce agli agenti di polizia?».

«Esatto».

«È domenica. Staranno a casa a vedere la partita e chi è di turno in ufficio a sbrigare qualche cazzata... Per accelerare potrebbe affidare anche a me un cambio, dico bene?».

Mieli lo guardò sorridendo appena. «E lei registrerebbe il suo nome? Le conviene?».

«Perché no? Nessun problema. Sono comunque un cittadino, no?».

«Che si gioca 13.000 euro al casinò? Probabilmente le chiederanno dove li ha presi. Le consiglio di restare a fare il controllore, Schiavone, e di assicurare la mia incolumità, prende la percentuale per quello, no? A proposito, ancora non mi ha detto dove dovrò effettuarle il pagamento».

«Un conto in Svizzera... le darò le coordinate» rispose Rocco. Mieli schioccò le labbra. «La Svizzera non conviene più. Mi dia retta, Lussemburgo oppure Malta. Molto meglio...».

«Slovenia?».

Mieli sorrise. «Anche...».

Neanche un'ora e non ne poteva più. C'era un odore che lo stomacava ma non riusciva a capirne la fonte. Forse un dopobarba, un profumo di fiori esotici, ma era amaro e chiudeva la gola. Tutto quel mondo non gli piaceva e si sentì fortunato a non farne parte ma anzi a considerarlo l'orlo di un precipizio. Puntare soldi per cercare la fortuna per Rocco Schiavone era un'idiozia pura. E lo spettacolo umano davanti agli occhi neanche tanto interessante. Ogni tanto al bar o sul tavolo a fare una puntata vedeva Goran e Rosanna Sbardella che gli giravano alla larga. Finalmente, un'ora e mezza dopo, Mieli lo raggiunse: «Perché non se ne va a casa, Schiavone? Qui dentro non ha niente da fare, si fidi».

«Aspettavo il suo primo cambio».

«Ecco, ci siamo, venga pure con me» bastò un'occhiata a Goran e Rosanna e quelli si incamminarono verso l'uscita. «Dove vanno?» chiese Rocco.

«A prendere la prossima infornata: settantamila. Io invece guardi quanto ho vinto» e sorridendo mostrò le tasche piene di fiches. «Quasi trentamila. Non male per un'ora e mezza di lavoro, no?».

Se ne andò verso la cassa. Rocco invece lo aspettò davanti all'uscita. Cinque minuti dopo Mieli apparve sulla porta a vetri sorridente dandosi dei colpetti sulla tasca del giaccone. «Ora ci andiamo a fare un giro, per le prossime due ore non abbiamo niente da fare». Una bava di sole aveva fatto capolino.

«No Mieli, il giro lo deve fare da solo, e mi creda, durerà un po' più di un paio d'ore...». Si voltò e dalla scaletta spuntarono sei agenti fra cui Antonio, Casella e Italo. «Non c'è bisogno che le dica niente Mieli, vero?».

Quello sbiancò mentre Scipioni e Casella si avvicinavano per ammanettarlo. Dietro di loro apparve anche Baldi con la faccia fresca e riposata. «Bene, Schiavone, bel lavoro».

«Figlio di puttana» sibilò Mieli mentre strattonato da Casella spariva verso le auto parcheggiate.

«Gli altri due?» chiese Rocco ad Antonio.

«Impacchettati» rispose Scipioni.

«Resta in zona» gli disse Rocco. «Fra un po' mi servi di nuovo».

Antonio annuì e si dileguò.

«Ah, a proposito, dottor Baldi». Rocco si tolse il loden e lo passò a Italo. Lo stesso fece con la giacca rimanendo in maniche di camicia. Un filo nero attaccato con lo scotch gli girava tutto intorno al busto. Un paio di clienti che avevano assistito all'arresto stavano immortalando quell'azione con i loro telefonini. «Ecco a lei...» consegnò un registratore a Baldi. «Mi raccomando, è della Gambino, se non glielo riporto non la finisce più».

Le sirene delle auto della polizia riempirono l'aria.

Baldi prese il congegno. «C'è tutto?».

«Meglio di una confessione...». Rocco si rivestì.

«Bene, manca l'ultimo dettaglio. La mano omicida?».

«Per quella aspetto stasera...».

«Più tardi vorrei vederla in ufficio, dobbiamo parlare di una cosa» sorrise. Rocco lo lasciò davanti all'entrata del casinò e insieme a Italo si allontanò verso il paese. «Dove stiamo andando?».

«Abbiamo un paio d'ore da ingannare. Ti va una cosa da bere?».

«Non lo so se mi va...».

Rocco si mise una sigaretta in bocca. Stava per accenderla quando si bloccò con la fiamma dell'accendino a un centimetro dalla Camel. «Non ci posso credere!».

Dalla strada principale come una visione di altri tempi, zigzagando apparve D'Intino, con indosso ancora la casacca di tre taglie più grande arancione scuro e i pantaloni di velluto color bronzo. Non aveva cappotto, non aveva più la cravatta. Rocco diede di gomito a Italo. «Guarda là».

D'Intino teneva lo sguardo basso. Spettinato, una scarpa slacciata.

«Agente D'Intino!» tuonò Schiavone. Quello alzò la testa. «Dottore!».

«Ma dove cazzo eri finito? Sei sparito venerdì sera!».

«Ti davamo per morto» aggiunse Italo. «Stavo per scrivere una lettera ai tuoi parenti».

«Non putete capi'» e agitava le mani davanti al corpo. Aveva le labbra viola. «Ha successo una cosa straordinaria».

«D'Intino, dove cazzo eri finito?».

«So' conosciuto a Barbarella... dotto', l'avesse vede'! Tiene due sise tante!» e mimò rotondità generose. «Le so' conosciute a lu casinò... non so' potuto fa' a meno».

«Agente, ti devo ricordare che eravamo lì per lavoro?».

«M'ha purtate su in cima... non lo so addove, una casa tutta di legno... me sa fruncate addosso m'ha tolto la vita, dotto'!».

«Tre giorni?».

«E proprio... che je nun ne putevo cchiù! N'assatanate! Po' m'ha lasciate stamatina, ma non sapevo addo' stevo... a piedi me la so' fatte... nculo dotto', stavo a 32 chilometri da Saint-Vincent... non m'attengo ritte!».

Rocco guardò Italo che scuoteva la testa e reprimeva una risata. «D'Intino, facciamo finta di niente. Ma cazzo, una telefonata? Inventati una scusa, che hai la febbre...».

«'N se puteva. Nun mi lasciava respira'... e danghete e danghete e danghete... nu martello pneumatico dotto'!».

«Imbecille, se ti dai una mossa al casinò ci sono le auto, rimedia un passaggio e lunedì fatti trovare pronto in questura. E pigliati un'aspirina che stai per congelarti. Sbrigati».

«Grazie dotto', meno male...».

«D'Intino! Ti avevo dato 300 euro. Me li restituisci?».

Allargò le braccia. Un vecchio spaventapasseri abbandonato in un campo. «Dotto', Barbarella costa...».

Bastò lo sguardo duro e penetrante del vicequestore per far accelerare il passo all'agente abruzzese che, ratto, scivolò verso il parcheggio del casinò.

«Ora una cosa da bere ci vuole proprio, 'nnamo».

«Però, sono contento. Per D'Intino dico» fece Italo.

«Di cosa sei contento?».

«Almeno lui ha passato giorni felici...».

Trovarono Brizio al bar in via Chanoux. Aveva già consumato una birra e aveva l'aria annoiata. «Uelà. Come stai?» chiese a Italo. «Va meglio?». L'agente alzò appena le spalle. «Certo in divisa fai tutta un'altra figura. Accomodatevi». Brizio allungò una sedia a Rocco.

«Com'è andata?».

«Tutto bene, Rocco, come da istruzioni...». Brizio si mise una mano in tasca. Passò una busta a Rocco. «Erano 70.000».

Rocco intascò la busta. «45 sono per te».

«No, ho fatto metà per uno, me sembra equo. Poi è stata una passeggiata» gli fece l'occhiolino. «L'avevano infrattati dentro la valigia, 'sti cojoni» e mollò una pacca a Italo che non sorrise. «E fattela 'na risata, no?».

«E lascialo perde Brizio, lo vedi? Al ragazzo je rode. Grazie Brizio, ti devo un favore».

«Uno?» disse l'amico e scoppiò a ridere. «Invece m'ha fatto piacere, me so' divertito. E poi ci siamo rivisti...». Si guardarono per qualche secondo. «Oh, Italo, te racconto una cosa. Io Rocco Furio e Seba a dieci anni siamo andati a vedere un film di cowboy al cinema parrocchiale. C'erano due che facevano il patto di sangue. Se tagliavano una mano e se la stringevano. Fratelli di sangue! Fuori dal cinema decidiamo che pure noi lo dovevamo fare, ti ricordi, Rocco?».

«Me ricordo sì...» e sorrise.

«Siamo andati a prende un coltello da sora Agnese, la fruttarola, e poi seduti sui gradini de 'na chiesa volevamo tagliarci la mano...».

«Solo che non avevamo il coraggio...».

«Infatti. Allora ci siamo punti il polpastrello dell'indice e ci siamo stretti la mano».

«Che uomini, eh? Te ricordi? Sebastiano era andato in paranoia che si voleva fare l'antitetanica...».

«Come no? Diceva: sora Agnese col coltello ce taglia la cicoria piena de terra! Lo rifaresti, Rocco?».

«Prima vojo vede' le analisi del sangue di Furio, però» e scoppiarono a ridere.

«Anche io l'ho fatto» disse Italo. «Con un compagno delle elementari».

«Vi siete tagliati il palmo della mano?» gli chiese Brizio.

«No, il pollice. Si chiamava Robertino».

«E dov'è ora?».

«Il padre lavorava in banca. È finito a Bari e non l'ho più sentito. Chissà che fine ha fatto».

Brizio lo guardò serio. «Con l'amicizia però non si scherza, Italo. Puoi pure cazzeggia', ma non si scherza. Mo' voglio torna' a casa. Stella m'ha chiamato 13 volte» si alzò per andare a pagare. Rocco lo seguì. «Brizio, c'è un'altra cosa che devo chiederti».

«Sono qui. Dimmi».

«Vendo casa. Vorrei che te ne occupassi tu».

«Io?».

«Sì. Se entro lì dentro me vie' da piagne...».

«E perché a me no?».

«Facci quello che ci devi fare, non m'importa, basta che la vendi».

«Sei sicuro, Rocco?».

«Mano sul fuoco».

«Quindi a Roma non ci torni più?».

«Guardati in giro. Che vedi?».

Brizio si passò la mano sui capelli. «Vedo un bar... con le pareti rivestite di legno. Lì c'è il bancone, alla cassa, Italo che pare uno straccio...».

«La mia vita» disse Rocco. «Ora è questa. È inutile pensare a Roma, io lì per ora non ci torno e se dovesse accadere, non tornerei a vivere a via Poerio. Quegli anni se ne sono andati, Bri', e m'hanno portato via come 'na piena del Tevere. So' sbarcato quassù, in mezzo alle montagne, a gente che non conosco e non ho voglia di conoscere. Avevo solo tre amici, e chissà se ritrovo pure quelli».

«Mo' me fai male».

«Non te faccio male, è la vita che fa così. Prima o poi me ne dovevo rendere conto».

Brizio lo afferrò per la manica. «Io ci sono sempre. E pure quei cojoni giù a Roma».

Rocco abbozzò un sorriso.

«Ci vediamo quando scendi?».

«Ci vediamo quando scendo».

«Italo, ti devi togliere 'sta faccia».

«Questa ho».

«Non fare il coglione. T'eri messo in un impiccio brutto, il mio amico t'ha tirato fuori, ora mi spieghi?».

«Non è per quello» si sedette su una panchina nonostante il freddo fosse aumentato col calare della sera. «Mi sento un cretino, Rocco. Uno che ha bisogno del papà, sennò non sa tirarsi fuori dai guai. Guarda com'è andata oggi? Hai organizzato tutto da solo, dalla Gambino per la registrazione, dal magistrato per i permessi, tempo fa mi avresti messo in mezzo. Dimmi che ho torto».

«Hai torto, Italo. Dovevo fare un bluff, e visto che giochi, anzi giocavi a poker, dovresti capirmi. Il bluff meno gente lo conosce e meglio è. È andata bene, no?».

Italo annuì e si infilò le mani in tasca. «Che vita di merda» disse.

«Non me ne parlare, Italo. Allora, che ore sono?».

«Fra dieci minuti sono le otto».

«E non puoi dire otto meno dieci? Vai, forza, andiamo a prendere il pezzo di merda!».

L'agente si alzò. «Come ci sei arrivato però me lo puoi dire».

«Il gatto» rispose Rocco accendendosi una sigaretta.

«Il gatto?».

«Era fuori casa. Questo che vuol dire?».

«Che è uscito dalla finestra, no?».

«Esatto. Ma l'assassino non è entrato dalla finestra. Ha usato le chiavi».

«Le chiavi?» stavolta fu Italo a fregare una sigaretta dal pacchetto di Rocco.

«Lo spioncino della vicina. Sai cosa c'era sopra? Residuo di adesivo. Qualcuno lo ha otturato con lo scotch. Perché?».

«Perché quella non si fa gli affari suoi».

«Bravo. E soprattutto conosce l'assassino. È entrato dalla porta a cercare qualcosa, Favre è tornato troppo presto, l'ha ucciso ed è uscito di casa. Dopo qualcuno è penetrato dalla porta-finestra per lasciare l'accendino di Cecilia in casa».

«E dove l'ha preso l'accendino?».
«Al casinò. L'avrà lasciato lì».
Italo camminava e guardava l'asfalto bagnato. «Quindi in casa di Favre è venuto uno del casinò?».
«Oppure uno che al casinò quella sera c'era. Ed era d'accordo con l'assassino. A occhio e croce potrebbe essere quell'ispettore...».
«Candreva?».
«Esatto... ma su quello ora ci lavoriamo».
«Ce l'hai la prova principale?».
«La stiamo andando a prendere. A proposito, chiama Antonio. Magari ci dà una mano».
«Sì, dove lo faccio venire?».

Come sempre nel camino ardevano ciocchi di legna. La televisione era accesa su una partita di serie A. «Buonasera dottor Schiavone, prego, accomodatevi!».
«Come va oggi Arturo? Stanco?».
Michelini sorrise. «Macché, il turno pomeridiano è leggero. Allora, ho saputo... ecco cosa intendeva quando mi ha detto che stava giocando. Complimenti, dottor Schiavone!».
«Grazie».
I due poliziotti lo osservavano in silenzio.
«Stavo guardando il Milan...».
«Direi sticazzi, no, Italo?».
«Sì, giusto dottore, sticazzi mi sembra corretto».
Arturo li guardava senza capire.
«Posso... posso offrirvi qualcosa?».

«Le sue scarpe» gli disse Rocco. Arturo fece una smorfia. «Le mie...?».

«Scarpe, quelle con cui lavora».

«Io non...».

Intervenne Italo: «Signore, quando un poliziotto chiede qualcosa, anche se strana a suo modo di vedere, sarebbe meglio accontentarlo. Se poi il poliziotto è il vicequestore ancora di più».

Arturo si appoggiò alla poltrona. «Mi dite perché?».

«E certo, sto qui apposta» fece Rocco. «Glielo racconto nel dettaglio o vado per grandi linee?».

A rispondere fu il miagolio di Pallina. «Vedo che l'ha tenuta».

«Ah, sì. Poverina».

«Poverina? Che cazzo dice Michelini, è lei che l'ha resa orfana. Allora, prima di tutto le faccio i miei complimenti per come ha recitato. Dico davvero, più che il croupier lei doveva lavorare a Cinecittà».

Michelini guardava ora Rocco ora Italo con il viso terreo.

«Lei la notte fra la domenica e il lunedì era di turno al casinò».

«Vero...».

«Benissimo. Poi cosa ha fatto?».

«Sono tornato a casa alle tre, più o meno, lo sa, gliel'ho raccontato».

«Quello che non mi ha raccontato però è cosa ha fatto per mezz'ora, diciamo verso la mezzanotte. È andato a casa...».

«A prendere le pillole per la pressione. Le avevo dimenticate».

«Perfetto! Capito, Italo?».

«Capito, dottore» rispose l'agente che cominciava a vedere l'alba.

«Prima ha messo del nastro adesivo sullo spioncino della Martini, quella tipa i cazzi suoi non se li fa mai, vero? È entrato in casa di Favre con le chiavi, cercando qualcosa, che non ha trovato. Perché il tesoro, chiamiamolo così, era nel cellulare del ragioniere. Che rientra all'improvviso, o forse lei lo ha aspettato. Due coltellate secche e il ragioniere non c'è più!».

Arturo cominciò a respirare con affanno. «Io... ma lei è pazzo!».

«Ridillo e ti spacco la faccia. Devi stare zitto e ascoltare, imbecille!». Arturo fece un salto all'indietro. Rocco riprese: «Sei uscito e tornato al lavoro. A proposito, nervi saldi, bravo! Ora che succede? L'idea di mettere in mezzo Cecilia Porta. Qualcuno deve portare l'accendino della donna con le sue impronte dentro casa. Ma tu non lo puoi fare. Candreva? Va in casa, apre la porta-finestra, entra e deposita il bic bianco bene in vista. Esce e lascia ovviamente la finestra aperta. Ed ecco che Pallina se ne va in giro».

«Le sue sono supposizioni di una mente malata!» esplose Arturo. «Io non starò qui a sentirmi sbattere in faccia tutte queste schifezze».

«Infatti vai a prendere le scarpe del lavoro, non te lo ripeto più. Lo sai dove hai sbagliato, pezzo di merda? Le chiavi...».

«Le chiavi?».

«Quando la signora Bianca, la notte dell'omicidio, ha provato a entrare in casa ha detto che non ci siete riusciti, perché Favre aveva lasciato le chiavi infilate nella toppa. Poi la mattina sei entrato dalla finestra e... oddio! Hai trovato il cadavere! E c'erano le chiavi nella toppa, quelle di Favre. Perché la porta, amico mio, non ha la maniglia, si apre solo con le chiavi. Solo che su quelle chiavi abbiamo trovato una traccia di sangue, zero rh positivo, è il sangue della vittima. Come c'è finito lì? Qualcuno con le mani sporche del suo sangue l'ha usata, quella chiave. Ovvero l'assassino. Da quell'appartamento hai tenuto fuori Bianca e Desideria, parole loro e anche tue, quindi a parte noi della polizia tu sei l'unico a essere entrato...».

Arturo abbassò lo sguardo.

«E mo' che ti porto dentro facciamo pure un controllo delle impronte digitali. Ci vuoi scommettere le palle che le tue saranno proprio sul mazzo di chiavi di Favre? E non è l'unica toppa che hai commesso. Il vestito, amico mio, è la seconda cazzata. Guarda caso l'hai portato in tintoria. Lo so, quando uno è sconvolto qualche sciocchezza la combina. Insomma, avevi appena massacrato un poveraccio che non riusciva a starsene lontano dai cazzi degli altri, giusto? E hai fatto un terzo errore. Il giorno che siamo venuti al casinò io ti ho detto tutto e guarda caso i tuoi amici non hanno portato a termine il lavoro, hanno solo cambiato e non hanno dato l'assegno a Mieli. Chi li ha avvertiti?».

«I miei amici?». Sembrava che il croupier stesse trattenendo una risata.

«Mieli, il croato e la Sbardella. Riciclavate i soldi. Ora va' a prendere 'ste scarpe. Italo, accompagnalo».

«Quindi è concorso in omicidio!» fece Baldi. Lupa se ne stava sul tappeto a dormire a pancia all'aria. «Per Mieli, Sbardella, Mirković e su quel Candreva...».

«Non ho prove per inchiodarlo per l'omicidio di Favre, ma Candreva è parte del gruppo dei riciclatori».

«Che ore sono?». Baldi guardò l'orologio sul tavolo. «Mezzanotte... quanto ci mette la Gambino?».

«L'ho chiamata mezz'ora fa, a momenti dovrebbe darci la risposta».

«Quello che resta fuori è tale...» lesse degli appunti, «Guido Roversi. Non è il tipo con la moglie bona?».

«Sì» fece Schiavone sorridendo appena.

«Perché ride?».

«Le è parso a lei, sono serissimo».

Baldi si alzò in piedi. «Se l'è portata a letto».

«Io? No, quando mai».

«Se l'è portata a letto. Insomma, su questo Guido Roversi?».

«Sì, il sospetto che ci sia di mezzo c'è, per una telefonata fatta a Favre la notte del delitto. Ma, mi creda, è solo un sospetto, io contro di lui non ho niente, a parte che ficcava un po' troppo il naso e che all'inizio ha cercato di indirizzare le indagini».

«Insomma, prove della sua complicità non ne abbiamo... Ne è sicuro?».

«Ho avuto rapporti ravvicinati con la donna... lo confesso e me ne sono servito. Sapevo che quello che ci dicevamo io e la russa, restava fra me la russa e suo marito. Allora ho semplicemente detto che il caso era chiuso e avevamo preso il colpevole, Cecilia Porta, proprio la donna che Arturo e company volevano inchiodare. E guarda un po' il giorno dopo al casinò c'era tutta la banda pronta al solito giro di riciclaggio».

«Un po' pochino per andarlo a prelevare, no?».

«Già, troppo poco».

«Ricorrerò al solito trattamento delle olive. La spremitura...». Baldi fece l'occhiolino a Rocco. «Quindi lei a letto con la russa c'è andato per puro interesse professionale?».

«Dottore, io a letto con la russa ci sarei andato pure se fosse stata lei l'assassina. Diciamo che il coinvolgimento professionale, a ridurlo in percentuale, si aggirava intorno al 3, 4 per cento».

«Bastardo...» mormorò Baldi.

«Comunque» riprese Rocco, «... dietro c'è un'organizzazione, diciamo che i nostri sono solo la punta dell'iceberg».

«Non sarà facile risalire ai vertici».

«No, ma neanche impossibile. Soprattutto per lei».

Baldi si mise seduto. «Però la vedo strano. Perché non è convinto del concorso in omicidio di tutto il gruppo?».

Schiavone si sedette sulla poltrona. «Qualcosa non mi torna. C'è qualche dettaglio un po' forzato, e a dire il vero comincio seriamente a dubitare del movente».

Baldi strizzò gli occhi. «Si spieghi meglio...».

«La verità? Più passa il tempo più non sono così convinto che Michelini sia legato al riciclaggio».

«Cioè?» l'inno alla gioia di Beethoven riempì la stanza.

«Ma perché non cambia suoneria?».

«Non lo so fare... Schiavone! Sì... bene, ottimo, Michela, ottimo. Grazie... Come? Aspetta, ti metto in vivavoce...».

Poggiò il cellulare sulla scrivania. La voce della Gambino risuonò nella stanza. «Dottor Baldi? Sostituto Michela Gambino, buonasera, o buonanotte come preferisce lei».

«Novità?».

«Abbiamo tracce di sangue sulle scarpe di Arturo Michelini... e corrispondono al gruppo sanguigno di Favre».

«Bene!».

«Ora col tempo lo mandiamo a Torino per il processo, così facciamo il controllo del dna, ma credo che non ce ne sia bisogno. L'ho detto anche a Schiavone, il sangue, dottore, quello non se ne va mai».

«Perfetto. Ottimo lavoro, Gambino».

«Un'altra cosa...».

Rocco e Baldi si sporsero in avanti per sentire meglio. «Avete pensato a un particolare?».

«Sarebbe?».

«Non c'è troppa gente intorno a un riciclaggio di soldi sporchi? Voglio dire...» ci fu un rumore. «Porca miseria... scusate, ero in macchina e m'è caduta la lattina di Coca-Cola... dovrei smettere di prendere bevande dagli ingredienti misteriosi. Ci avete fatto caso?».

Rocco alzò gli occhi al cielo. Baldi agitava la mano con le dita strette come a dire: «Che sta dicendo?».

«La Coca-Cola è sempre presente. Corea, Vietnam, Cile, Repubblica Domenicana, Cuba, Watergate, il '68, Woodstock...».

«Dove vuole arrivare, dottoressa Gambino?».

Rocco fece cenno al magistrato di lasciar perdere.

«Voglio dire... prima o poi qualcuno dovrà capire e analizzare se all'interno della bibita ci sono elementi atti al controllo delle emozioni, della rabbia o anche solo dopamina...».

«Va bene Michela» tagliò corto Schiavone, «ora ci pensiamo».

«Una cosa è certa. Io da domani berrò solo italianissima gazzosa».

«Perfetto. Michela, prima di cosa parlavi?».

«Prima? Ah sì, giusto. Dicevo: troppa gente su questo riciclaggio, non vi pare? Insomma, ci sono i tre che cambiano i soldi, Michelini che uccide Favre...».

«E che sapeva della vostra presenza il giorno di indagini al casinò, dico bene?» fece Baldi. «Facile che sia stato lui ad avvertire il gruppo di sospendere l'operazione».

«Ma c'era anche quell'ispettore, Candreva, no?».

«Dove vuole arrivare, dottoressa?» chiese Baldi.

«Non lo so, da nessuna parte. Solo che, ecco, mi sembrano troppe persone tutte intorno all'osso».

Alla parola «osso» Lupa tirò su un orecchio allarmata.

«Su quello stava indagando Favre. E quello è il motivo dell'omicidio» fece Baldi. «Ora se sono tre, cinque o venti persone non ci vedo niente di strano».

Schiavone invece si rabbuiò. «No, io sono d'accordo con Michela. È vero, sento scricchiolare qualcosa».

«Che Mieli e company dicano, stando alle prime domande che gli ho fatto, di non conoscere Michelini però è normale» intervenne Baldi che seguiva un suo pensiero. «Insomma, lì di mezzo c'è un omicidio».

«Sì, può essere una difesa disperata, ma...». Rocco si lasciò andare sulla poltrona e stirò le braccia. «Però Michela, anche io ho gli stessi dubbi. Prendiamo la storia del pezzo di scontrino di Favre. Quella C quella A e quella B. Noi siamo risaliti alla B dicendo che poteva essere la marca della mozzarella di Mieli, Belfiore, Belsito, ora non ricordo come si chiami».

«Belfiore. Va' avanti» fece Michela.

«La C invece abbiamo pensato a un vago croato... per indicare Goran Mirković. E anche lì...».

«Sì, Rocco, sono d'accordo con te».

«L'unica è quella A che potrebbe essere Arturo» concluse Baldi.

«Già...» soffiò Michela dal telefono.

«Ma se aveva scoperto che il vicino era invischiato, quantomeno gli avrebbe tolto le chiavi di casa, no?».

Baldi si portò le mani davanti alla bocca. La Gambino taceva.

«E allora?» chiese il magistrato.

«E allora qualcosa stride» concluse Rocco. «E non ci vedo chiaro. Michela, grazie, ottimo lavoro...».

«Sei ironico, Rocco?».

«Per niente» si sporse e chiuse la telefonata. Il magistrato e il vicequestore si guardarono. «Tutti i torti non ce li ha» disse Baldi pensieroso. «Sarebbe utile ritrovare il cellulare di Favre».

«Sarebbe utile, sì... ma direi impossibile».

«Mi accompagna giù all'auto?».

Fecero il giro del giardino di fronte al tribunale. La neve resisteva ai piedi di qualche albero e incastrata nei marciapiedi. Baldi alzò gli occhi al cielo. «L'aria è più calda stanotte. Capace venga a piovere».

«Sì...».

«Questa storia del casinò ci ha portato via del tempo, Schiavone, e non l'ho voluta disturbare. Ma, c'è qualcosa che avrei voluto dirle già due giorni fa, ne approfitto stasera. Sto partendo».

«In vacanza?».

«Magari. No. Vado a Udine. Le dice niente questa città?».

«Mi dice tante cose. E credo che lei non vada a vedere la partita in trasferta della sua squadra del cuore».

«Indovinato, Schiavone. Anche perché, e rimanga un segreto, la mia squadra del cuore non gioca in serie A. Detto questo, vado a incontrare una sua vecchia conoscenza. Enzo Baiocchi».

A quel nome Rocco alzò gli occhi al cielo. «Ancora?».

«Ancora, sì. E lo direbbe? È lui che ha chiesto di me. Meglio, non che mi conosca, ha chiesto il piemme che lavora con Schiavone. Che poi sono io».

«Bene, allora le auguro buon viaggio. Non gli porti i miei saluti, per cortesia».

Baldi si poggiò a un'auto. «Crede che mi faccia piacere incontrare quell'uomo?».

«Spero di no. E dal momento che lei ama avere a che fare coi fantasmi gliela do io una bella storia in cui ficcare il naso. Si è mai chiesto che fine abbia fatto il viceispettore Caterina Rispoli?».

«No...».

«Alla fine dell'estate ha chiesto e ottenuto il trasferimento».

«Problemi della questura» commentò il magistrato con un'alzata di spalle.

«Non direi. Qualcuno dagli Interni me l'aveva messa addosso».

Baldi impallidì. «Che... che sta dicendo?».

«Quello che è successo. Mi controllavano, chi non lo so, ma da quando sono ad Aosta la Rispoli era la gola profonda. E se dopo mesi non è successo niente, se dopo tutto questo tempo non le è arrivata neanche l'ombra di un sospetto nei miei confronti, allora mi creda, o lei è una persona affetta da una importante nevrosi ossessiva compulsiva oppure deve arrendersi all'evidenza e mollare l'osso».

Baldi si allontanò dall'automobile per avvicinarsi a Rocco tanto che il fiato si andava a mischiare a quello del vicequestore. «Schiavone, mi sta dicendo una cosa molto, molto grave. Perché non me ne ha mai parlato?».

«Non ho avuto l'occasione».

«E perché solo ora?».

«Dal momento che lei la partita non la vuole chiudere è bene conosca tutti i giocatori in campo».

Il magistrato si incamminò verso il palazzo del tribunale, poi si fermò in mezzo alla strada. «Dopo il caso di Juana Perez ci risiamo? Perché mi ha svelato questa cosa?».

«Perché nonostante tutto, io di lei mi fido. Ora le auguro una buona serata».

Decise che quello che restava della notte lo avrebbe passato in albergo.

Lunedì

Alle sei in punto, il cielo ancora buio, Rocco aprì la porta del suo appartamento. Un odore poco familiare lo colpì subito alle narici: fritto. Lui non aveva mai fritto in tutta la sua vita, neanche un uovo. Odiava quella puzza, si attaccava ai vestiti, alle tende, ai muri e non se ne andava più. Lupa rimase esterrefatta nel vedere il suo divano circondato da pannelli di carta e legno che occludevano il passaggio. Decise di correre su quello strano letto nell'angolo accanto al balconcino. Gabriele, un fagotto sommerso dalle coperte, aprì gli occhi mentre il cane lo leccava sulla faccia. «Lupa... Lupa, che succede?».

«Sono tornato» disse Rocco avvicinandosi. «Ora stammi a sentire... svegliati!».

«Che... che ore sono?».

«È presto. Devi tenere Lupa. Ce la fai?».

«Certo che ce la faccio. Non sei rientrato stanotte e neanche ieri...».

«Meglio, no? Così state più larghi. Tua madre?».

«Dorme...».

«Bene, allora dalle la pappa e falle fare un giro per i bisogni. Io torno presto».

«Rocco, ma...».

«Niente ma. Ora ascoltami ancora meglio perché ne va del tuo futuro. Prendi questi» passò una busta a Gabriele. «Dalli a tua madre».

Gabriele prese la busta. La aprì. Sgranò gli occhi. «Oh porca miseria... dove li hai presi?».

«Che cosa devi imparare, Gabrie'?».

«A farmi i fatti miei, giusto. Sono tanti?».

«35.000. E sono un prestito, dillo a tua madre. Capace che alla banca faranno comodo».

«Direi di... sì... io...».

«Tu non devi dire niente. Solo fa' quello che ti ho detto. E va' a scuola sennò ti scuoio».

«Ricevuto. Oggi c'è mat e latino ma ho studiato a bestia tutto il weekend. Vuoi sentire...?».

«Mi fido. In gamba» si diresse verso la sua stanza. Il letto era intonso, aprì l'armadio e buttò quattro ricambi nella borsa di pelle. Poi rapido mollò una carezza a Lupa che l'aveva seguito piazzandosi sul materasso. «Fa' la brava amore!» e uscì di casa.

Gabriele era rimasto sveglio a guardare la busta. Le ante di carta di riso si aprirono e apparve il volto di Cecilia spiegazzato dalla notte appena passata. «Era Rocco?» chiese. Gabriele annuì. «Che voleva?». Il ragazzo mostrò una mazzetta di soldi. Cecilia scoppiò a piangere.

Sapeva che il questore sarebbe stato di guardia davanti all'entrata. «Schiavone! Fra due ore c'è la conferenza stampa» quasi gli urlò.

«Dottore, forse io e lei ci dobbiamo fare una chiacchierata prima».

Una luce d'allarme si accese negli occhi di Costa: «Che succede?».

Rocco gli fece cenno di seguirlo nella toilette. Appena entrarono un agente velocizzò i bisogni e salutando a mezza bocca si tolse di torno. «C'è un problema».

«E cioè?».

«Io non sarò alla conferenza stampa. Ho un aereo per Roma fra due ore, questioni di eredità di famiglia».

Costa annuì. Non l'aveva bevuta ma forse non gli andava di approfondire il tema.

«Ma c'è una cosa che deve sapere. Arturo Michelini è l'assassino di Romano Favre, Mieli Mirković e Sbardella fanno parte di un'organizzazione che riciclava denaro. E c'è anche un complice all'interno del casinò, tale Candreva, sul quale però il magistrato sta lavorando».

«E allora dov'è il problema?».

«Io ho forti sospetti che i due fatti non siano collegati».

Costa sbiancò. «Lei ha forti dubbi o la certezza?».

«Diciamo che più passano le ore più propendo per la seconda».

«Oh porca...» il questore si passò una mano sui capelli. «Quindi?».

«Quindi è bene che lo sappia».

Costa si guardò allo specchio, si aggiustò i capelli. «Cercherò di evitare con veroniche linguistiche e metafore ardite le domande, mi riferirò all'omicidio come a un fatto assolutamente scollegato dal riciclaggio che è stato scoperto non dalla mobile ma da una squadra che lavorava in sinergia con la finanza e che...».

«No» fece Rocco. «No, dottore. L'esatto contrario».

«Non capisco».

«Dobbiamo bluffare ancora. Metta in relazione i due fatti, anzi insista sul collegamento».

«Non... non capisco».

«Se è come credo, e cioè che l'omicidio non ha niente a che fare con il riciclaggio, qualcuno sta osservando le nostre mosse. E se noi lo rassicuriamo che il pericolo è passato e abbiamo male interpretato la cosa, c'è qualche possibilità che quel qualcuno esca dal guscio».

«Una trappola?».

«Più o meno».

«Schiavone, però facciamo una figura di merda».

«Una volta ho letto un bellissimo libro che sosteneva che le figure di merda non esistono più».

Il questore guardò Schiavone intensamente negli occhi. «Esistono invece. Ma tutto sommato questa è tattica, no?».

«E lei ne uscirà come un abile statista».

Costa annuì. «Mi convince. Mi convince parecchio. Allora» allungò la mano, «siamo d'accordo. Questo è il piano. Solo io e lei?».

«Sì dottore. Solo io e lei». Fece per uscire, poi si bloccò sulla porta. «Me ne stavo dimenticando! Si ricorda la storia di Manolunga?».

«E certo».

«Falso allarme. Il drone è stato ritrovato nel magazzino cancelleria, il computer invece nell'armadio coi documenti dei passaporti. Ovviamente ho fatto un cazziatone agli agenti che al posto della testa hanno una giostra del luna-park».

«Ha fatto bene! Be', dottore, non le nascondo che mi fa piacere si sia risolta così». Costa lo guardò per qualche secondo. «Lei non mi nasconde niente?».

«Ecchecazzo dottore, cominci a fidarsi di me. Le pare che mi metto a rubare in questura?».

«Ha fatto bene a specificare: in questura. Non è che protegge qualcuno della sua squadra?».

«Se qualcuno della mia squadra facesse una cosa simile prima lo prenderei a calci nel culo poi glielo porterei in un piatto d'argento. È la mia squadra, mica un amico».

«Invece lei per un amico chiuderebbe gli occhi?».

Rocco fece una smorfia. «Stiamo esulando dal problema».

«Provi a rispondermi».

«Io per un amico vero gli occhi li chiudo tutti e due, e lei lo sa. A meno che...».

«Cosa?».

«A meno che la cosa non sia più grave di un furtarello».

«Tipo, che so?, provare a sparare a un ricercato per vendicarsi? Lei cercherebbe di impedirlo?».

«Per esempio, sì...».

Costa aprì la porta della toilette. «Arriverò alla pensione senza aver capito chi sia lei in realtà».

«Faccia così, se lo scopre me lo comunichi, potrebbe tornarmi comodo».

Quel giorno Roma regalava uno squarcio di sole a tutti i suoi abitanti, anche a Rocco e Brizio che se ne stavano in piedi davanti al portone di via Poerio, la vecchia casa di Schiavone.

«Allora facciamo così... i mobili per ora lasciali, io faccio vedere la casa arredata». Brizio fece un tiro alla sigaretta. «Partiamo alti, diciamo uno e mezzo?».

«È il suo valore?» chiese Rocco.

«Più o meno. Se arrivano offerte a uno e tre mi faccio vivo».

«Grazie, Brizio... senti, c'è una questione che devi sapere. Ne volevo parlare a Seba ma lo sai, non mi risponde...».

«Di che si tratta?» gettò un'occhiata veloce a due ragazze pallide e vestite di nero che attraversavano la strada.

«Il magistrato, Baldi. Va a parlare con Baiocchi».

«È una sua iniziativa oppure l'ha chiamato l'infame?».

«La seconda...».

«Brutta...» spense la sigaretta. «Come la vedi?».

«Qualcosa da dire ce l'avrà, sennò mica lo chiamava. E la tecnica è chiara. Ha denunciato un sacco di gente che è finita in galera, ora ha l'aura della persona che dice la verità. Capace che il magistrato si beve le sue parole come oro colato».

«Sarà. Ma bisogna fare riscontri. Che ti sei lasciato dietro?».

«Lo sai...».

«Se indagano coi vecchi amici di Luigi Baiocchi oppure quelli che stavano nel traffico della cocaina magari qualcosa salta fuori. Facciamo così, io e Furio cominciamo a dare un'occhiata in giro, a capire se c'è pericolo o se qualcuno nun se sta a fa' li cazzi sua. Tu tienimi informato sul giudice».

«Va bene...».

«Oh, tornando alla casa, vestiti e oggetti personali li hai tolti?».

Quanti chili può pesare un vaso con un alberello di limoni? Trenta? Cinquanta? Aveva provato ma l'aveva mosso solo di pochi centimetri e un colpo di lama gli aveva trafitto la schiena. Bisognava trovare una soluzione al problema. Il ferramenta di via Vitellia aveva consigliato un carrello con le ruote che poteva trasportare parecchi chili senza sforzo alcuno. Ma anche a comprarlo, riuscire a spostare il limone e portarlo fino all'ascensore e poi in strada, come l'avrebbe caricato in auto? Serviva un aiuto. Ci pensò Ines, la portinaia, suo cugino Marione si occupava proprio di quello. Faceva trasporti. Si era presentato a casa di Rocco insieme a un ragazzo di 18 anni alle sei e mezza di sera. Ines gli aveva consegnato le chiavi e quello era salito a caricare la pianta. Rocco li aspettava al quartiere Trieste, a via Topino. Era lì davanti al portone e guardava le finestre del terzo piano. Erano accese. Laura o Camillo erano in casa. Doveva solo prendere coraggio, citofonare e salire insieme ai trasportatori. Dovevano attraversare Roma, da Monteverde al quartiere Trieste, alle sette di sera, col traffico che bloccava tutte le arterie principali, potevano arrivare all'alba del giorno dopo. Si accese una sigaretta passeggiando su e giù davanti al civico. Una donna entrò nel portone. Rocco aspettò che quella sparisse per scattare e infilare un piede e impedirne la chiusura. Ora poteva salire al terzo piano, suonare e affrontare i genitori di Marina. In ascensore evitò di guardarsi nello specchio. Si concentrò sulla doppia porta di alluminio cercando di calmare il battito del cuore. Arrivò davanti all'interno 9. Poggiò il dito sul campanello. Stava per suonare. E sul legno della porta gli apparve il viso smagrito di Camillo, lo sguardo di rancore di Laura. Rinunciò. Non avrebbe retto l'incontro. Camillo e Laura non gli parlavano dal 2007. Perché avrebbero dovuto cominciare a farlo ora, dopo sei anni? Eppure fino a un'ora prima era convinto di potercela fare, di presentarsi davanti a loro, sorridergli, parlargli come era naturale che fosse fra tre persone che, anche alla lontana, un minimo di parentela l'avevano. Sei anni non sono pochi. I giorni si accumulano, la vita riprende. Questo pensava. Prima. Ora in piedi sullo zerbino capì che non era affatto così. Doveva ritirarsi, tornare indietro e abbandonare l'impresa. Sbuffò. Si grattò la testa. Poggiò l'orecchio sulla blindata. Non sentì nulla. Tornò all'ascensore e scese al piano terra. Il furgone dei trasportatori era arrivato.

«Eccoce, dotto'... indove lo portamo?» chiese Marione scendendo dal Ducato. Rocco nell'androne del palazzo di via Topino bloccava col piede il portone di ferro e vetro.

«Avete una penna?».

Il trasportatore annuì.

«E pure un foglio di carta?».

«Ci ho le ricevute, ce po' scrive dietro» e Marione scattò all'interno del furgone mentre il ragazzo era sceso per aprire il portellone posteriore. Un'auto suonò il clacson dall'altra parte della strada. I palazzi avevano le finestre illuminate. Era quasi ora di cena ma l'aria nonostante la stagione era tiepida.

«Tenga dotto'» fece Marione allungando carta e penna a Schiavone. «Intanto me dica dove».

«Aspettate» finì di scrivere il biglietto poi lo incastrò al ramo più alto della pianta. «Ecco, portatela al terzo piano, interno 9. Lasciatela lì fuori col carrello».

«Col carrello?».

«Sì».

I due trasportatori si guardarono senza capire.

Rocco aprì la portiera dell'auto e salì. Un piccolo dolore dietro la schiena gli ricordò che non doveva fare movimenti bruschi, pena una coltellata alla zona lombo-sacrale.

«Non sai più contare?» mi dice.

«'Azzo, m'ero distratto... è oggi?».

«È oggi... non vedi che in cielo la luna non c'è?».

«A Roma il cielo non si vede. Solo case, luci. Niente cielo e stelle...» è seduta sul sedile posteriore. «Perché non

ti siedi qui davanti?» sto per girarmi ma lei mi ferma con un gesto della mano. «No, continua a guardarmi dallo specchietto, Rocco... allora. È stato facile in fondo, no?».

«No, quando ho chiuso la porta s'è fermato tutto».

«Come una pietra tombale?» mi dice, e vedo che ha gli occhi rossi.

«Come una pietra tombale».

«Lo sai? Io da ragazza facevo sempre un sogno. Avevo sedici anni, forse diciassette, e mi vedevo da piccola, col grembiule seduta al banco delle suore a studiare le tabelline. Poi m'è capitato anche dopo, forse avevo trent'anni? E stavolta ero al banco a studiare filosofia. Sorridevo mentre dormivo. T'è mai capitato?».

«Cosa?» le chiedo.

«Di sorridere mentre dormi?».

«A volte...».

«Pensavo che siamo come i serpenti. Ci lasciamo dietro la vecchia pelle perché abbiamo bisogno di quella nuova. Ma la vecchia pelle c'è stata. È un fatto, senza la vecchia pelle quella nuova non c'è».

«La casa di Monteverde è pelle vecchia?» non mi risponde. Sta guardando fuori, il palazzo dove è cresciuta, dove ci sono ancora i suoi genitori.

Il vaso con il limone era stato lasciato sul pianerottolo, sullo zerbino davanti all'interno numero 9 poggiato sul muletto. La porta di casa si aprì piano senza un cigolio. Apparve il viso di Laura, talmente magro che ormai somigliava a un cranio. Guardò la pianta. Staccò il foglietto dal ramo e lo lesse.

Cara Laura, caro Camillo.

Vendo la casa, la casa mia e di Marina. Regalerò i mobili e i quadri, ma questo limone no. Non può restare a Monteverde, e neanche lo posso portare con me ad Aosta, morirebbe di freddo, e allora ve lo lascio, l'ultima incombenza che vi do. So che siete arrabbiati, che forse neanche leggerete il biglietto fino alla fine, ma il limone non si deve seccare. Fa dei frutti grossi come noci di cocco, succosi e scuri. Mettetelo in terrazzo al sole e copritelo nella stagione fredda, non ama il gelo, vuole sempre il calore. Per favore, ogni tanto parlateci. Marina diceva che gli fa bene. Io non lo so, di piante non ci capisco niente, però tu Laura sì e saprai averne cura meglio di me. Vi saluto e vi porto sempre nel mio cuore. Vostro Rocco.

Sul volto di cuoio due lacrime si incanalarono nelle rughe delle guance.

«Oggi non mi dici qualche parola che non conosco?».

«Ne ho una bellissima, la vuoi sentire? Metessi».

«La conosco. Significa una cosa tipo partecipazione, no?».

«Si fa solo quello che esiste o quello che pensiamo esista?».

«Si fa solo quello che esiste, Mari'. Quello che pensiamo che esista è un'invenzione».

«E chi ti dice che anche quello che non esiste invece da qualche parte c'è? Non esiste un film, ma partecipiamo e piangiamo quando lo vediamo. Cosa racconta? Qualcosa che non esiste. Ma potrebbe esistere in un mondo idea-

le. E allora noi a questo mondo ideale possiamo partecipare, tanto quanto a un mondo reale».

«Me stai a rincojoni'... che vuoi dire?».

«Che tu puoi essere qui e altrove, sei sempre tu e io sono sempre io. Tempo, spazio, non importa, Rocco. Quello che conta è che siamo qui. La differenza? A me certe cose non interessano più, a te sì. Ma il motivo lo conosci» si fa una bella risata. «Ti tocca ancora innamorarti come un deficiente, eh?».

Abbasso gli occhi. «Se ne può fare a meno?».

«Mi sa di no. Tu no, ma lo sai, Rocco? Poi passa. Passa tutto. Ora ti dico un segreto, giura che lo tieni per te».

«Certo...».

«Le stelle non hanno nomi. Sono loro che li hanno dati a noi. Vuoi sapere il tuo?».

«E dimmelo».

«Eristalis...» la guardo e non sta scherzando.

«Che cos'è?».

«Aprilo un libro ogni tanto. C'è qualcuno per te!».

Rocco guardò davanti al parabrezza. Dal portone era uscita Laura. Un'ombra in controluce con le braccia abbandonate lungo il corpo teneva in mano un foglietto. Rocco aprì la portiera. Scese. Si avvicinò. Gli apparvero il viso magro e gli occhi pieni di lacrime. La donna alzò un poco il braccio, come volesse mostrare il biglietto. Con l'altra mano si nascose la bocca che s'era messa a tremare. Rocco si avvicinò cauto. Laura spalancò le braccia e lui ci cadde dentro. Si strinsero forte. Restarono così, avvinghiati in un abbraccio che aveva aspettato sei anni, e il pianto scoppiò come una sorgente segreta. Le lacrime si confusero, tanto erano le stesse, e le mani stringevano le spalle, anche quelle erano le stesse. Stesse gambe e stessi piedi, una sola testa, un corpo. Avevano paura di staccarsi, paura di guardarsi, vergognandosi quasi. «Addio Rocco...» disse la donna con un filo di voce.

«Addio Laura...». Con la testa bassa, senza guardarlo, la donna rientrò nel portone. Rocco si voltò.

Marina in macchina non c'era più.

Martedì

«Il titolo è questo». Costa orgoglioso girò la prima pagina de «La Stampa» per mostrarla a Rocco e Baldi seduti davanti alla scrivania: «“ARRESTATO L’ASSASSINO DI SAINT-VINCENT”. Oppure abbiamo questa» afferrò un altro quotidiano: «“RISOLTO L’OMICIDIO DI VIA MUS, RICICLAVANO DENARO”. Eccetera eccetera. Che vi pare?».

«Che ha fatto un buon lavoro» disse il magistrato. «Anche se...».

«Anche se io sono sempre più convinto di aver preso l’omicida ma di avere clamorosamente lisciato il movente» fece Rocco. «E quel che è peggio non ho nessuna idea».

Costa poggiò i quotidiani. «Insomma, ci dobbiamo ancora lavorare... e lo sa perché? Perché lei ha avuto fretta di incastrare il colpevole. Sbagliato! La giustizia sarà lenta ma ha i suoi tempi, di ricerca, di riflessione. Non si può sparare a zero e decidere il colpevole».

«È così» prese la parola Baldi. «La giustizia non si fa con la rabbia o con la fretta. Si fa con calma e onestà. Se spariamo a zero e non approfondiamo non pagano i colpevoli, o quantomeno non pagano tutti i colpevoli».

«E vi do ragione, a tutti e due. Ho avuto fretta, sono stato confuso, non ho ragionato. Ci sono domande alle quali una risposta non l'ho trovata: chi ha messo l'accendino bianco di Cecilia Porta lì dentro per depistarci? Non certo Candreva che è sì della banda dei riciclatori, ma con l'omicidio non ha niente a che fare. Cosa stava cercando Arturo in casa di Favre?».

«Cosa poteva contenere un cellulare di così importante?» chiese il questore.

«Qualsiasi cosa, dottor Costa» rispose Baldi. «Un codice, un filmato, una registrazione...».

«Ma lei crede che Favre volesse usare queste notizie che aveva per ricattare qualcuno?».

«Mah! Una cosa sola ho capito» fece Rocco alzandosi dalla sedia. «Favre di Arturo si fidava ciecamente, ricordatevi che il tizio aveva le chiavi di casa. E chi ha chiamato Favre la notte dell'omicidio dandogli un appuntamento a venti minuti da casa sua?».

Baldi incrociò le braccia. «Un numero sloveno... qualcosa si è saputo?».

«Niente, un semplice numero con la ricarica. Nessun nome, niente di niente. E da allora risulta staccato».

«Da dove intende ripartire, dottor Schiavone?».

«Dall'inizio. Rifare tutto il percorso, e capirò dove ho sbagliato. Il caso dell'omicidio per me resta ancora aperto!».

Baldi e Costa si guardarono. «Va avanti con le indagini?».

«Vado avanti. Anche se, sarò sincero, non so dove sbattere la testa».

Anche Baldi lasciò la poltrona. «Gente furba...».

«No, hanno avuto solo un gran culo. E mi hanno trovato in un momento un po' complicato, ma 'ndo' vanno?».

Costa guardò Baldi. «Non lo so, dove vanno?».

«Intendo dire» aggiunse Rocco, «che io li prendo. Sicuro che li prendo».

«Allora io andrei» il magistrato afferrò il giubbotto. «Vicequestore, le devo parlare. Solo due dettagli... arrivederci, dottor Costa. L'aspetto giù, Schiavone» e uscì dalla stanza.

«È frustrante, non trova?».

«Sì, lo è. Ma ci abbiamo fatto l'abitudine. Non sempre si riesce a quadrare il cerchio. E mi lasci dire che il cerchio da quadrare, in questo caso, io credo ancora non ci sia».

Il questore si sedette alla scrivania e afferrò una penna. «Non credo di aver capito».

«Sono sempre più convinto che Favre non ha perso la vita per un fatto già accaduto» disse Rocco infilandosi il loden, «ma per qualcosa che deve ancora succedere. Lì fuori, per come la vedo io, qualcuno sta solo aspettando e presto si farà vivo. Dobbiamo farci trovare pronti».

«E se...». Rocco si voltò. Costa teneva la penna in bocca e lo sguardo fisso sulla scrivania. «Se questo nostro ritardo dovesse causare un altro cadavere?».

«Sarebbe un errore imperdonabile, ma per ora ho fatto del mio meglio e l'eventuale cadavere non peserà sulla mia coscienza».

«Ne ha una?».

Rocco non rispose.

Scese le scale incrociando un paio di agenti ai quali non ricambiò il saluto. Gli errori si compiono per distrazione, per sufficienza, per incapacità. Oppure te li fanno commettere, pensava, per ragione di Stato, per pressioni dall'alto, per amore. Dove aveva commesso il suo? Gli venne in mente un prestigiatore che attira l'attenzione su una mano mentre con l'altra si infila la carta in tasca o dentro il polsino, facendoti guardare dove vuole lui altrimenti il gioco non riesce. Questo era successo? Aveva concentrato lo sguardo nel posto sbagliato?

Tutto da rifare. Dall'inizio, dall'omicidio, dalla casa del ragioniere, dal suo cellulare scomparso e dall'intruso che aveva lasciato l'accendino di Cecilia Porta in casa. Avevano ragione Baldi e Costa, aveva avuto troppa fretta, non aveva scavato, cercato, annusato. Aveva agito come fanno le persone accecate dalla rabbia o dalla stupidità che accusano senza avere certezze, per poi linciare il poveraccio impiccandolo all'albero più alto della città.

Davanti all'ingresso della questura Baldi lo aspettava con le mani in tasca. Sembrava stesse ammirando il panorama, ma c'era poco da ammirare. Un palazzo, nuvole grigie, auto che marciavano a passo d'uomo su corso Battaglione Aosta. Baldi voltò il capo e i loro sguardi si incrociarono. Il viso del magistrato era serio, gli occhi annunciavano l'arrivo di una tempesta. Come un condannato al patibolo Rocco aprì la doppia porta e uscì in strada.

«Fa freddo» disse il magistrato. Rocco si accese una sigaretta. Il cielo era sempre coperto e la luce lattiginosa cadeva sul mondo senza lasciare ombre. «Secondo me viene a piovere... allora, l'ho attesa qui sotto perché ho qualcosa da dirle».

Rocco fece un tiro alla sigaretta e sputò il fumo in aria: «L'ascolto».

«Sono stato a Udine. Trovato in gran forma Enzo Baiocchi».

«Sempre detto che a certa gente il carcere dona».

«E mi sono fatto due chiacchiere con il nostro amico». Si fermò e guardò il vicequestore. «Mi ha detto un sacco di cose interessanti. Per esempio che io non ero andato troppo lontano dalla verità».

«Quale verità?».

«Quante ce ne sono secondo lei?».

«Lei è un uomo di legge, dottor Baldi, quindi saprà meglio di me che le verità sono tante. Dipende da che prospettiva le inquadriamo».

«No, Schiavone. La verità è una e una soltanto. Baiocchi finalmente ha svelato il motivo per cui cercava di farle la pelle. E lo sa? Me l'ha detto con estrema semplicità. Riferisco le sue parole precise: ha ammazzato mio fratello, dovevo sventrarlo. Ecco, ha detto proprio così, sventrarlo. Espressione colorita, un po' volgare ma tipica di voi romani».

«E lei ci ha creduto».

«Lì per lì? Non molto... poi però ha aggiunto un dettaglio che, non le nascondo, mi ha fatto accapponare la pelle. Mi ha detto: io so anche dove è nascosto il corpo di mio fratello».

Rocco gettò la sigaretta.

«Ha detto proprio così, Schiavone: so dov'è il corpo di mio fratello».

«Anche io lo so dov'è, dottor Baldi. Da qualche parte in Sud America».

«No, non ha parlato di Sud America. Di una villetta, dalle parti dell'Infernetto... sono andato su internet per capire. È un quartiere di Roma, dico bene?».

«Dice bene, dalle parti di Casal Palocco, verso il mare».

«Esatto! Mi ha detto che ci sono ottime possibilità che suo fratello giaccia sotto una tonnellata di cemento in una casa che... aspetti, non ricordo» si mise una mano in tasca, «... sa, ho fatto un po' di ricerche» prese un foglietto, strizzò un poco gli occhi e lesse: «... casa che adesso è abitata da una famiglia, Roncisvalle, due figli piccoli marito e moglie» si rimise il foglietto in tasca. «A lei tutto questo come suona?».

«Non suona, dottore. Nascosto sotto il cemento?».

«E le dirò di più. Il suo magistrato preferito, cioè io, qualche domanda in giro l'ha fatta. Dunque, il villino in questione è stato terminato nel 2008, niente di meno. Ora le ultime notizie di Luigi Baiocchi risalgono a quella sua indagine a Roma sul traffico di coca... lei lo ricorderà...».

«2007, certo che lo ricordo. È una data che non dimenticherò mai più».

«Sì, lo so, data triste. Morì sua moglie... qualcuno le sparò pensando di ammazzare lei. Ora quel traffico di coca è stato smantellato, ci abbiamo messo tanti anni ma ce l'abbiamo fatta. Grazie alla collaborazione di Enzo Baiocchi. Il fratello in qualche modo c'era dentro».

«Certo, è tutto scritto, Baldi. Dove vuole arrivare?».

«Un sacco di coincidenze, non trova?».

Rocco scosse il capo. «Quindi io avrei ucciso il fratello di Enzo e nascosto il cadavere sotto una villetta all'Infernetto».

«Così dice lui».

«E sempre che Baiocchi dica la verità, non le salta in mente che potrebbe essere stato qualcuno di quel giro di droga? Lei crede che un poliziotto abbia agito come uno del cartello di Medellín quando il cartello di Medellín ce l'ha sotto gli occhi? Io ho sempre saputo che Luigi Baiocchi finì in Sud America. E chi le dice che 'sta storia non sia una grande cazzata e che Luigi Baiocchi l'abbia fatto fuori chissà chi e, per un motivo a me misterioso, mi vogliano accollare quel delitto? E ancora. Se sa dov'è nascosto il fratello, perché lo dice solo ora? Sarebbe bastata una lettera anonima alla procura per far partire le indagini. Questo a lei non suona strano?».

«Un po' suona strano, è vero. Ma posso lasciar correre la cosa? Innanzitutto vediamo se dice la verità».

«Lei sa come far credere che qualcosa sia vera? È semplice. Si dicono un sacco di verità comprovate e in mezzo, come in un'insalata, si butta una cazzata che la gente prenderà per buona. E certo, ora Baiocchi ha la verginità di un santo, tutto quello che esce dalla sua bocca lei lo prende per oro colato. Si accomodi pure, dottor Baldi, le auguro buon divertimento. Ora se non le dispiace vorrei andare a lavorare perché, al contrario di quanto lei pensa, il mio lavoro lo so fare, e lo so fare pure bene».

Un tuono risuonò lugubre e lontano.

«Ha visto?» il magistrato indicò il cielo con un dito. «Verrà a piovere».

«Ogni tanto su qualcosa ci azzecca, dottor Baldi».

Si voltò e risalì le scale.

«Porca troia...» mormorò e il sudore ghiacciato cominciò a scendergli lungo la schiena. Si concentrò sui gradini che lo portavano all'ufficio, il cuore aveva raggiunto le orecchie. A metà tragitto si bloccò e si voltò verso le montagne soffocate dalle nuvole. Si sentì toccare il polpaccio. Guardò in basso. Lupa gli annusava i pantaloni. Si chinò a guardarla negli occhi evitando la lingua saettante. «Lo sai, amore? Una volta qualcuno ha scritto che il passato è un morto senza cadavere. Non per me, no. Nel mio ci sono più cadaveri di un obitorio...».

Entrò in questura. Incrociò Casella e Deruta che scendevano le scale sorridenti.

«Dove andate?».

«Pensavamo di andarci a prendere...».

«Un cazzo. Nel mio ufficio. Ricominciamo daccapo».

«Daccapo?» disse Deruta.

«Daccapo. Non ci abbiamo capito niente, Deruta. Forza, al lavoro, il caffè ce lo facciamo su da me».

I due agenti a capo chino seguirono il vicequestore.

Ringraziamenti

Grazie a Jacopo D. ma non solo per quello che crede lui, a Maurizio C. compagno di giochi insieme a Mattia C. e ai barracuda, e un grazie speciale a Mimmo Macrì ai suoi racconti e alla sua generosità, a sua sorella Mariuccia e a Maurizio per l'aiuto e le sue delucidazioni. Un giorno imparerò a dire Saint-Vincent come Dio comanda.

A. M.

Indice

Questo volume è stato stampato
su carta Palatina
delle Cartiere di Fabriano
nel mese di ottobre 2018
presso la Leva srl - Milano
e confezionato
presso IGF s.p.a. - Aldeno (TN)

La memoria

Ultimi volumi pubblicati

901 Colin Dexter. Niente vacanze per l'ispettore Morse
902 Francesco M. Cataluccio. L'ambaradan delle quisquiglie
903 Giuseppe Barbera. Conca d'oro
904 Andrea Camilleri. Una voce di notte
905 Giuseppe Scaraffia. I piaceri dei grandi
906 Sergio Valzania. La Bolla d'oro
907 Héctor Abad Faciolince. Trattato di culinaria per donne tristi
908 Mario Giorgianni. La forma della sorte
909 Marco Malvaldi. Milioni di milioni
910 Bill James. Il mattatore
911 Esmahan Aykol, Andrea Camilleri, Gian Mauro Costa, Marco Malvaldi, Antonio Manzini, Francesco Recami. Capodanno in giallo
912 Alicia Giménez-Bartlett. Gli onori di casa
913 Giuseppe Tornatore. La migliore offerta
914 Vincenzo Consolo. Esercizi di cronaca
915 Stanisław Lem. Solaris
916 Antonio Manzini. Pista nera
917 Xiao Bai. Intrigo a Shanghai
918 Ben Pastor. Il cielo di stagno
919 Andrea Camilleri. La rivoluzione della luna
920 Colin Dexter. L'ispettore Morse e le morti di Jericho
921 Paolo Di Stefano. Giallo d'Avola
922 Francesco M. Cataluccio. La memoria degli Uffizi
923 Alan Bradley. Aringhe rosse senza mostarda
924 Davide Enia. maggio '43
925 Andrea Molesini. La primavera del lupo
926 Eugenio Baroncelli. Pagine bianche. 55 libri che non ho scritto
927 Roberto Mazzucco. I sicari di Trastevere
928 Ignazio Buttitta. La peddi nova
929 Andrea Camilleri. Un covo di vipere
930 Lawrence Block. Un'altra notte a Brooklyn
931 Francesco Recami. Il segreto di Angela

932 Andrea Camilleri, Gian Mauro Costa, Alicia Giménez-Bartlett, Marco Malvaldi, Antonio Manzini, Francesco Recami. Ferragosto in giallo
933 Alicia Giménez-Bartlett. Segreta Penelope
934 Bill James. Tip Top
935 Davide Camarrone. L'ultima indagine del Commissario
936 Storie della Resistenza
937 John Glassco. Memorie di Montparnasse
938 Marco Malvaldi. Argento vivo
939 Andrea Camilleri. La banda Sacco
940 Ben Pastor. Luna bugiarda
941 Santo Piazzese. Blues di mezz'autunno
942 Alan Bradley. Il Natale di Flavia de Luce
943 Margaret Doody. Aristotele nel regno di Alessandro
944 Maurizio de Giovanni, Alicia Giménez-Bartlett, Bill James, Marco Malvaldi, Antonio Manzini, Francesco Recami. Regalo di Natale
945 Anthony Trollope. Orley Farm
946 Adriano Sofri. Machiavelli, Tupac e la Principessa
947 Antonio Manzini. La costola di Adamo
948 Lorenza Mazzetti. Diario londinese
949 Gian Mauro Costa, Alicia Giménez-Bartlett, Marco Malvaldi, Antonio Manzini, Francesco Recami. Carnevale in giallo
950 Marco Steiner. Il corvo di pietra
951 Colin Dexter. Il mistero del terzo miglio
952 Jennifer Worth. Chiamate la levatrice
953 Andrea Camilleri. Inseguendo un'ombra
954 Nicola Fantini, Laura Pariani. Nostra Signora degli scorpioni
955 Davide Camarrone. Lampaduza
956 José Roman. Chez Maxim's. Ricordi di un fattorino
957 Luciano Canfora. 1914
958 Alessandro Robecchi. Questa non è una canzone d'amore
959 Gian Mauro Costa. L'ultima scommessa
960 Giorgio Fontana. Morte di un uomo felice
961 Andrea Molesini. Presagio
962 La partita di pallone. Storie di calcio
963 Andrea Camilleri. La piramide di fango
964 Beda Romano. Il ragazzo di Erfurt
965 Anthony Trollope. Il Primo Ministro
966 Francesco Recami. Il caso Kakoiannis-Sforza
967 Alan Bradley. A spasso tra le tombe
968 Claudio Coletta. Amstel blues
969 Alicia Giménez-Bartlett, Marco Malvaldi, Antonio Manzini, Francesco Recami, Alessandro Robecchi, Gaetano Savatteri. Vacanze in giallo
970 Carlo Flamigni. La compagnia di Ramazzotto
971 Alicia Giménez-Bartlett. Dove nessuno ti troverà
972 Colin Dexter. Il segreto della camera 3
973 Adriano Sofri. Reagì Mauro Rostagno sorridendo

974 Augusto De Angelis. Il canotto insanguinato
975 Esmahan Aykol. Tango a Istanbul
976 Josefina Aldecoa. Storia di una maestra
977 Marco Malvaldi. Il telefono senza fili
978 Franco Lorenzoni. I bambini pensano grande
979 Eugenio Baroncelli. Gli incantevoli scarti. Cento romanzi di cento parole
980 Andrea Camilleri. Morte in mare aperto e altre indagini del giovane Montalbano
981 Ben Pastor. La strada per Itaca
982 Esmahan Aykol, Alan Bradley, Gian Mauro Costa, Maurizio de Giovanni, Nicola Fantini e Laura Pariani, Alicia Giménez-Bartlett, Francesco Recami. La scuola in giallo
983 Antonio Manzini. Non è stagione
984 Antoine de Saint-Exupéry. Il Piccolo Principe
985 Martin Suter. Allmen e le dalie
986 Piero Violante. Swinging Palermo
987 Marco Balzano, Francesco M. Cataluccio, Neige De Benedetti, Paolo Di Stefano, Giorgio Fontana, Helena Janeczek. Milano
988 Colin Dexter. La fanciulla è morta
989 Manuel Vázquez Montalbán. Galíndez
990 Federico Maria Sardelli. L'affare Vivaldi
991 Alessandro Robecchi. Dove sei stanotte
992 Nicola Fantini e Laura Pariani, Marco Malvaldi, Dominique Manotti, Antonio Manzini, Francesco Recami, Gaetano Savatteri. La crisi in giallo
993 Jennifer. Worth. Tra le vite di Londra
994 Hai voluto la bicicletta. Il piacere della fatica
995 Alan Bradley. Un segreto per Flavia de Luce
996 Giampaolo Simi. Cosa resta di noi
997 Alessandro Barbero. Il divano di Istanbul
998 Scott Spencer. Un amore senza fine
999 Antonio Tabucchi. La nostalgia del possibile
1000 La memoria di Elvira
1001 Andrea Camilleri. La giostra degli scambi
1002 Enrico Deaglio. Storia vera e terribile tra Sicilia e America
1003 Francesco Recami. L'uomo con la valigia
1004 Fabio Stassi. Fumisteria
1005 Alicia Giménez-Bartlett, Marco Malvaldi, Antonio Manzini, Santo Piazzese, Francesco Recami, Gaetano Savatteri. Turisti in giallo
1006 Bill James. Un taglio radicale
1007 Alexander Langer. Il viaggiatore leggero. Scritti 1961-1995
1008 Antonio Manzini. Era di maggio
1009 Alicia Giménez-Bartlett. Sei casi per Petra Delicado
1010 Ben Pastor. Kaputt Mundi
1011 Nino Vetri. Il Michelangelo
1012 Andrea Camilleri. Le vichinghe volanti e altre storie d'amore a Vigàta

1013 Elvio Fassone. Fine pena: ora
1014 Dominique Manotti. Oro nero
1015 Marco Steiner. Oltremare
1016 Marco Malvaldi. Buchi nella sabbia
1017 Pamela Lyndon Travers. Zia Sass
1018 Giosuè Calaciura, Gianni Di Gregorio, Antonio Manzini, Fabio Stassi, Giordano Tedoldi, Chiara Valerio. Storie dalla città eterna
1019 Giuseppe Tornatore. La corrispondenza
1020 Rudi Assuntino, Wlodek Goldkorn. Il guardiano. Marek Edelman racconta
1021 Antonio Manzini. Cinque indagini romane per Rocco Schiavone
1022 Lodovico Festa. La provvidenza rossa
1023 Giuseppe Scaraffia. Il demone della frivolezza
1024 Colin Dexter. Il gioiello che era nostro
1025 Alessandro Robecchi. Di rabbia e di vento
1026 Yasmina Khadra. L'attentato
1027 Maj Sjöwall, Tomas Ross. La donna che sembrava Greta Garbo
1028 Daria Galateria. L'etichetta alla corte di Versailles. Dizionario dei privilegi nell'età del Re Sole
1029 Marco Balzano. Il figlio del figlio
1030 Marco Malvaldi. La battaglia navale
1031 Fabio Stassi. La lettrice scomparsa
1032 Esmahan Aykol, Gian Mauro Costa, Alicia Giménez-Bartlett, Marco Malvaldi, Antonio Manzini, Francesco Recami, Gaetano Savatteri. Il calcio in giallo
1033 Sergej Dovlatov. Taccuini
1034 Andrea Camilleri. L'altro capo del filo
1035 Francesco Recami. Morte di un ex tappezziere
1036 Alan Bradley. Flavia de Luce e il delitto nel campo dei cetrioli
1037 Manuel Vázquez Montalbán. Io, Franco
1038 Antonio Manzini. 7-7-2007
1039 Luigi Natoli. I Beati Paoli
1040 Gaetano Savatteri. La fabbrica delle stelle
1041 Giorgio Fontana. Un solo paradiso
1042 Dominique Manotti. Il sentiero della speranza
1043 Marco Malvaldi. Sei casi al BarLume
1044 Ben Pastor. I piccoli fuochi
1045 Luciano Canfora. 1956. L'anno spartiacque
1046 Andrea Camilleri. La cappella di famiglia e altre storie di Vigàta
1047 Nicola Fantini, Laura Pariani. Che Guevara aveva un gallo
1048 Colin Dexter. La strada nel bosco
1049 Claudio Coletta. Il manoscritto di Dante
1050 Giosuè Calaciura, Andrea Camilleri, Francesco M. Cataluccio, Alicia Giménez-Bartlett, Antonio Manzini, Francesco Recami, Fabio Stassi. Storie di Natale
1051 Alessandro Robecchi. Torto marcio
1052 Bill James. Uccidimi

1053 Alan Bradley. La morte non è cosa per ragazzine
1054 Émile Zola. Il denaro
1055 Andrea Camilleri. La mossa del cavallo
1056 Francesco Recami. Commedia nera n. 1
1057 Marco Consentino, Domenico Dodaro, Luigi Panella. I fantasmi dell'Impero
1058 Dominique Manotti. Le mani su Parigi
1059 Antonio Manzini. La giostra dei criceti
1060 Gaetano Savatteri. La congiura dei loquaci
1061 Sergio Valzania. Sparta e Atene. Il racconto di una guerra
1062 Heinz Rein. Berlino. Ultimo atto
1063 Honoré de Balzac. Albert Savarus
1064 Alicia Giménez-Bartlett, Marco Malvaldi, Antonio Manzini, Francesco Recami, Alessandro Robecchi, Gaetano Savatteri. Viaggiare in giallo
1065 Fabio Stassi. Angelica e le comete
1066 Andrea Camilleri. La rete di protezione
1067 Ben Pastor. Il morto in piazza
1068 Luigi Natoli. Coriolano della Floresta
1069 Francesco Recami. Sei storie della casa di ringhiera
1070 Giampaolo Simi. La ragazza sbagliata
1071 Alessandro Barbero. Federico il Grande
1072 Colin Dexter. Le figlie di Caino
1073 Antonio Manzini. Pulvis et umbra
1074 Jennifer Worth. Le ultime levatrici dell'East End
1075 Tiberio Mitri. La botta in testa
1076 Francesco Recami. L'errore di Platini
1077 Marco Malvaldi. Negli occhi di chi guarda
1078 Pietro Grossi. Pugni
1079 Edgardo Franzosini. Il mangiatore di carta. Alcuni anni della vita di Johann Ernst Biren
1080 Alan Bradley. Flavia de Luce e il cadavere nel camino
1081 Anthony Trollope. Potete perdonarla?
1082 Andrea Camilleri. Un mese con Montalbano
1083 Emilio Isgrò. Autocurriculum
1084 Cyril Hare. Un delitto inglese
1085 Simonetta Agnello Hornby, Esmahan Aykol, Andrea Camilleri, Gian Mauro Costa, Alicia Giménez-Bartlett, Marco Malvaldi, Antonio Manzini, Santo Piazzese, Francesco Recami, Alessandro Robecchi, Gaetano Savatteri, Fabio Stassi. Un anno in giallo
1086 Alessandro Robecchi. Follia maggiore
1087 S. N. Behrman. Duveen. Il re degli antiquari
1088 Andrea Camilleri. La scomparsa di Patò
1089 Gian Mauro Costa. Stella o croce
1090 Adriano Sofri. Una variazione di Kafka
1091 Giuseppe Tornatore, Massimo De Rita. Leningrado
1092 Alicia Giménez-Bartlett. Mio caro serial killer

1093 Walter Kempowski. Tutto per nulla
1094 Francesco Recami. La clinica Riposo & Pace. Commedia nera n. 2
1095 Margaret Doody. Aristotele e la Casa dei Venti
1096 Antonio Manzini. L'anello mancante. Cinque indagini di Rocco Schiavone
1097 Maria Attanasio. La ragazza di Marsiglia
1098 Duško Popov. Spia contro spia
1099 Fabio Stassi. Ogni coincidenza ha un'anima
1100
1101 Andrea Camilleri. Il metodo Catalanotti
1102 Giampaolo Simi. Come una famiglia
1103 P. T. Barnum. Battaglie e trionfi. Quarant'anni di ricordi
1104 Colin Dexter. La morte mi è vicina
1105 Marco Malvaldi. A bocce ferme
1106 Enrico Deaglio. La zia Irene e l'anarchico Tresca
1107 Len Deighton. SS-GB. I nazisti occupano Londra
1108 Maksim Gor'kij. Lenin, un uomo
1109 Ben Pastor. La notte delle stelle cadenti